Tatort Hölderlinplatz

Für Ursula Wider und Renate „Mica" Groth

TATORT HÖLDERLINPLATZ

Emmerich ermittelt

Kriminalroman
von
Stefanie Wider-Groth

THEISS

Tatort Hölderlinplatz ist ein Kriminalroman. Haupt- und Nebenfiguren sowie die Handlung sind frei erfunden. Ähnlichkeiten oder Namensgleichheiten mit lebenden Personen sind rein zufällig und nicht beabsichtigt.

Bibliografische Information der Deutschen Nationalbibliothek
Die Deutsche Nationalbibliothek verzeichnet diese Publikation in der Deutschen Nationalbibliografie; detaillierte bibliografische Daten sind im Internet über http://dnb.d-nb.de abrufbar.

Umschlaggestaltung: Stefan Schmid Design, Stuttgart

4. Auflage 2011

Lektorat: Karin Haller, Stuttgart
Satz und Gestaltung: ew print & medien service gmbh, Würzburg
Umschlagfoto: Rolf Misch
Druck und Bindung: CPI – Ebner & Spiegel, Ulm
ISBN 978-3-8062-2230-2

„Fürchtet den Dichter nicht, wenn er edel zürnet, sein Buchstab tötet, aber es macht Geister lebendig der Geist."

Friedrich Hölderlin „Der zürnende Dichter"

1

„Eine Schneckennudel, bitte."

Kriminalhauptkommissar Reiner Emmerich betrachtete missmutig die Auslage der Bäckerei. Keine richtige Bäckerei natürlich, wie es sie früher gegeben hatte, sondern die Filiale einer dieser Backketten, die ihre Ware tiefgefroren von Gott weiß woher bezogen.

„Wir habe nix Schneckennudel", entgegnete denn auch erwartungsgemäß die Verkäuferin mit dem freundlich anmutenden, aber desinteressierten Lächeln auf dem Gesicht. „Dinkelvollkornweckle, vielleicht?"

„Nein, danke." Wie konnte man dem potenziellen Käufer einer Schneckennudel ein Vollkornprodukt anbieten? „Irgendein anderes süßes Stückle?" Sie sah etwas ratlos drein.

„Mohncroissant?", schlug sie vor. Sie sagte „Kroasseng", als wäre es ein deutsches Wort. Irgendwo begann ein Handy zu piepsen.

„Meinetwegen."

Als Emmerich bezahlte, hielt sie das Handy bereits am Ohr. Er trat hinaus und sah hinüber zur anderen Straßenseite. Der Hölderlinplatz im Stuttgarter Westen verdiente diesen Namen eigentlich nicht. Emmerich fand, dass man einen großen deutschen Dichter anders ehren müsse, als mit einem Zwickel, der irgendwann einmal durch die Gabelung einer Hauptstraße entstanden war. Noch vor ein paar Jahren wäre nichts an diesem Platz außergewöhnlich gewesen, ein oder zwei Kneipen, eine Filiale der örtlichen Großbank, Reinigung, Zeitschriften und Tabak nebst Lottoannahmestelle, ein kleiner Supermarkt, Apotheke. Heute jedoch fiel auf, dass es hier immerhin noch eine richtige Filiale der Post gab, wie sie mittlerweile Seltenheitswert in der Stadt hatten. Ebenso ungewöhnlich war ein kleines Fotofachgeschäft, das hier eine Nische zum Überleben gefunden hatte. Für die polizeiliche Ermittlungsarbeit war der Hölderlinplatz denkbar ungeeignet. Emmerich befand sich wegen eines reinen Routinefalls hier, die Wohnungsleiche lag im dritten Stock eines Hauses, das direkt an den Gleisen der Stadtbahn stand. Nicht einmal ein Streifenwagen konnte dort parken, also auch nicht sein Dienstwagen oder der schnittige Porsche von Dr. Zweigle, der im Moment mit der Untersuchung der Toten beschäftigt war. In letzter Zeit, so schien es zumindest Emmerich, häuften sich diese Fälle. Alte Leute, die tage- oder wochenlang tot in ihren Wohnungen herumlagen oder -saßen, ohne dass sich jemand Sorgen um sie machte. Erst wenn die Nachbarn den Verwesungsgeruch bemerkten, wurde die Polizei alarmiert. Emmerich hatte noch nie erlebt, dass dabei etwas anderes als eine natürliche Todesursache im Spiel war, weshalb er es für vertretbar hielt, Dr. Zweigle mit dem Gegenstand seiner Untersuchung sowie dem jüngeren Kollegen, Kommissar Mirko Frenzel, alleine zu lassen und seinen Drang nach Süßem zu befriedigen. Eben dieser Kollege tauchte nun im Eingang des gegenüberliegenden Hauses auf und winkte. Emmerich nahm gemächlich das Mohncroissant aus der Papiertüte und biss hinein. *Nicht schlecht,* dachte er, *mit einer Schneckennudel natürlich nicht zu vergleichen, aber genießbar.* Frenzel gestikulierte heftig und rief etwas, das durch das kreischende Anfahren der Stadtbahn an der nahe gelegenen Endhaltestelle nicht zu verstehen war. Emmerich wartete, bis das gelbe Ungetüm zwischen ihm und dem Kollegen durchgefahren war und schlenderte über die Straße.

„Was gibt es denn?"

„Da oben stimmt was nicht."

„Logisch", antwortete Emmerich mit vollem Mund. „Wenn Leute tot in ihrer Wohnung sitzen, stimmt meistens was nicht."

„Blödmann." Frenzel verdrehte die Augen. „Geh rauf und sprich mit Dr. Zweigle."

„Alles zu seiner Zeit."

Während er sich ohne Eile die Reste des Croissants einverleibte, las Emmerich die Klingelschilder. Das Haus war für die Gegend typisch, fünf Stockwerke, zehn Wohnungen, vier davon gewerblich genutzt. Eine Podologin, was auch immer das sein mochte, im Erdgeschoss, ein Zahnarzt, eine Psychologin und – Emmerich schauderte leicht – eine Kartenlegerin. Unmotiviert folgte er dem aufgeregten Frenzel in den dritten Stock und hielt sich ein Taschentuch vor die Nase. Die Tote, eine gewisse Gertrud Diebold, saß im Fernsehsessel und befand sich bereits im Zustand der Verwesung. Dr. Zweigle hüpfte in einer exaltierten Weise, die Emmerich für unangebracht hielt, um den Leichnam herum. In angemessener Entfernung blieb er stehen.

„Da", sagte Zweigle in der Art eines Jahrmarktschreiers. „Das müssen Sie gesehen haben."

Widerwillig trat Emmerich hinzu und ließ seinen Blick dem ausgestreckten Zeigefinger des Doktors folgen. Von oben betrachtet, konnte er sofort erkennen, was gemeint war. Im Kopf der alten Dame klaffte, umgeben von dünnem grauem Haar und dunklem getrocknetem Blut ein unübersehbares Loch.

„Von hinten erschlagen", kiekste Zweigle begeistert. „Der Fernseher läuft übrigens noch."

Emmerich wandte sich dem Gerät zu, in dem stumm irgendein Nachmittagsprogramm lief.

„Was ist mit dem Ton?", wollte er wissen.

„Den hab ich leiser gestellt." Zweigle wies auf eine Fernbedienung, die auf einem kleinen Tischchen neben dem Sessel lag. „Damit ich in Ruhe meine Untersuchung durchführen kann."

„Haben Sie sonst noch was angefasst?"

Der Doktor quittierte den harschen Tonfall mit einem beleidigten Blick und schüttelte den Kopf. Es war das erste Mal, dass Emmerich mit ihm zu tun hatte.

„Wie lange ist sie denn schon tot?"

„Naja, das kann ich Ihnen auf die Schnelle natürlich nicht sagen", entgegnete Dr. Zweigle deutlich weniger euphorisch. „Da müsste man die Temperatur, die Luftfeuchtigkeit und den Befall mit ..."

Emmerich winkte ab. Jetzt kam der Teil mit den Fliegen, das gehörte zu den unappetitlichsten Seiten seines Berufes.

„Mirko, bleib vor Ort und ruf die Spurensicherung. Ich seh mich mal im Haus um. Wer hat uns eigentlich verständigt?"

„Hübler, Regine", entgegnete Frenzel wie aus der Pistole geschossen.

„Danke." Emmerich ging durch den kleinen Flur, der sich in nichts von den anderen kleinen Fluren, die er im Laufe seines Berufslebens schon gesehen hatte, unterschied, verließ die Wohnung und hoffte, dass es sich bei Hübler, Regine nicht um die Kartenlegerin handelte. Er hatte Glück, auf sein Klingeln öffnete eine Frau Mitte dreißig, die ein kleines Mädchen auf dem Arm hielt.

„Sie sind von der Polizei“, stellte sie ohne Umschweife fest. „Wollen Sie reinkommen?“

„Wenn es Ihnen nichts ausmacht.“

„Schon in Ordnung“, sagte sie und ließ ihn passieren. „Die arme Frau Diebold. Sie ist tot, nicht wahr?“

„Ja.“ Emmerich betrat ein ordentliches Wohnzimmer, das spiegelbildlich zu dem von Frau Diebold angelegt war. Allerdings roch es hier besser, der typische Geruch, den kleine Kinder verströmen, mischte sich mit dem Duft von frischer Seife.

„Setzen Sie sich doch, Herr ...“

„Hauptkommissar Emmerich“, stellte er sich vor und ließ sich auf dem Sofa nieder. „Wann haben Sie denn bemerkt, dass ...“

„Heute“, entgegnete Regine Hübler. „Also vorhin. Wir waren verreist, ich hab meine Eltern besucht und als wir zurückkamen ... man weiß doch, wie es im eigenen Haus riecht. Ich verstehe gar nicht, dass das vorher niemand aufgefallen ist.“

„Wie lange waren Sie weg?“

„Drei Tage.“

„Die Nase gewöhnt sich schnell an Gerüche“, erklärte Emmerich beinahe entschuldigend. „Wären Sie hiergeblieben, hätte es vielleicht noch ein wenig gedauert, bis ... Sie verstehen, was ich meine.“

Sie bedachte ihn mit einem zweifelnden Blick, nickte und setzte das Kind in einen Laufstall.

„Was können Sie mir denn erzählen? Über die Frau Diebold?“

„Wenig.“ Regine Hübler zog die Schultern hoch. „Ich hab die Kehrwoche für sie gemacht. Dafür hat sie mir zehn Euro gegeben. Sonst war sie noch ziemlich fit für ihr Alter.“

„Angehörige?“

„Zwei Söhne, soweit ich weiß. Aber fragen Sie mich nicht, wie die heißen.“

„Diebold, nehme ich an.“

„Wie?“

Emmerich riss sich zusammen. Seine Skatrunde konnte er sich an diesem Abend abschminken, doch es war schließlich nicht Regine Hüblers Schuld, dass sie nicht erst einen Tag später von ihrer Reise zurückgekehrt war, auch wenn ihm das besser ins Konzept gepasst hätte.

„Wissen Sie, wo die Söhne wohnen?“

„Keine Ahnung. Ich glaube nicht, dass ich schon mal einen von denen gesehen habe. Obwohl ich schon seit vier Jahren hier wohne.“

Das musste nichts heißen, befand Emmerich. Es konnte viele Gründe geben, wenn Söhne ihre Mütter nicht besuchten. Und nicht jeder Nachbar bekam vom anderen alles mit.

„Ist Ihnen irgendwas Ungewöhnliches aufgefallen in letzter Zeit? Im Zusammenhang mit Frau Diebold?“

Ihr Blick wurde misstrauisch. „Warum fragen Sie mich das? Ist sie nicht ... normal gestorben?“

„Sie haben doch selbst bemerkt, dass sie noch fit war, für ihr Alter.“

„O Gott.“ Regine Hübler hielt sich die Hand vor den Mund. „Sie wurde umgebracht?“

„Ich kann noch nichts Genaues sagen. Wir müssen das Ergebnis der Untersuchung abwarten. Sie ... äh ... liegt schon ein Weilchen.“

„Das verstehe ich natürlich“, hauchte die junge Frau sichtlich ergriffen. „Wenn ich Ihnen irgendwie helfen kann ...“

„Können Sie.“ Emmerich erhob sich. „Schreiben Sie mir alles auf, was Ihnen zu Frau Diebold einfällt.“

Im Treppenhaus herrschte eine Atmosphäre gedämpfter Hektik. Zwei Streifenbeamte versuchten, eine erregt wirkende Frau zu beruhigen, vor der Diebold´schen Wohnung stand der Zinksarg, mit dem die Tote in die Pathologie gebracht werden würde. Ein Mitarbeiter der Spurensicherung in weißem Ganzkörperkondom war mit der Untersuchung der Wohnungstür beschäftigt.

„Wer ist das?“, fragte Emmerich mit Blick auf die erregt wirkende Dame.

„Von der Hausverwaltung“, entgegnete der weibliche Teil des uniformierten Duos, der einen dicken, schwarzen Zopf unter der Schirmmütze trug. „Wollen Sie mit ihr sprechen?“

„Jetzt nicht. Aber stellen Sie die Personalien fest.“

Die Aufregung der Frau schlug in empörtes Schweigen um.

„Frenzel“, brüllte Emmerich in die Wohnung hinein. „Komm mal raus.“ Mirko erschien augenblicklich. „Wie weit sind wir da drinnen?“

„Wir?", fragte Frenzel und Emmerich hörte das Anzügliche in dieser Frage sofort heraus, ohne jedoch darauf einzugehen.

„Du verstehst mich schon."

„Es kann noch ein bisschen dauern."

„Präzise Antwort, vielen Dank." Emmerich schob seinen linken Ärmel zurück. Ziemlich genau 16.30 Uhr. Er wollte es vermeiden, anwesend zu sein, wenn die Tote aus der Wohnung getragen wurde. Die Podologin, der Zahnarzt, die Psychologin waren um diese Zeit vermutlich mit der Behandlung ihrer jeweiligen Klientel beschäftigt, die Leute, die oben wohnten, dagegen nur mit Glück zu Hause.

„Versuchen Sie mal, herauszufinden, was die übrigen Hausbewohner wissen", wies er die beiden Streifenbeamten an. „Besonders interessiert mich, wann Frau Diebold das letzte Mal gesehen wurde. Fangen Sie oben an, ich kümmere mich um diese Dame hier."

Die Beamten sahen erleichtert aus und machten sich auf den Weg. Emmerich musterte die Frau, die ihre Erregung nun mühsam unterdrückte. Sie war nicht mehr jung, aber dennoch von unbestimmbarem Alter, ein bisschen füllig und mit einem schweren, schwarzen Mantel bekleidet. *Haare gefärbt,* ging Emmerich eine stille Wette mit sich selbst ein und fragte laut:

„Sie sind also von der Hausverwaltung, Frau ...?"

„Winkler. Christine Winkler. Ich verwalte das Haus tatsächlich, aber ich komme nicht von einer Firma. Mir gehört die Hälfte."

„Das ist natürlich etwas völlig anderes", entgegnete Emmerich galant. „Bitte entschuldigen Sie die ungebührliche Behandlung durch meine Kollegen."

„Gewiss doch, Herr Kommissar." Frau Winkler entspannte sich ein wenig und zupfte den Kragen ihres Mantels zurecht. „Wir tun schließlich alle nur unsere Pflicht, nicht wahr?"

„So ist es. Und Ihre Pflicht hat Sie heute Nachmittag hierher geführt?"

„Ich muss doch wissen, was in meinem Haus vorgeht. Als ich hörte, dass die Polizei hier ist, bin ich selbstverständlich sofort gekommen."

„Und wie haben Sie das erfahren?"

„Ich erhielt einen Anruf. Von Madame ... von Frau Schloms."

„Wer ist Frau Schloms?"

„Sie wohnt einen Stock tiefer. Gegenüber."

„Die Psychologin?"

Frau Winkler zupfte jetzt an ihren Haaren, blieb die Antwort schuldig und sah ihn auf eine lauernde Weise an.

„Was ist denn nun mit der alten Diebold passiert?"

„Sie ist tot", erklärte Emmerich sachlich.

„Ah", sagte Frau Winkler, als verhelfe ihr diese Information zu einem Triumph, den Emmerich sich nicht erklären konnte. „Warum?"

„So weit sind wir noch nicht."

„Wann kann ich in die Wohnung?"

„Auch das wird noch ein paar Tage dauern. Sie wird versiegelt."

„Versiegelt?"

„Reine Routine, gnädige Frau." Emmerich vernahm das Geräusch sich nähernder Schritte aus dem Diebold´schen Flur. „Könnten wir unsere Unterhaltung anderswo fortsetzen? Ich fürchte, wir sind hier im Weg."

„Wirklich?" Frau Winkler reckte den Hals und spähte über seine Schulter in Richtung des Zinksarges.

„Wirklich", bestätigte Emmerich. „Lassen Sie uns nach draußen gehen."

Höflich, aber bestimmt dirigierte er sie nach unten und öffnete die Haustür. Draußen war es dunkel geworden. Ein Leichenwagen stand inmitten einer kleinen Menschenmenge direkt vor dem Haus auf den Gleisen der Stadtbahn.

„Wie sieht das denn aus?", protestierte Frau Winkler. „Die Leute werde denken, dass Sie mich verhaften."

„Gehen Sie einfach ganz normal voraus, und warten Sie gegenüber auf mich. Ich komme gleich nach."

Sie verließ das Haus und überquerte die Straße, während Emmerich die Menschenmenge betrachtete. Der Leichenwagen verursachte eine Störung des öffentlichen Nahverkehrs. Eine Stadtbahn stand hinter ihm auf den blockierten Gleisen, eine weitere wartete an der eigentlichen Kreuzung auf die Einfahrt in die Endhaltestelle. Wie es in Stuttgart üblich war, folgte einer Verkehrsstörung umgehend eine weitere. Autos stauten sich um den kleinen Platz, so weit Emmerichs Auge reichte. Als hätten deren Fahrer bemerkt, dass einer der Verantwortlichen nun persönlich zur Verfügung stand, setzte ein Hupkonzert ein. Pressefotografen schienen dagegen noch keine eingetroffen zu sein. Emmerich schlug den Kragen seiner nicht mehr ganz zeitgemäßen Cordsamtjacke nach oben und folgte Frau Winkler, die vor einem Döner-Laden wartete. Sie hatte sich eine Zigarette angesteckt und beobachtete amüsiert das automobile Tohuwabohu. Für Ende Oktober war es in diesem Jahr bereits empfindlich kalt geworden.

„Wollen wir da drin einen Kaffee trinken?", fragte Emmerich und wies auf das kleine Restaurant.

„Nein." Frau Winkler sog demonstrativ an ihrer Zigarette und blies den Rauch nach oben. „Seit August betrete ich keine Lokale mehr. Aus Prinzip."

Emmerich seufzte. Er selbst hatte das Rauchen schon vor einigen Jahren aufgegeben, dennoch war er kein Befürworter des generellen Verbots, das seit dem Sommer für alle öffentlichen Lokale galt. Auch seine Frau Gabi verweigerte das monatliche Essengehen, seit es für den Biergarten zu kühl geworden war. Ebenfalls aus Prinzip. Nun sollte er also bei einer Außentemperatur von fünf Grad diese Frau befragen. Er überlegte kurz, ob er sie für den nächsten Tag in sein Büro bestellen sollte, entschied sich dann aber aus zeitlichen Gründen dagegen.

„Wann hatten Sie denn das letzte Mal Kontakt zu Frau Diebold?", fragte er und schob die Hände in die Taschen seiner dünnen Jacke.

„Das muss so ungefähr vor zwei Wochen gewesen sein. Es gab da ein kleines Problem mit der Heizung."

„Sie hat nicht funktioniert?" Emmerich dachte an Dr. Zweigle.

„Doch natürlich. Frau Diebold hatte nur etwas falsch eingestellt."

„Wie lange wohnt sie schon im Haus?"

„Vierzig Jahre", schätzte Frau Winkler. „Vielleicht auch länger. Da müsste ich wirklich nachsehen."

Emmerich spürte, wie die Kälte durch die Sohlen seiner Lederslipper drang.

„Wem gehört die andere Hälfte? Vom Haus?"

„Meinem Onkel", sagte Frau Winkler, nahm einen letzten Zug und drückte die Zigarette in einem vor dem Döner-Laden bereitgestellten Aschenbecher aus. „Der ist fast neunzig. Ist Ihnen kalt?"

„Was glauben Sie denn?" Emmerich zitterte mittlerweile am ganzen Körper.

„Ich hab das Gesetz nicht gemacht", lächelte sie süffisant.

„Denken Sie mal, ich ebenfalls nicht."

Auch das gehörte zu den Dingen, die Emmerich an der Polizeiarbeit weniger schätzte. Irgendwelche Großkopferten baldowerten Gesetze aus, die sich in der Praxis als schwierig erwiesen. Mit den Auswirkungen an der Front aber mussten sich nicht die Herrschaften da oben befassen, sondern er und seine Kollegen.

„Sie bekommen Bescheid wegen der Wohnung", sagte er, um sein Martyrium abzukürzen. „Wenn ich noch Fragen habe, rufe ich Sie an."

„Aber sicher. Machen Sie's gut." Frau Winkler entfernte sich, ohne ihm die Hand zu reichen.

Machen Sie's gut, grummelte er in Gedanken. So weit war es schon gekommen, dass er sich in der Defensive befand. Und alles wegen eines blöden Rauchverbots.

Gegenüber fuhr gerade der Leichenwagen weg und die Straßenbahn an. Die ersten Lichter wurden eingeschaltet, ein feiner, eisiger Nieselregen setzte ein. Emmerich ging zurück und begab sich in den dritten Stock.

„Wo warst du?", empfing Frenzel ihn mit einem zwar unausgesprochenen, aber nichtsdestotrotz unüberhörbaren Vorwurf in der Stimme. „Dr. Zweigle wollte noch mit dir sprechen. Jetzt ist er weg."

„Das muss kein Nachteil sein. Mir war der alte Börner lieber."

Frenzel hüstelte. „Er ist im Ruhestand. Auf mich macht Dr. Zweigle einen sehr kompetenten Eindruck. Immerhin weiß er was über forensische Entomologie."

„Worüber?"

„Meine Güte, stell dich doch nicht blöder, als du bist. Das ist das ganze Zeug mit den Insekten ..."

„Schon gut." Emmerich schnüffelte. Der Geruch war immer noch da, aber ein wenig schwächer geworden. „Ich ekle mich halt davor. Was wollte Zweigle mir sagen?"

„Frau Diebold ist mindestens drei Tage tot, höchstens eine Woche. Genauer wollte er sich noch nicht festlegen, morgen früh weißt du mehr."

„Soso. Hast du mir Handschuhe?"

Frenzel holte ein Paar cremeweiße Latexüberzieher hervor und reichte sie wortlos seinem Chef.

„Dann wollen wir uns mal umsehen", sagte Emmerich, nahm einen tiefen Atemzug frischer Treppenhausluft und betrat die Wohnung. Als Erstes unterzog er das Schlafzimmer einer näheren Betrachtung. *60er-Jahre,* taxierte er die Einrichtung, die eine Seite des Doppelbettes war zum Schlafen hergerichtet, auf der anderen stapelten sich Zeitungen. Zwei Schränke standen rechtwinklig zueinander an den fenster- und türlosen Seiten des Raumes, er öffnete beide und bekam dasselbe Bild. Kleidungsstücke im einen, Zeitungen im anderen Schrank. Unterm Kopfkissen lagen mehrere gebrauchte Taschentücher, er hob die Matratze an, doch hier war nichts. Im Nachttisch lag eine kleine Kassette, mit wenigen, aber echten Schmuckstücken, ein altes Poesiealbum, gebrauchte Taschenkalender, abgelaufene Medikamente und ein Plastikwecker mit leerem Batteriefach. Auf der anderen Seite des Bettes, im Nachttisch des seligen Herrn Diebold, von dem Emmerich annahm, dass er einmal dort geschlafen hatte, wo sich heute die Zeitungen häuften, fand er eine Lupe und ein Heft mit dem Titel „Die besten Sexwitze 1962". Er ging ins Wohnzimmer. Auch hier fielen als Erstes Zeitungen auf, Zeitungen auf den Sesseln, Ausschnitte auf dem Tisch. Nach wie vor lief stumm der Fernseher, zweites Programm, und tauchte den Raum in wechselhaftes Licht.

„Mirko", sagte Emmerich, „man sollte überprüfen, wie hellhörig das Haus ist. Wenn tagelang ein Fernseher läuft, müsste das doch eigentlich gehört werden."

„Wer ist *man*?", fragte Frenzel, der die Schubladen einer Schrankwand aus hellem Holz durchsuchte, die ebenfalls aus den 60er-Jahren stammen musste.

„Du natürlich", entgegnete Emmerich. „Ich leite schließlich die Ermittlungen."

„Wird's eine Soko geben, was glaubst du?"

„Die gibt es immer", meinte Emmerich mit zynischer Überzeugung. „In diesem Fall bestehend aus dir und mir und mit etwas Glück noch zwei weiteren Kollegen. Denk dir schon mal einen schönen Namen aus. Für die drei Journalisten, die sich über die nicht einberufene Pressekonferenz beschweren."

Frenzel zuckte die Schultern. „Es ist halt was anderes, ob ein Kind, ein junges Mädchen oder eine alte Frau ums Leben kommt. Sie hat das ihrige doch auch schon hinter sich gehabt."

„Leben ist Leben und Mord ist Mord", knurrte Emmerich. „Aus einem toten Kind hätte ein Verbrecher werden können, während Frau Diebold vielleicht nur Gutes getan hat. Oder umgekehrt. Wer weiß das schon."

„Ich hab das Familienstammbuch", sagte Frenzel, ohne auf Emmerichs philosophische Überlegungen einzugehen, und hielt ein kleines, in rotes Plastik gebundenes Bändchen hoch. „Diebold, Alfred und Gertrud, getraut 1955. Erster Sohn, Herbert, geboren 1957, zweiter Sohn, Ralph, geboren 1960. Alfred Diebold ist vor acht Jahren gestorben, 1999."

„Gib her", wies Emmerich den Jüngeren an. „Sonst noch was Interessantes?"

„Das hier vielleicht." Frenzel zeigte auf ein Regal, das sich unmittelbar über den Schubladen befand. Zwischen einer alten Gesamtausgabe von Schiller und ein paar neu aussehenden Bildbänden über Tutanchamun, Rom und die bayerischen Alpen tat sich eine beachtliche Lücke auf.

„Du meinst, da fehlt was?"

Frenzel nickte.

„Und die Tatwaffe?"

„Bisher haben wir nichts gefunden, was danach aussieht."

„Hmhm", raunzte Emmerich und rempelte versehentlich einen Techniker der Spurensicherung an, der mit der Untersuchung des abgetretenen Teppichbodens beschäftigt war.

„Entschuldigung. Ich geh dann mal ins Büro und versuche, die Söhne ausfindig zu machen. Ihr kommt hier doch bestimmt ohne mich zurecht, ich lass dir den Wagen da."

Frenzel warf ihm einen merkwürdigen Blick zu und nickte wieder. *Er hält mich für einen alten Drückeberger,* dachte Emmerich ohne schlechtes Gewissen, *der sich die angenehmen Aufgaben unter den Nagel reißt. Und recht hat er.* Eines Tages würde es Frenzel genauso machen, wenn er schlau war. Emmerich verließ das Haus, ging zur Straßenbahnhaltestelle und setzte sich in die muffige Wärme des wartenden Zweiers. Um diese Tageszeit war der öffentliche Nahverkehr jedem Auto überlegen, er blieb sitzen, bis die Bahn den Rotebühlplatz erreichte, stieg in die S-Bahn um und fuhr bis zum Hauptbahnhof, wo er die nächste Stadtbahn Richtung Pragsattel nahm. Zufrieden rauschte er am Dauerstau auf der Heilbronner Straße vorbei und legte die restliche Strecke zum Polizeipräsidium zu Fuß zurück. Im Büro wartete eine gut aussehende, junge Frau auf ihn.

Sie war erst seit kurzem im Dezernat, Emmerich kannte sie bislang nur vom Sehen und einer kurzen Vorstellung. Wie es eben so war, gelang es ihm in diesem Augenblick nicht, sich ihren Namen ins Gedächtnis zu rufen. *Berner*, dachte er verzweifelt. *Kerbel, Merkle. So ähnlich, auf jeden Fall.* Die Kollegin trug Jeans zu einem dunkelgrünen Rollkragenpullover und machte einen beängstigend motivierten Eindruck.

„Wo haben Sie denn heute dieses schicke, kurze Jäckchen mit den drei Knöpfen gelassen, Frau Merkel?", versuchte Emmerich entschlossen, witzig zu sein.

„In der Reinigung", entgegnete sie mit einem vernichtenden Blick. „Ich bin Kriminalhauptkommissarin Brigitte Kerner, guten Tag."

„Tut mir leid", sagte Emmerich kleinlaut. „Was machen Sie hier?"

„Ich warte auf Sie. Der Kollege Frenzel hat mich davon unterrichtet, dass Sie demnächst hier auftauchen werden. Ich bin für die Ermittlungsgruppe eingeteilt."

„Wirklich? Wer hat Sie eingeteilt?"

„Der Chef, wer sonst?"

„Nur Sie?"

„Sehen Sie außer mir noch jemanden hier drin?"

„Im Moment nicht. Sie sitzen übrigens auf meinem Stuhl."

„Schon möglich." Die Hauptkommissarin stand auf. „Sonst war leider keiner frei."

Emmerich musste zugeben, dass sie recht hatte. Es gab zwei Besucherstühle im Raum, auf einem stand ein Karton Zuffenhäuser Berg, Trollinger trocken, die Sitzfläche des anderen wurde von einem Hamsterkäfig eingenommen.

„Ist da was drin?", fragte Kerner und zeigte auf den Käfig. Emmerich nickte schuldbewusst.

„Seppl. Gehört meiner Tochter. Ich hab ihn während der Herbstferien in Pflege. Er ist eher nachtaktiv."

„Ach." Kerner verrenkte den Kopf, um einen Blick in das kleine Häuschen zu erhaschen, das im Käfig stand. „Ist das nicht ein bisschen unpraktisch für ein Kind?"

„Meine Tochter ist siebzehn." Emmerich entfernte ein wenig umständlich den Käfig vom Stuhl und postierte ihn auf einem Stapel bunter Magazine. „Bitte nehmen Sie Platz."

Er umrundete seinen Schreibtisch und setzte sich auf den ihm angestammten, wirklich nur ein ganz kleines bisschen ausgeleierten Stuhl, seit Jahren sollte er schon durch einen anderen ersetzt werden, der den gültigen Vorschriften für arbeitstechnische Sicherheit in Diensträumen besser entsprach, was Emmerich aber bislang erfolgreich verhindert hatte.

„Sind Sie", so fragte er die jüngere Kollegin mit einer, wie er hoffte, gewissen Autorität, „bereits über die vorliegenden Fakten orientiert?"

„Sicher doch", entgegnete Brigitte Kerner nonchalant und schlug die schlanken Beine übereinander. „Gertrud Diebold, achtundsiebzig Jahre alt, verwitwet, zwei Söhne. Der ältere ist verheiratet und lebt mit Weib und Kindern in Bietigheim-Bissingen, der jüngere alleinstehend, wohnhaft in Stuttgart-West, Forststraße Nummer ... äh ... müsste ich noch mal nachsehen."

„Das ... hm ... wissen Sie also alles schon", stellte Emmerich unbehaglich fest, handelte es sich dabei doch um die Dinge, die er vorgehabt hatte, in Seppls traulicher Gesellschaft selbst herauszufinden.

„Natürlich", antwortete sie mit der Sicherheit jener, die das sofortige Vorliegen derartiger Informationen für eine Selbstverständlichkeit hielten. „Ich denke, wir gehen zu Ralph Diebold, das liegt näher."

„Tut es das?" Emmerich verfluchte seine eigene Blödheit. Das Überbringen schlechter Nachrichten war ihm noch um ein Vielfaches unangenehmer, als eine Schmeißfliege im Puppenstadium es zu sein vermochte. *Wenn ich Frenzel in die Finger kriege ...* schoss es ihm durch den Kopf, aber er war sich wohl bewusst, dass niemand außer ihm selbst Schuld an seiner misslichen Lage hatte.

„Wenn Sie meinen", ergab er sich daher in sein Schicksal. „Ich geb nur schnell Seppl noch was zu ..."

„Aber beeilen Sie sich." Hauptkommissarin Kerner stand bereits in der Tür. „Ich fahr schon mal den Wagen vor."

„Danke, Harry", seufzte Emmerich und nahm den irritierten Blick der Kollegin mit Genugtuung zur Kenntnis.

2

Eleonore Schloms drückte leise die Tür zu, durch deren Spalt sie bis gerade eben die Geschehnisse im Treppenhaus verfolgt hatte. Natürlich war auch ihr der unangenehme, süßliche Geruch nicht entgangen, der seit einem oder zwei Tagen aus Frau Diebolds Wohnung drang und sie hatte die entsprechenden Schlüsse gezogen, doch schien es ihr zweckmäßiger zu sein, nicht selbst aktiv zu werden. Eleonore, die auf einem dezent am Haus angebrachten Schild als „Madame Mercure" firmierte, legte keinen besonderen Wert auf Kontakt mit den Vertretern der staatlichen Gewalt. Die beiden jungen Beamten, die ihre Personalien aufgenommen und sie nach ihrem Verhältnis zu Gertrud Diebold befragt hatten, waren harmlos und taten ihre Pflicht, ohne dabei eine unangebrachte Fantasie zu entwickeln. Einem erfahreneren Auge aber wäre wohl die exquisite Qualität ihrer Teppiche oder der Wert des einen oder anderen Kunstgegenstandes in ihrer sonst bewusst schlicht gehaltenen Wohnung aufgefallen. Im Schlafzimmer, dessen Tür stets offen stand, um Besuchern den Eindruck zu vermitteln, dass ein solches vorhanden war, gab es nur einfache Möbel von Ikea. Die Einrichtung des Wohnzimmers mit schwarzem Ledersofa, gläsernem Couchtisch, Bücherregal, Grünpflanzen und Fernseher war sorgfältig darauf bedacht, ein etwas kleinbürgerliches Ambiente auszustrahlen. Salzlampen, Duftkerzen, Tücher aus Indien und Holzfiguren aus Afrika wiesen auf Madame Mercures mystisch-esoterische Begabungen hin, die sie nur ausgesuchten Klienten zuteil werden ließ. Natürlich nicht gegen Geld. Für Madame Mercures Dienste revanchierte man sich mit einem „Geschenk", über dessen Höhe der Klient selbst bestimmen durfte und für dessen Aufnahme ein Weidenkörbchen mit einem Deckel darauf bereitstand.

„Geben Sie mir, was Sie entbehren können und was ich Ihnen wert bin", pflegte Madame Mercure am Ende einer Sitzung zu sagen. „Und vergessen Sie dabei nicht die kosmischen Regeln." An schlechten Tagen nahm Eleonore zwei- oder dreihundert Euro aus ihrem Körbchen, gute

Tage dagegen brachten tausend Euro oder mehr. Das dritte Zimmer diente als sogenannter Vorbereitungsraum. Hier lag nur eine quadratische, flache Matratze am Boden, gedämpftes Licht und ebensolche Musik ermöglichten es dem Klienten, eine angemessene Zeit alleine zu meditieren, denn auch Eleonore benötigte Zeit für die profanen Dinge des Lebens, die Buchhaltung zum Beispiel oder das Erstellen eines Einkaufszettels. Sie tat nichts Illegales, keine Gewerbeordnung verbot es, Menschen die Karten zu legen oder die Bedeutung eines Schicksalsschlag mit einem Pendel zu erforschen, und dennoch befürchtete sie, auf dünnes Eis zu geraten. Sie hatte daher zugestimmt, einen gewissen Kommissar Emmerich am folgenden Tag um zehn Uhr in seinem Büro aufzusuchen und eine Aussage zu machen. Für heute hatte sie genug gehört, sie löschte die Kerzen, schaltete die Musik aus und machte sich auf den Weg zum Hausbesuch bei einer späten Kundin.

* * *

„Ich heiße übrigens Gitti", sagte Hauptkommissarin Kerner, während sie flotten Tempos in Richtung Wilhelma preschte.

„Reiner", brummte Emmerich. „Das ist der falsche Weg."

„Keineswegs", meinte sie fröhlich. „Vielleicht ist es weiter, dafür geht es schneller. Sie kennen doch die Staus auf der Heilbronner Straße."

Klar, dachte Emmerich, *deshalb bin ich ja mit der Straßenbahn ins Büro gefahren, ich Idiot.* Laut sagte er:

„Wissen wir irgendwas über Ralph Diebold?"

„Polizeilich bekannt ist er nicht", sagte Gitti. „Ich hab ihn gegoogelt. Ist aber nichts dabei herausgekommen."

Emmerich sagte nichts. Er war kein Freund der neuen Medien, auch wenn sie sich in vielen Fällen als praktisch erwiesen. Seinetwegen musste niemand Leute kugeln, insbesondere dann nicht, wenn nichts dabei herauskam. Er behielt sein Schweigen bei, bis sie die Rotebühlstraße erreicht hatten und nach rechts in die Schwabstraße einbogen, räusperte sich und fragte:

„Wollen Sie es ihm sagen?"

„Eigentlich nicht. Ich hab so was noch nie gemacht. Ich dachte, ich gucke mal zu und lerne von Ihnen."

„Von mir? Was glauben Sie, dass Sie da lernen können? Einfühlungsvermögen ist doch mehr was für Frauen."

„Finden Sie? Bei Ihrer Erfahrung ...?"

Emmerich warf ihr einen indignierten Seitenblick zu. Wollte sie ihn auf den Arm nehmen? Nein, sie schien es ernst zu meinen, konzentrierte sich auf den dichten Feierabendverkehr und hielt vor einer roten Ampel.

„Ist das Ihr erster Mord?", fragte er vorsichtig. „Sie sind neu im Dezernat, oder?"

Sie sah ihn an und lächelte. „Ja. Ich war vorher bei der Dreiern. Wirtschaftskripo."

„Wie schön für Sie." Nicht dass Emmerich etwas gegen Anfänger hatte, nur warum musste man sie ihm zuteilen? Gitti bog nach links ab und zählte leise die Hausnummern der Forststraße.

„Da ist es", sagte sie und benötigte eine gute Viertelstunde, um in einiger Entfernung des angegebenen Hauses einen Parkplatz zu finden. Ralph Diebold wohnte im dritten Stock, wie seine Mutter. Hinter den Fenstern brannte Licht. Emmerich holte Luft und drückte auf den Klingelknopf. Der Türöffner summte und sie betraten ein dunkles Treppenhaus, in dem aber sofort Licht eingeschaltet wurde.

„Ich komm runter", rief jemand, eilige Schritte näherten sich ihnen, dann stand ein Mann, der Mitte vierzig sein musste, aber jünger wirkte, in einem Morgenmantel aus silbergrauem Satin vor ihnen.

„Herr Diebold?", fragte Emmerich.

„Sie sind doch nicht vom Pizzaservice?", lautete die argwöhnische Antwort.

„Kripo Stuttgart. Wir müssen mit Ihnen reden."

„Ich hab gerade überhaupt keine Zeit."

„Es geht um Ihre Mutter", sagte Gitti Kerner.

„Meine Mutter? Ist ihr was passiert?"

„Äh ...", Gitti geriet ins Stocken, und Emmerich übernahm wieder das Wort:

„Vielleicht könnten wir in Ihre Wohnung gehen?"

Ralph Diebold sah nervös von einem zum anderen. „Das ist jetzt schlecht."

Emmerich beschloss, es hinter sich zu bringen.

„Herr Diebold, es tut mir leid, Ihnen das sagen zu müssen, aber ihre Mutter ist tot. Wir haben sie heute Nachmittag in ihrer Wohnung gefunden."

„Näää", sagte Ralph in einer Art, als entdecke er kurz vor dem Essen eine Ansammlung widerlicher Substanzen auf seinem Teller.

„Doch." Emmerich beobachtete das Mienenspiel seines Gegenübers mit Interesse, obwohl es ihm im Halbdunkel des Treppenhauses schwerfiel, sich ein Urteil zu bilden. „Wann hatten Sie das letzte Mal mit ihr Kontakt?"

„Mit meiner Mutter?" Langsam wich der angewiderte Gesichtsausdruck einem ungläubigen Staunen.

„Gertrud Diebold", sagte Gitti geduldig. „Das ist doch Ihre Mutter?"

„Schon. Was haben Sie gesagt ... sie ist tot?"

Die Kommissare nickten einträchtig.

„Ach du Scheiße", entfuhr es Ralph.

„Könnten wir vielleicht jetzt in Ihre Wohnung gehen?", fragte Emmerich.

„In meine Wohnung?"

Emmerich wollte nicht unsensibel erscheinen, aber die Art, in der Ralph Diebold jedes seiner Worte fragend wiederholte, ging ihm auf die Nerven. Auf ihn wirkte der Mann mehr gereizt als schockiert, der Grund dafür offenbarte sich im selben Moment.

„Ralphieee", flötete eine Stimme von oben. „Wo bleibst du denn?"

Diebold resignierte. „Kommen Sie mit."

Oben wartete, bekleidet mit einem schwarzen Nichts, eine Frau, die Emmerich auf Mitte sechzig schätzte. Sie wich erschrocken in die Wohnung zurück, als sie ihn und Kerner erblickte. Ralph flüsterte ihr etwas ins Ohr, worauf sie auf dem Absatz eines lächerlichen Pantöffelchens mit einem rosa Puschel darauf kehrtmachte und in einem der beiden Zimmer verschwand. Ralph führte sie in das andere.

„Ich verstehe das nicht", sagte er stirnrunzelnd. „Meine Mutter ist doch kerngesund."

Jetzt nicht mehr, dachte Emmerich zynisch und fragte erneut: „Wann hatten Sie das letzte Mal Kontakt mit ihr?"

„Weiß ich gar nicht. Vor zwei Wochen? Vielleicht sind's auch schon drei."

„Sie sehen sich nicht regelmäßig?"

„Nein. Warum ist sie so plötzlich gestorben?"

„Es war kein natürlicher Tod", fand Kerner die besseren Worte.

„Was soll das heißen?"

„Ihre Mutter wurde umgebracht."

Endlich reagierte Diebold so, wie man es erwarten konnte. Er begann, am ganzen Körper zu zittern und ließ sich unsicher auf einen Sessel in Raubtieroptik sinken. Sie ließen ihm ein paar Minuten und setzten sich auf das gegenüberliegende, nicht weniger geschmacklose Sofa. Emmerich unterzog den Raum einer kurzen, routinierten Beurteilung. Das Mobiliar entsprach, sah man von Ralphs Vorliebe für Leopardenmuster ab, dem Üblichen. Es gab kaum Bücher, dafür reichlich DVDs, mehrere Pokale in unterschiedlichen Größen und Ausfertigungen, ein gerahmtes Poster von Michael Schuhmacher im Ferrari an der Wand und Automodelle im Regal. Auf dem Couchtisch stand eine angebrochene Flasche Wein neben zwei halbvollen Gläsern, dazwischen lag eine DVD-Hülle, deren Äußeres auf Pornografie schließen ließ. Offenbar hatten Ralphie und die Dame mit den puscheligen Pantöffelchen sich bei den Vorbereitungen für ein amouröses Abenteuer befunden. Emmerich hob beiläufig die DVD-Hülle an und registrierte den darunterliegenden gelben Geldschein.

„Wenn Sie psychologische Betreuung wünschen, kann ich jemanden anfordern", sagte Kerner in diesem Moment.

„Seh ich aus wie eine Memme?" Ralphie hatte sein Zittern wieder unter Kontrolle. „Wieso bringt jemand meine Mutter um?"

„Das fragen wir uns natürlich auch", mischte Emmerich sich ein. „Haben Sie eine Idee?"

„Ich bin doch kein verdammter Bu ... Polizist", brauste Ralph Diebold auf. „Was genau ist überhaupt passiert?"

„Ihre Mutter wurde erschlagen. Das muss schon ein paar Tage her sein. Trauen Sie sich trotzdem zu, sie zu identifizieren?"

„Was?" Ralph trank eines der Gläser aus und schenkte sich nach. „Jetzt?"

„Wir können Sie gleich mitnehmen. Wollen Sie vorher noch Ihren Bruder anrufen?"

„Herbert?", fragte Ralph, als handele es sich dabei allenfalls um einen entfernten Bekannten. „Herbert ist verreist. Wie sieht sie denn aus?"

„Es gibt Schöneres“, meinte Emmerich und dachte an das mumienhafte Wesen im fliederfarbenen Strickjäckchen vom Nachmittag. Ralph nahm einen kräftigen Schluck und stand auf.

„Ich pack das schon. Lassen Sie mich was anziehen und der Süßen Bescheid sagen, dann können wir los.“

3

Die nebligen Vorboten des Novembers hatten sich über die Stadt gelegt, doch es hing noch genug Laub in den Bäumen, um das Licht der wenigen Lampen zu verdüstern, die eigentlich den schmalen, verwunschenen Steig zwischen Zeppelinstraße und Honoldweg erhellen sollten. Eleonore Schloms schritt kräftig aus und verschwendete keinen Gedanken an ihre Unversehrtheit. Stuttgart, im Allgemeinen, war eine sichere Stadt, zumindest in dieser Gegend passierte nie etwas, ein Fußweg wurde nicht zu einem Hort der Gefahr, nur weil es dunkel war. Sie erreichte ihr Ziel, ein schönes, altes Natursteinhaus, stieg noch einige Treppen empor bis zur Haustür und klingelte. Ihre Kundin erwartete sie.

„Madame Mercure", grüßte sie mit gedämpfter Stimme. „Kommen Sie herein. Der Tod ist doch immer ein Zeichen."

„Jedem Ende wohnt ein Anfang inne", bestätigte Eleonore so platitüdenhaft wie salbungsvoll und betrat die großzügige Fünfzimmerwohnung, in der es nach Räucherstäbchen und Knoblauch roch.

„Ich habe uns eine leichte Mahlzeit zubereitet", sagte die Gastgeberin und rückte ein Paar übergroße Filzpuschen in Eleonores Blickfeld. „Nicht zu viel, wir wollen ja auf unser Gewicht achten."

Du vielleicht, dachte Eleonore, während sie aus ihren Schuhen schlüpfte. Wie stets bei diesen Terminen verdrängte sie den Gedanken an die schweißigen Füße anderer Besucher, die bereits in den Puschen gesteckt haben mochten und schlug den Weg ins Esszimmer ein. Sie wusste, was sie dort erwartete. Feine, kleine Fischigkeiten, rohe Gemüsestreifen, Weißbrot und verschiedene Dips. Nichts, wovon man satt werden konnte, aber sie kam schließlich nicht wegen des Essens her. Nach Beendigung der leichten Mahlzeit gönnte sich die Hausherrin zwei Gläschen Sauerkirsch, um das notwendige spirituelle Rüstzeug zu erlangen, dann holte Eleonore Karten und Pendel hervor. Sie beherrschte auch die Kunst des Runenlesens, doch davon wollte ihre Kundin nichts wissen. Runen strahlten ihrer Ansicht nach etwas Negatives aus, verunreinigt durch die

Schwingungen des Dritten Reiches, die sich – ähnlich der kosmischen Hintergrundstrahlung – auch heute noch manifestieren konnten.

„Zuerst die Tageskarte", sagte Eleonore und präsentierte das aufgefächerte Tarotdeck. Die Dame des Hauses zog eine Karte.

„Wie passend. Es ist der Tod."

„Sie hatten schon immer einen besonders offenen Kanal für die Engel", schmeichelte Eleonore. „Das kommt Ihnen heute zugute. Wollen wir fortfahren?"

Ihre Kundin räkelte sich selbstgefällig in ihrem weinroten, samtenen Nickianzug.

„Nein, meine Liebe. Heute wünsche ich keine Lesung wie gewöhnlich. Heute möchte ich etwas mit Ihnen besprechen. Sie können also getrost von Ihren löblichen Prinzipien abweichen und ein Glas Wein mit mir trinken."

Eleonore unterdrückte ein Seufzen. Sie erteilte ihren Kunden allerlei mögliche und unmögliche Ratschläge, doch sie verschanzte sich dabei stets hinter ihren Karten und ließ persönliche Ansichten aus dem Spiel. Persönliche Ansichten waren schlecht fürs Geschäft, Distanz zum Kunden ihr oberstes Gebot. In diesem Fall jedoch würde sie eine Ausnahme machen müssen. Sie verschränkte die Arme über der Brust, um ihre Zurückhaltung zu unterstreichen, und fragte sachlich:

„Worum geht es, Frau Winkler?"

„Ich habe einen Mann kennengelernt. Einen sehr interessanten Mann. Ich möchte, dass Sie sich ein Bild von ihm machen."

„Gerade dann wäre es besser, wenn Sie auf Ihren Bauch hören würden und darauf, was die Karten sagen."

Christine Winkler entkorkte sorgfältig eine Flasche Cabernet Sauvignon und schenkte den Wein in zwei hochstielige Gläser.

„Später vielleicht. Es geht hier weniger um die emotionalen und spirituellen Ebenen. Noch nicht. Zum Wohl."

„Prost." Eleonore nahm einen winzigen Schluck und stellte ihr Glas wieder ab. „Worum dann?"

„Geld", entgegnete Frau Winkler schlicht.

„Ich bin keine Vermögensberaterin."

„Das weiß ich doch, meine Liebe. Nein, Sie sollen mich zu einem Empfang begleiten und mir sagen, was Sie von ihm halten. Und dann ist da noch eine Sache, um die ich Sie bitten möchte. Es geht um einen jungen Mann, der seit einigen Wochen bei Ihnen im Haus wohnt."

Bevor Eleonore ihr eine ablehnende Antwort erteilen konnte, hob Christine Winkler die Hand.

„Einen Moment, Frau Schloms, bitte unterbrechen Sie mich jetzt nicht. Madame Mercure und das Spirituelle sind nur eine Seite der Medaille. Ich schätze unsere wöchentlichen Sitzungen sehr, doch wir leben in einer materiellen Welt. Wenn ich Ihnen nun sage, dass ich schon lange weiß, dass Sie nicht am Hölderlinplatz wohnen, sondern ein hübsches Appartement in Halbhöhenlage Ihr Eigen nennen, dann unterhalten wir uns sicherlich auf Augenhöhe."

Eleonore sank zurück in die Tiefen des dick gepolsterten Lederfauteuils. Frau Winkler war die einzige Kundin, die ihren richtigen Namen kannte, sie war bedauerlicherweise eben auch ihre Vermieterin. Kaum anzunehmen, dass sie wusste, welchen Anteil ihrer Einnahmen Eleonore dem Finanzamt verschwieg, doch wenn sie das Appartement kannte, zog sie zumindest die richtigen Schlüsse.

„Was wollen Sie von mir?", fragte sie lahm.

„Noch etwas Wein? Sie trinken ja gar nichts."

„Nein, danke."

Christine Winkler schenkte sich nach. „Wie ich schon sagte, es geht um einen jungen Mann, der bei Ihnen im Haus wohnt. Ich möchte, dass Sie ihn für mich ein wenig im Auge behalten."

„Sie meinen, ich soll ihm hinterherspionieren? Warum?"

„Weil es mich interessiert, was er macht. Von wem er Besuch bekommt. Wann er ein- und ausgeht."

„Sie haben ihm doch die Wohnung vermietet. Haben Sie sich da nicht über ihn informiert?"

„Ich war wohl ein wenig ... zu oberflächlich."

„Also gut." Eleonore erhob sich. „Ich werde sehen, was ich tun kann. Und jetzt würde ich gerne ..."

„Warten Sie." Christine Winkler stand ebenfalls auf und nahm ein cremeweißes Büttenpapier aus einer teuer aussehenden Schale. „Das ist die Einladung für den Empfang. Ich verlasse mich auf Sie."

★ ★ ★

Es war spät geworden, als Emmerich und Kerner in Begleitung von Ralph Diebold das Robert-Bosch-Krankenhaus verließen. Diebold wirkte weitaus weniger forsch als zuvor, der Anblick des eingeschrumpelten Körpers, der einmal seine Mutter gewesen war, hatte auf ihn gewirkt, als ließe man die Luft aus einem Ballon. Selbst das dazugehörige Geräusch, ein unbestimmbares „Pffft", hatte nicht gefehlt, denn mehr als das hatte Ralphie nicht von sich gegeben. Gittis Angebot, ihn nach Hause zu fahren, hatte er ohne Umschweife angenommen und auch nichts dagegen gehabt, Emmerich auf dem Weg dorthin abzusetzen. Sie fuhren schweigend durch die neblige Nacht, und Emmerich fühlte sich erleichtert, als er den Wagen mit einem knappen „Bis morgen dann" an der Neckarstraße verlassen durfte. Die kalte, feuchte Luft tat ihm gut – was ging es ihn an, dass sie mittlerweile als ernsthafte Gefahr für Leib und Leben galt. Emmerich wohnte nicht weit weg von der Stelle, die seit einigen Jahren als dreckigster Ort Deutschlands Schlagzeilen machte. Es war nicht so, dass am Neckartor Müll herumgelegen hätte, derartiges war in Stuttgart nahezu undenkbar, nein, es handelte sich um die Feinstaubwerte. Er wusste nicht genau, an wie vielen Tagen im Jahr die zulässige Höchstgrenze überschritten wurde, aber es musste wohl häufig geschehen. Im Gegensatz zum Rauchen schien das aber nicht wirklich jemanden zu kümmern. Emmerich glaubte nicht, dass in absehbarer Zeit ein Gesetz zum Schutze der Bevölkerung vor Abgasen verabschiedet werden würde. Er selbst machte sich ohnehin keine diesbezüglichen Sorgen. In seiner unmittelbaren Nachbarschaft lebte eine nicht unerhebliche Menge alter und sehr alter Leute, die sich bester Gesundheit erfreuten, aber er war es gewohnt, darauf angesprochen zu werden. In seiner Wohnung zumindest lag kein Staub. Gabi hatte alles blitzblank geputzt, bevor sie sich mit Jule für eine Woche nach Kreta aufgemacht hatte. Sein Zuhause fühlte sich leer und steril an in diesem sauberen Zustand, ohne die Anwesenheit von Frau und Kind. Mohrle, der getigerte Stubenkater, dessentwegen er Seppl sicherheitshalber mit ins Büro genommen hatte, empfing ihn mit einem leisen Maunzen. Emmerich folgte den fürsorglichen Anweisungen seiner Gattin, indem er eine Tupperschüssel mit der Aufschrift „Gaisburger Marsch" aus dem Gefrierschrank nahm. Er ließ den Eisklotz in einen Topf plumpsen und stellte ihn auf den Herd, schlüpfte in einen ausgebleichten, ehemals blauen Schlafanzug und eine nicht minder betagte Strickjacke und schaltete den Fernseher ein. Sein Abendessen gestaltete sich formlos, die Fernsehzeitschrift genügte ihm als Unterlage für den heißen Suppentopf, ein Teller erschien ihm unnötig. Während er mit halbem Ohr den Nachrichten lauschte, ließ er den Tag Revue passieren. *Irgendwoher kenne ich ihn*, dachte er an Ralph Diebold und fragte sich, ob auch Gitti Kerner den Zweihunderter unter der DVD bemerkt hatte. Genussvoll löffelte er den Gaisburger Marsch in sich hinein und aß ausnahmsweise auch die wenigen Karotten darin, die er sonst liegen ließ. Heute musste er den Topf selbst spülen, da konnten sich übrige Karotten als hinderlich erweisen. Nach beendeter Mahlzeit stibitzte er sich eine von Gabis Zigaretten und rauchte, was er gelegentlich und heimlich immer noch genießen konnte. Das Rauchen im Wohnzimmer verschaffte ihm darüber hinaus ein kurzes Gefühl der Anarchie, ähnlich dem Triumph eines Teenagers mit sturmfreier Bude, denn seit Jules Geburt war Rauchen nur noch auf der Veranda gestattet. Er trug den leeren Topf in die Küche und spülte ihn, wie er es früher getan hatte: heißes Wasser hinein, auswischen mit Küchenrolle, fertig. Seinen nostalgischen Anwandlungen nachgebend, nahm er ein Bier aus dem Kühlschrank, schaltete den Fernseher aus und legte stattdessen *Deep Purple in Rock* ein. Beim siebten Stück, *Hard Lovin Man*, Emmerich war schon beinahe eingenickt, wusste er es plötzlich. Ralph Diebold war Taxifahrer. Vor einem halben Jahr hatte er eines benötigt, um vom Frühlingsfest nach Hause zu kommen. Der Fahrer, der seine Geduld mit anzüglichen Witzen und zotigen Anekdoten über rallige Weiber strapaziert hatte, war Ralph Diebold gewesen. *Die Welt ist klein*, dachte Emmerich, bevor er die CD aus dem Player nahm und sich auf sein einsames Nachtlager begab.

4

Der Morgen war keiner, durch die Umstellung von Sommer- auf Winterzeit hätte es eigentlich hell sein müssen, doch das trübe, neblige Ende dieses ansonsten schönen Oktobers ließ keine Illusionen aufkommen, der Winter stand bevor. Erkennbar war dieser Umstand auch dadurch, dass die kleine Bäckerei, in der Emmerich sich nach einem kargen Strohwitwerfrühstück mit einer Quarktasche und einem halben Liter Kakao fürs Büro verproviantierte, bereits Christstollen, Schnitzbrot und sogar Weihnachtsengel aus Schokolade feilhielt. Emmerich nahm die Bahn vom Stöckach zum Hauptbahnhof, wo er umstieg und zum Pragsattel weiterfuhr. Er war früh dran, denn ihm war eingeschärft worden, dass Seppl neben Futter und Wasser ein gewisses Quantum an Körperkontakt benötigte. Seppl, der zwar einen Hamsterkäfig bewohnte, tatsächlich aber eine Ratte war, erwartete ihn bereits in Männchenposition, die Nase vibrierend durch die Gitterstäbe gesteckt. Emmerich nahm ihn heraus und setzte ihn sich auf die Schulter, wie Jule es ihm beigebracht hatte. Seine anfänglichen Vorbehalte Seppl gegenüber hatten sich längst gelegt, er hatte sich sogar daran gewöhnt, dass die Ratte gelegentlich, in possierlicher Haltung auf dem Esstisch sitzend, an den gemeinsamen Mahlzeiten teilnahm. Seppl auf seinem Rücken herumturnen und an seinem Haaransatz zu spüren, war ein neues Gefühl für ihn, aber Jule hatte ihm versichert, dass es sich mit einer Ratte auf der Schulter ganz normal arbeiten ließ und keine Gefahr bestand, dass diese das Weite suchte. Emmerich setzte sich also an seinen Schreibtisch, schaltete das Handy ein und registrierte einen eingegangenen Anruf. Die Nummer sagte ihm nichts, er drückte die Rückruftaste und hielt den Hörer gegen seine Gewohnheit ans linke Ohr, da Seppl mit der Inspektion des rechten beschäftigt war. Nach dem dritten Klingeln nahm Regine Hübler ab.

„Sie sind aber früh dran", bemerkte Emmerich.

„Für mich ist die Nacht um sechs Uhr zu Ende", sagte Regine Hübler.

„In einer Stunde muss ich aus dem Haus. Falls Sie vorher noch wissen wollen, was mir zu Frau Diebold eingefallen ist."

„Sicher doch." Emmerich griff sich einen Stift und ein Blatt Papier. „Schießen Sie los."

„Es gab da ein Damenkränzchen, wie sie es nannte. Das Café liegt gleich hier um die Ecke in der Johannesstraße. Dienstag nachmittags, soweit ich weiß."

„Das wäre heute", stellte Emmerich fest.

„Eben", sagte Regine Hübler. „Dada, bubu."

„Wie bitte?"

„Entschuldigen Sie, die Kleine wird unruhig. Außerdem hatte sie eine Putzfrau. Ich nehme an, dass die schwarz arbeitet, also nur in der Wohnung, wenn Sie verstehen, was ich meine. Deshalb hab ich die Kehrwoche ..."

„Schon klar. Wissen Sie, wie die Dame heißt?"

„Nein, keine Ahnung. Aber sie kommt ebenfalls dienstags, ungefähr eine halbe Stunde, bevor Frau Diebold zu ihrem Kränzchen ... Uääärhhh."

Emmerich zuckte zusammen, ebenso wie Seppl, der im Begriff war, von der rechten Schulter auf die linke zu wechseln. Er spürte, wie die Ratte sich mit letzter Kraft am Kragen seines Flanellhemdes festklammerte und drehte sich instinktiv so, dass sie im Falle eines Absturzes auf dem Schreibtisch landen würde, was sie auch prompt tat.

„Ich muss jetzt aufhören, Herr Kommissar. Minilein hat Durst und die Hosen voll", erklärte Regine Hübler. „Mehr weiß ich sowieso nicht."

„Warten Sie. Um welche Uhrzeit findet das Damenkränzchen statt?"

„So gegen drei. Glaube ich zumindest."

Emmerich bedankte sich artig und unterbrach die Verbindung, bevor Minileins Brüllen die Crescendo-Stufe erreichte. Vermutlich hatte noch nie jemand Messungen darüber angestellt, mit welcher Dezibelstärke ungefiltertes Kindergeschrei durch ein Telefon auf das Ohr des Gesprächspartners traf, aber er war sich sicher, dass der Wert die Lautstärke eines Rockkonzertes bei weitem übertraf. Seppl hatte die kurze, akustische Beeinträchtigung seines unbeschwerten Rattenlebens längst wieder verdrängt und erkundete mit der seiner Art eigenen Neugier Emmerichs Schreibtisch, als die Tür aufging und Frau Sonderbar eintrat.

Frau Sonderbar war seine Sekretärin, das hieß, eigentlich nicht seine, sondern die der Dienststelle, aber Emmerich machte in dieser Hinsicht längst keine Unterschiede mehr. Sie war da, seit er denken konnte, und es erschien ihm unvorstellbar, dass sie vor ihm in Pension gehen würde, obwohl ihm der gesunde Menschenverstand sagte, dass dieser Tag nicht mehr allzu weit weg sein konnte. Ohne jemals intensiver darüber nachgedacht zu haben, nahm Emmerich an, dass man mit einem derartigen Familiennamen nichts anderes werden konnte, als Sekretärin im öffentlichen Dienst, doch Frau Sonderbar war doppelt gestraft, da sie darüber hinaus auch noch Hildegard mit Vornamen hieß. Man konnte ihren Eltern dabei keine Böswilligkeit unterstellen, denn wie hätten sie ahnen sollen, dass Jahrzehnte nach der Geburt ihrer Tochter ein beliebter Komiker einen Dauerbrenner der deutschen Fernsehgeschichte erfinden sollte, in dem eine gewisse Hildegard eine unsterbliche Verbindung mit einer Nudel eingehen würde. Emmerich machte sich keine Vorstellung davon, wie oft Frau Sonderbar sich in den letzten dreißig Jahren den Satz „Nein Hildegard, sagen Sie jetzt nichts“ hatte anhören müssen, aber er wusste, dass sie den Spitznamen „Nudel“ wenig schätzte und auch auf Kombinationen wie Ulk- oder Betriebsnudel allergisch reagierte. Letzteres war auch nicht zutreffend, denn Frau Sonderbar war weder besonders kommunikativ, noch besonders witzig veranlagt, dafür aber von beeindruckender Effizienz. Im Moment wirkte sie erstaunt darüber, Emmerich bereits hinter seinem Schreibtisch anzutreffen, und erstarrte geradezu, als ihr Blick auf Seppl fiel.

„Soll ich den Hausmeister rufen?“, fragte sie distanziert.

„Nicht nötig, er gehört meiner Tochter“, erklärte Emmerich, fing die Ratte ein und setzte sie in ihren Käfig. „Ich hab ihn bloß in Pflege.“

„Ihn?“, wiederholte Frau Sonderbar indigniert. „Hier?“

„Nur diese Woche“, sagte Emmerich entschuldigend.

„Tatsächlich.“ Sie reichte ihm zwei dünne Mappen. „Der vorläufige Bericht der Pathologie und die Personalien der Hausbewohner. Nehmen Sie Kaffee?“

„Eine Tasse, wie immer.“

Sie warf einen letzten Blick auf den Käfig, in dem Seppl, der ein reinliches Tier war, sich der Pflege seines Körpers widmete, und ging wieder hinaus. Emmerich griff sich die erste Mappe. Gertrud Diebold war körperlich gesund gewesen, ihr Tod durch das gewaltsame Einwirken eines stumpfen Gegenstandes verursacht worden. An den Wundrändern hatte Dr. Zweigle Partikel gefunden, die er für Fasern von grünem Filz hielt, aber die genaue Untersuchung war noch nicht abgeschlossen. Die tödliche Wunde selbst befand sich im rechten Bereich des Hinterkopfes, ihre Ausformung ließ Dr. Zweigle auf einen rechtshändigen Täter schließen, der auch eine Täterin sein konnte, vorausgesetzt, der verwendete Gegenstand wies die nötige Schwere auf. Emmerich überging die mit lateinischen Vokabeln gespickten Einzelheiten und schlug die zweite Seite auf. Auch hier überflog er das meiste und las nur den Schluss, den Dr. Zweigle mit „Fazit“ überschrieben hatte. Mit hoher Wahrscheinlichkeit war Gertrud Diebold irgendwann zwischen Donnerstagnachmittag und Freitagmorgen der vergangenen Woche erschlagen worden. Tatort und Fundort stimmten überein, sie hatte sich nicht gewehrt, war auch nicht bewusstlos gewesen, sondern hatte einfach so, nichtsahnend in ihrem Fernsehsessel gehockt. Emmerich nahm die zweite Mappe. Die Wohnung links oben stand leer, rechts wohnte ein Niklas Munz, zwanzig Jahre alt, am gestrigen Tag abwesend. Dasselbe traf auf Sven Zumbach zu, vierter Stock rechts, vierunddreißig Jahre. Gegenüber wohnten Panagiotis und Sophia Georgiadis, die von den Streifenbeamten angetroffen worden waren und Emmerichs Besuch am heutigen Tag erwarteten. Beide waren über siebzig. Regine Hübler kannte er bereits, im zweiten Stock unter ihr residierte die Kartenlegerin Schloms, die heute um zehn in seinem Büro sein würde, daneben befanden sich die Räume der Psychologin Sonja Sorrentin. Im Erdgeschoss praktizierten der Zahnarzt Dr. Thomas Riesling und – das podologische Geheimnis enthüllte sich – eine medizinische Fußpflegerin namens Daniela Wöhr. Emmerich griff zum Telefon und begann mit der Terminvereinbarung, systematisch von unten nach oben. Frau Sonderbar brachte den Kaffee, Mirko Frenzel trat ein, und draußen wurde es endlich ein bisschen heller.

„Morgen“, sagte Frenzel und schwenkte eine fettgetränkte Papiertüte, deren Geruch Emmerich um diese Tageszeit schwer erträglich war.

„Du kriegst zu Hause kein Frühstück, wie?“, raunzte er naserümpfend.

„Von wem denn?“ Frenzel setzte sich auf den hamsterkäfigbefreiten

Besucherstuhl, öffnete die Tüte, holte einen Leberkäswecken, vulgo LKW genannt, hervor und biss herzhaft hinein.

„Such dir doch endlich mal ne Frau“, empfahl Emmerich. „In deinem Alter war ich längst ...“

„Vergiss es, Reiner. Vor zwei Wochen hast du mir erzählt, dass ihr euren neunzehnten Hochzeitstag feiert. Ich weiß, dass du zweiundfünfzig bist, und rechnen kann ich auch.“

„Wir waren da aber immerhin schon acht Jahre zusammen.“

„Das ist heute nicht mehr so einfach.“

Emmerich sah Frenzel und den LKW an, dachte an Jule und sagte: „Was bringt dich darauf, dass es vor zwanzig Jahren einfacher war?“

„Meine letzte Freundin hat erwartet, dass ich das Frühstück mache.“

„Na gut, lassen wir das.“ Emmerich reichte Frenzel die beiden Mappen und wartete, bis der Jüngere den Inhalt überflogen hatte. „Was hältst du davon?“

„Ja“, sagte Frenzel, kaute und sah zu, wie Frau Sonderbar eine Tasse Kaffee vor Emmerich absetzte.

„Frau Kerner hat angerufen, sie steht im Stau auf der B 14“, informierte sie Emmerich. „Ist heute nicht Lokführerstreik?“

„Sie muss den Täter gekannt haben“, äußerte Frenzel mit nunmehr leerem Mund. „Übermorgen.“

„Was ist übermorgen? Da ist sie eine Woche tot, oder wie?“

„Lokführerstreik“, mampfte Frenzel. Er knüllte die fettgetränkte Tüte zusammen, verfehlte Emmerichs Papierkorb nur knapp und wischte sich die Hände an einem nicht besonders frischen Taschentuch ab.

„Ich muss schon sagen ...“, bemerkte Frau Sonderbar spitz. Sie nahm das Fettknäuel mit Daumen und Zeigefinger vom Boden und sah Frenzel missbilligend an.

„Nein, Hildegard ...“, begann Frenzel, was Frau Sonderbar ein angewidertes Schnauben entlockte. Sie ging zurück ins anliegende Zimmer und warf die Tür mit einem wohl dosierten, jahrelanger Übung zu verdankendem Knall mittlerer Lautstärke zu. Emmerich sah ihr nach.

„Sie findet das nicht besonders witzig, weißt du.“

„Das ist doch nur so eine Art Running Gag ...“, verteidigte Frenzel sich halbherzig und verstummte, als er Emmerichs spezifischen Blick, welcher der Anwendung unnötiger Anglizismen vorbehalten war, bemerkte.

„Sie hat den Täter also gekannt", nahm dieser den Faden betont sachlich wieder auf.

„Alles spricht dafür", nickte Frenzel. „Sie hat keinen Widerstand geleistet, es gab keinerlei Spuren eines Einbruchs, ihr Schmuck wurde nicht geklaut und auch das Geld in ihrer Handtasche sowie zwei Sparbücher sind noch da. Was die Anwesenheit Dritter in der Wohnung anbetrifft, müssen wir den Bericht der KTU abwarten, aber so viel konnten sie gestern schon sagen: Die innere Klinke der Wohnungstür wurde abgewischt, die war sauber wie ein frisch gewaschener Kinderpopo. Das grüne Zeug an den Wundrändern könnte vom Fuß eines Pokals oder etwas Ähnlichem stammen. Sagt zumindest Dr. Zweigle."

„Ralph Diebold hat Pokale", meinte Emmerich nachdenklich.

„Wie hat er reagiert?", fragte Frenzel harmlos, die Schadenfreude, die er nach Emmerichs Überzeugung empfinden musste, überspielend.

„Wie man halt so reagiert, wenn einem die Mutter erschlagen wird", antwortete er so beiläufig, als handele es sich dabei um einen alltäglichen Vorgang, dessen Ablauf man als jedermann bekannt voraussetzen konnte, doch die erhoffte Wirkung dieser Beiläufigkeit auf Frenzel blieb aus.

„Was ist er für ein Typ?"

„Muskelprotz." Emmerich überlegte und fügte bedächtig hinzu: „Wenn du mich fragst, fickt er notgeile Rentnerinnen gegen Bezahl... oh ... guten Morgen, Frau Kerner."

„Gitti", sagte die eintretende Hauptkommissarin ungerührt und schloss die Tür zu Frau Sonderbars Zimmer hinter sich. Emmerich und Frenzel wechselten einen Blick, einen Männerblick, der besagte, dass man nicht wissen konnte, wie viel die Kollegin von der letzten Bemerkung mitbekommen hatte und das Thema an dieser Stelle keiner weiteren Vertiefung bedurfte.

„Hatten Sie eine angenehme Nachtruhe?", fragte Emmerich höflich und bedeutete Frenzel mit einer Handbewegung, den Karton Zuffenhäuser Berg, Trollinger trocken, vom zweiten Besucherstuhl zu entfernen.

„Ich hab gerade den Chef getroffen", verkündete Gitti Kerner, während sie sich ihrer Jacke entledigte. „Er ist der Meinung, dass wir zu dritt in diesem Fall durchaus zurechtkommen können."

Das bedeutete, übersetzte Emmerich in Gedanken, *dass der Chef im Grunde genommen zwei Leute für ausreichend hielt und der neuen Kollegin noch nicht über den Weg traute, wie er überhaupt von Frauen in den höheren Diensträngen keine besonders gute Meinung hatte, was er aber aus Gründen der politischen Korrektheit im Allgemeinen für sich behielt.* Laut fragte Emmerich:

„Hat er noch was gesagt? Ralph Diebold?"

Gitti strich eine lange, dunkle Haarsträhne aus dem Gesicht und fummelte in einer vielfarbig gemusterten Umhängetasche herum.

„Ich denke, er war ziemlich erschüttert. Hat seine Mutter wohl selten besucht, und jetzt, wo es zu spät ist, tut es ihm leid. Was machen wir heute?"

Emmerich schob einen Zettel über den Tisch.

„Ihr beide fahrt zum Hölderlinplatz. Dr. Riesling – das ist der Zahnarzt – erwartet euch um zehn. Danach könnt ihr zu Frau Wöhr gehen. Sie ist ... äh ... Podologin."

„Was, um Himmels willen, macht eine Popologin?"

Emmerich ließ eine leichte Überlegenheit erkennen. „Podo, Mirko, Podologin. Das ist eine medizinische Fußpflegerin."

„Jetzt echt", sagte Frenzel und nahm den Zettel. „Und was machst du?"

„Ich formuliere was für die Pressestelle und erwarte den Besuch von Frau Schloms. Sie zieht es bedauerlicherweise vor, mich im Büro aufzusuchen."

„Schloms?" Mirko dachte nach. „Das ist die Kartentante."

„Leider. Ich hätte sie natürlich gerne euch überlassen, aber die Kollegen vom Streifendienst ..."

„Och, ich glaube nicht, dass uns das etwas ausmacht", unterbrach ihn Gitti und zog ihre Jacke wieder an.

„Danach", sagte Emmerich, ohne ihren Einwurf zu beachten, „komme ich ebenfalls zum Hölderlinplatz. Wir sehen uns die Wohnung nochmals an und hoffen, dass Frau Diebolds Putzhilfe aufkreuzt. Anschließend gehen wir Kaffee trinken. Suchen Sie eigentlich etwas Bestimmtes?"

Gitti Kerner beendete ihr Gefummel, zog die Hand aus der vielfarbig gemusterten Tasche und strahlte ihn an.

„Mein Handy", sagte sie und hielt es hoch. „Ich hab Ihre Nummer noch nicht im Speicher."

Emmerich diktierte sie ihr und nickte abschließend. Im Hinausgehen hörte er Frenzel fragen: „Müsste das nicht Pedologin heißen?"

5

Sie war zufrieden mit sich selbst. Der Hauptkommissar gehörte zu den älteren Semestern, keiner, der sich unnötige Arbeit aufhalsen würde, indem er in den Privatangelegenheiten von Leuten herumschnüffelte, die mit seinem Fall nur am Rande zu tun hatten. Eleonore Schloms glaubte, ihn davon überzeugt zu haben, dass sie eine solche Person war. Sie hatte schlichte Kleidung gewählt, eine billige Glasperlenkette, die Haare im Nacken mit einem Gummiband zusammengefasst. Mit einer Mischung aus höflichem Interesse und gespielter Zurückhaltung hatte sie zu Protokoll gegeben, Frau Diebold kaum zu kennen, was nicht ganz den Tatsachen entsprach, und keine besonderen Beobachtungen gemacht zu haben. Nach ihren persönlichen Verhältnissen befragt, hatte sie erklärt, in ihrem angestammten Beruf als Versicherungskauffrau keine Arbeit mehr zu finden, weshalb sie sich notgedrungen als Lebensberaterin durchschlage. Dem Gesichtsausdruck des Kommissars konnte Eleonore entnehmen, dass er derartige Dienstleistungen für überflüssig hielt, was sie nicht überraschte, sondern erhofft hatte. Nach einer knappen Dreiviertelstunde durfte sie ihre Aussage, deren Niederschrift ihr von einer älteren Schreibkraft in einem schauderhaften, braunen Strickensemble vorgelegt worden war, unterschreiben und wieder gehen. Sie verließ das Polizeipräsidium zu Fuß, bestellte sich einige Meter hinter der Schranke ein Taxi und ließ sich zum Hölderlinplatz bringen. Der Fahrer fuhr mit überhöhter Geschwindigkeit die Stresemannstraße entlang, die sich durch den begonnenen Abriss des alten Messegeländes am Killesberg auf wundersame Weise von einem neuralgischen Engpass in einen breiten Boulevard verwandelt hatte. *Es ist schon komisch,* dachte Eleonore beim Betrachten der ausgedienten Hallen, *wie die hier frei werdenden Grundstücke so vergeben werden* – ein Prozess, von dem jeder durchschnittliche Leser einer Tageszeitung wusste, dass er gegenwärtig noch in vollem Gange war. Sozusagen im Handstreich war der Gemeinderat vor die Tatsache gestellt worden, dass sich das Augustinum eines der Filetstücke zwecks Neubau eines Altenheimes für betuchte Senioren in bester Lage gesichert hatte. Auf dem ehemaligen Parkplatz sollte eine Modemeile entstehen, mit der die Nachbarstadt Sindelfingen wenig einverstanden war, befürchtete sie doch unnötige Konkurrenz für die eigenen Hallen und das, obwohl doch angeblich in der Wirtschaftsregion Stuttgart alle an einem Strang zum Wohle sämtlicher Beteiligten zogen. Lange Zeit war von Wohnbebauung, Familienfreundlichkeit und Mehrgenerationenprojekten die Rede gewesen, die Kulturmenschen der Stadt waren nach ihren Bedürfnissen gefragt worden, das Congresszentrum B, das für Konzerte genutzt wurde, sollte erhalten werden. *Alles Schnee von gestern*, befand Eleonore, *seit wann bringen Familien oder Künstler Geld ein und außerdem geht's ja auch ums Prestige, dies hier ist schließlich eine der besten Lagen in der Stadt.* Und sie wusste auch schon, was als Nächstes kam. Nicht, weil sie es sich ohnehin hätte denken können, sondern weil der Einladung auf cremeweißem Büttenpapier, die sie von Frau Winkler erhalten hatte, ein Faltblatt beigefügt war, betitelt mit der wenig originellen Floskel „Abenteuer Wachstum – Killesberg and more." Es zeigte eine futuristisch anmutende Computerlandschaft mit zahlreichen Gebäuden und einem verglasten Hochhaus in der Mitte. Auch das fand Eleonore nicht besonders originell. Glasfassaden waren die Mode der Zeit, jeder Neubau bekam eine, wollte man einen Unterschied zwischen all diesen gläsernen Uniformitäten entdecken, musste man schon hinter die Fenster schauen. Dem Faltblatt war weiterhin zu entnehmen, dass der Killesberg die besten Voraussetzungen für die Errichtung eines Eventcenters bot. Eleonore erinnerte sich, von einem Silver-Ager-Adventure-Park, einer Wellness-Mall, einem Shoppingzentrum und anderen denglischen Wohltaten gelesen zu haben. Am Mittwoch sollte dieses Projekt der Öffentlichkeit vorgestellt werden, begleitet von einem sogenannten „Come together" mehr oder weniger bekannter Persönlichkeiten in eben jenem, nun doch todgeweihten Congresszentrum B. Und das Schicksal wollte es, dass sie auf dieser Party anwesend zu sein hatte. Eleonore hasste derartige Veranstaltungen vermeintlich wichtiger Wichte, doch sie wollte Frau Winklers Ansinnen nicht ablehnen. Christine Winkler war nicht nur ihre Vermieterin, sondern besaß auch das, was Eleonore einen miesen Charakter nannte. Obwohl nach außen stets freundlich und verbindlich, kannte sie die anderen Seiten ihrer Kundin, die launisch, rachsüchtig und in geschäftlichen Dingen knallhart auf den eigenen Vorteil bedacht war. Frau Winkler gegen sich zu haben, hätte aller Voraussicht nach einen Umzug ihrer diskreten Beratungsstelle erforderlich gemacht und womöglich noch weit unangenehmere Folgen gezeitigt. Eleonore würde also zu dieser Party gehen, sich die Reden anhören und dabei den Mann beobachten, von dem Frau Winkler wünschte, dass sie sich ein Bild von ihm machen solle.

Das Taxi bremste jäh ab, um der Radarfalle am Kräherwald zu entgehen und riss Eleonore aus ihren Gedanken. Den Rest der verbliebenen, nunmehr nur noch kurzen Fahrt verbrachte sie mit Überlegungen hinsichtlich der für das Ereignis zu wählenden Garderobe. Beim Verlassen des Wagens bemerkte sie Hauptkommissar Emmerich, der einem anderen Taxi entstieg und in der Bankfiliale verschwand. Dies kam Eleonore nun mehr als ungelegen. Sie eilte ins Haus und in den zweiten Stock hinauf, schloss die Tür und dachte nach. Des Kommissars wegen hatte sie bereits ihren ersten Vormittagstermin verschieben müssen, der zweite stand unmittelbar bevor und war mit einer Kundin von halbseidener Prominenz vereinbart. Das Gesicht der Inhaberin eines in den einschlägigen Kreisen sehr geschätzten Nachtklubs war der Polizei sicherlich wohlbekannt und passte auch nicht ins Bild einer nur gezwungenermaßen als Lebensberaterin tätigen Versicherungskauffrau. Schweren Herzens griff Eleonore zum Telefon und vertröstete auch diese, im Allgemeinen höchst lukrative Dame auf einen späteren Zeitpunkt. Als sie dem Kommissar zum zweiten Mal an diesem Tag begegnete, war sie auf hausfrauliche Art damit beschäftigt, den Papiermüll die Treppe hinunterzutragen. Vor der grünen Tonne im Hinterhof stand der junge Mann, mit dessen Beobachtung Christine Winkler sie beauftragt hatte. Es war nichts Außergewöhnliches an ihm, Eleonore fragte sich, weshalb er das Winkler´sche Interesse erweckt hatte und grüßte. Der junge Mann betrachtete sie flüchtig von oben herab, murmelte etwas Unverständliches und verschwand wieder im Haus.

* * *

Emmerich wartete, bis Mirko Frenzel das polizeiliche Siegel von der Wohnungstür entfernt und diese geöffnet hatte. Er ließ den Kollegen den

Vortritt, sog prüfend die Luft ein und öffnete trotz der Kälte einige Fenster.

„Igitt", sagte Gitti Kerner. „Man hat mir gesagt, dass es stinkt, aber so übel hab ich mir´s nicht vorgestellt."

„Da müssen Sie durch." Frenzel kehrte zu Emmerichs Belustigung den erfahrenen Beamten heraus, obwohl er seiner Schätzung nach mindestens fünf oder sechs Jahre jünger als die Hauptkommissarin sein musste. Kerner schlich auf Zehenspitzen durch die Wohnung und betrachtete die zahlreich vorhandenen Zeitungsausschnitte.

„Sie können sich ganz normal bewegen", sagte Emmerich. „Die Spurensicherung ist fertig. Finden Sie mal raus, ob sich die alte Dame für irgendwas im Speziellen interessiert hat."

Die Leidenschaft, die alte Menschen für das Sammeln im Allgemeinen und von Zeitungen im Besonderen entwickeln konnten, war für Emmerich nichts Neues. Auch die Tücken dieser Leidenschaft waren ihm bekannt, weshalb er hinzusetzte:

„Aber seien Sie vorsichtig. Zwischen dem Papier kann überall Geld versteckt sein."

Er selbst schlenderte gemächlich durch die Wohnung und versuchte, sich ein Bild von der lebenden Gertrud Diebold zu machen. Sie war keine vermögende Frau gewesen, so viel hatte er in der benachbarten Bankfiliale erfahren. Ordentlich, aber nicht pedantisch, schloss er aus der Art, wie sie die Dinge des täglichen Bedarfs aufbewahrte. Kein benutztes Geschirr in der Küche, alles war säuberlich auf ein Abtropfgitter gestapelt. Emmerich zählte einen flachen und einen tiefen Teller, einen Topf, eine Pfanne, zwei Gläser, drei Tassen, drei Untertassen und etwas Besteck. Hinter dem Abtropfgitter stand eine angebrochene Flasche Eierlikör. Im dritten Zimmer, das Emmerich am Vortag unberücksichtigt gelassen hatte, fand er ein unbenutztes Stockbett und nahm an, dass hier Ralph und der verreiste Herbert aufgewachsen waren. Nach dem Auszug ihrer Kinder musste Frau Diebold den Raum als Rumpelkammer genutzt haben, Emmerich sah alte Schränke und Koffer, ein Bügelbrett, einen Staubsauger, Blumentöpfe, vertrocknete Kakteen, ein leeres Aquarium und eine Schneiderpuppe. Er ging zurück ins Wohnzimmer. Kerner sortierte Zeitungsausschnitte, Frenzel blätterte in einem alten Leitz-Ordner. Auf dem Tisch lagen drei Fünfzig-Euro-Scheine.

„Sie hat tatsächlich Geld versteckt", sagte Kerner.

„Oder vergessen. Protokollieren Sie, was Sie finden, ich will keinen Ärger mit Ralph und seinem Bruder. Da können recht nette Summen zusammenkommen."

Frenzel klappte den Mund auf und schloss ihn wieder. „Das ist jetzt nicht dein Ernst, oder? Was glaubst du, wie lange sie das schon so gemacht hat? Wir haben Wichtigeres zu tun, als alte Zeitungen nach Spargroschen zu durchsuchen."

„Völlig deiner Meinung." Emmerich nickte zustimmend. „Wir konzentrieren uns auf das, was aktuell aussieht. Über den Rest spreche ich mit dem Chef. Habt ihr beim Zahnarzt und der Fußpflegerin was herausbekommen?"

Frenzel hob den Blick von seinem Ordner. „Bei Dr. Riesling war sie Patientin. Ein bemerkenswert intaktes Gebiss, Zitat Ende. Ansonsten wurde übers Wetter gesprochen."

„Die Fußpflegerin hat sie gar nicht gekannt." Kerner legte mehrere Ausschnitte auf ein Häufchen. „Sie ist aber auch erst seit einem halben Jahr im Haus."

Emmerich öffnete nebenbei die Türen der Schrankwand, sah hinein und schloss sie wieder. Dahinter verbarg sich, was Schränke eben so enthielten. Gläser, ein Kaffeeservice, von dem er annahm, dass es sich dabei um „das Gute" handelte, Kerzenständer, Vasen und – dies entlockte ihm ein Grinsen – die Hausbar mit allerlei Likörchen und einer Flasche Klosterfrau Melissengeist.

„Dann mache ich jetzt oben weiter", sagte er in den Raum hinein. „Wer will mit?"

Das zweistimmige „Ich" hatte er erwartet.

„Frau Kerner ... eh ... Gitti braucht etwas Praxis", entschied er. „Mirko bleibt hier. Falls jemand kommt, der Frau Diebolds Putzhilfe sein könnte, rufst du mich bitte."

Frenzel nickte gelangweilt und blätterte weiter. Im vierten Stock klingelte Emmerich an der Tür von Panagiotis und Sophia Georgiadis. Eine kleine, weißhaarige Frau öffnete. Sie lächelte überaus freundlich, beantwortete jede Frage mit „Ne" und bedeutete ihnen, ins Wohnzimmer zu gehen, wo sie auf einen alten Mann wies, „Panagiotis" sagte und sich auf ein Sofa setzte.

„Bitte entschuldigen Sie, dass ich nicht aufstehe", sagte der alte Mann mit einem allenfalls schwachen Akzent. „Ich hatte einen Schlaganfall und habe einen künstlichen Darmausgang."

„Viele Ouzo", warf die Frau ein. Ihr Mann beachtete sie nicht.

„Meine Frau spricht nur wenig Deutsch. Was möchten Sie wissen?"

Emmerich erklärte die Umstände und stellte die üblichen Fragen. Das Ehepaar Georgiadis wohnte seit über zwanzig Jahren im Haus, selbstverständlich, in dieser langen Zeit, da kannte man sich schon, wenn auch nicht besonders gut. Früher, erklärte Herr Georgiadis, ohne näher zu erläutern, was genau darunter zu verstehen war, früher hatte es gelegentlich Meinungsverschiedenheiten mit Frau Diebold gegeben, insbesondere dann, wenn Familienfeiern zu laut abliefen.

„Wir Griechen feiern gerne", fügte er verschmitzt hinzu und bekam einen Hustenanfall.

„Viele Karelia", ergänzte seine Gattin trocken.

In letzter Zeit, genauer gesagt seit ungefähr fünf Jahren, war nichts mehr vorgefallen. Herr Georgiadis verließ das Haus nur noch, um Besuche beim Arzt zu machen, er trinke aber dennoch täglich immerhin ein Glas Wein.

„Viele Demestika", kicherte es vom Sofa. Herr Georgiadis sagte streng etwas Griechisches und das Kichern verstummte.

„Möchten Sie Kaffee?", bot er höflich an. „Meine Frau kann welchen machen."

Emmerich schüttelte den Kopf. „Nicht nötig, vielen Dank. Nur noch eine Frage, hören Sie es, wenn in Frau Diebolds Wohnung der Fernseher läuft?"

„Meine Ohren sind nicht mehr, was Sie einmal waren."

„Und Ihre Frau?"

„Meine Frau versteht Ihre Frage nicht."

„Würden Sie dann freundlicherweise ..."

„Ich hören", erklärte Frau Georgidias und schickte ihrem Einwurf einen Schwall griechischer Worte hinterher.

„Sophia sagt, der Fernseher ist mehrere Tage gelaufen. Bis gestern."

„Weiß sie, seit wann?" Emmerich sah die kleine Frau, die unter seinem Blick noch kleiner zu werden schien, gespannt an.

„Sophia sagt", übersetzte Herr Georgiadis, „sie hat am Donnerstagnachmittag gebügelt. Erst war nichts zu hören, dann leise, dann lauter. Die Nachrichten um fünf. So ist es geblieben."

„Und das hat Ihre Frau nicht gestört?", fragte Gitti Kerner erstaunt.

„Man hört nur in Küche", antwortete Frau Georgiadis selbst. „Nix so schlimm."

Emmerich bedankte sich und reichte dem alten Mann eine Karte.

„Wenn Ihnen noch was einfällt, rufen Sie mich bitte an."

Die kleine Frau begleitete sie hinaus.

„Was für ein Macho", empörte sich Gitti Kerner, kaum dass sich die Tür hinter ihnen geschlossen hatte. „Ruiniert sich die Gesundheit, lässt sich von der Frau versorgen und hält sie auch noch unter der Knute."

„Es sind Griechen", sagte Emmerich nachsichtig. „Außerdem sind sie alt. Die werden Sie nicht mehr ändern. Seien Sie froh, dass sie überhaupt etwas gesagt haben, viele ausländische Mitbürger sind uns gegenüber sehr zugeknöpft. Wer ist der Nächste?"

„Zumbach", las Kerner vom Schild neben der gegenüberliegenden Wohnung ab und drückte auf die Klingel. Eine Männerstimme hinter der Tür sagte „Ja, bitte" und nach einer kurzen Pause „Arschlöcher".

„Der denkt, wir machen Klingelputz", zwinkerte Emmerich, seiner eigenen Jugend gedenkend und klopfte.

„Herrgott noch mal." Die Tür wurde aufgerissen. „Ich kaufe nichts und ich abonniere auch keine Zeitung." Der das sagte, war ein junger Mann von etwas über dreißig Jahren. Emmerich nahm an, dass er sich für gut aussehend hielt.

„Wir sind von der Kriminalpolizei, Herr Zumbach", sagte er sachlich.

„Ja, und?" Der junge Mann schien, zumindest was seinen Tonfall anging, keine Unterschiede zwischen den Angehörigen einer Drückerkolonne und einem Staatsbediensteten zu machen. Emmerich blieb dennoch höflich.

„Wir würden uns gerne mit Ihnen unterhalten."

„Warum?"

„Kennen Sie Frau Diebold?"

„Nein."

„Sie wohnt ein Stockwerk tiefer."

„Ich kenne niemand in diesem Haus, ich wohne erst seit vier Wochen hier."

„Und wo haben Sie vorher gewohnt?"

„Hören Sie mal." Der junge Mann sah von Emmerich zu Kerner, die er abschätzig musterte und dann wieder zu Emmerich. „Was sollen diese Fragen?"

„Wir sind von der Polizei, Herr Zumbach", sagte Emmerich stoisch. „Wir machen das beruflich. Und Sie beantworten diese Fragen jetzt bitte."

„Was passiert, wenn ich´s nicht tue?"

„Dann, Herr Zumbach, wären wir wohl gezwungen, Sie mitzunehmen."

Der störrische Ausdruck im Gesicht des jungen Mannes, das nach Emmerichs Ansicht für die Jahreszeit unnatürlich stark gebräunt war, änderte sich nicht. Dennoch schienen seine Worte nicht gänzlich ohne Wirkung geblieben zu sein, denn er verkniff sich eine weitere patzige Bemerkung.

„Also noch mal", startete Emmerich einen weiteren Versuch. „Wo haben Sie vorher gewohnt?"

„In Berlin."

„In Berlin, soso." Emmerich verfiel in ein bedeutungsschwangeres Schweigen, von dem er hoffte, dass es sein Gegenüber nervös machen würde. Der junge Mann schwieg jedoch eisern zurück, und es war Gitti Kerner, die sich, Emmerichs Taktik unwissentlich durchkreuzend, einmischte.

„Haben Sie in den letzten Tagen etwas Ungewöhnliches im Haus bemerkt?"

Erneut traf sie ein geringschätziger Blick, die Antwort hatte einen spöttischen Unterton.

„Nicht, dass ich wüsste, junge Frau. Was hätte ich denn bemerken sollen?"

„Die Fragen stellen wir, Herr Zumbach", riss Emmerich das Wort wieder an sich, bevor Kerner ein weiterer Fauxpas unterlaufen konnte. „Wo waren Sie letzten Donnerstag?"

„Was soll das? Brauche ich ein Alibi? Wofür?"

„Beantworten Sie einfach meine Frage."

„Nicht, solange ich nicht weiß, worum es geht."

„Ihre Nachbarin wurde tot aufgefunden. Wir fragen alle Hausbewohner dasselbe."

Zumbach schob die Hände in die Taschen seiner grauen Jogginghose.

„Donnerstag, sagten Sie?"

„Donnerstag", nickte Emmerich bestätigend.

„Da müsste ich nachdenken."

„Tun Sie das", entgegnete Emmerich und fügte in Gedanken hinzu: *Falls das Hirn dafür ausreicht.*

„Donnerstag", wiederholte Zumbach versonnen und ließ sich Zeit. „Da war ich vormittags in einer Sitzung, anschließend geschäftlich unterwegs und abends bei meiner Großmutter zu Besuch."

„Was machen Sie beruflich?"

„Ich bin selbstständig. Medienberatung und Eventmanagement."

„Interessant", sagte Emmerich und überlegte, ob es sich bei Ersterem um eine zeitgemäße Bezeichnung für jemanden handelte, der Fernseher verkaufte.

„Hochinteressant", bestätigte Zumbach. „Sie glauben gar nicht, wen man da alles so kennenlernt."

Emmerich spürte die versteckte Drohung mehr, als er sie hörte. „Wie schön für Sie", sagte er bedächtig. „Falls wir konkretere Angaben brauchen, melden wir uns wieder."

Zumbachs akkurater, blonder Kurzhaarschnitt geriet etwas aus der Form, als sein Besitzer den Kopf zurückwarf.

„Das wird kaum nötig sein, nehme ich an. Guten Tag."

Emmerich hielt einen kurzen, dezidierten Vortrag über die Bedeutung des Schweigens und seine Wirkungen, während er mit Kerner eine Treppe höher stieg. Vor der nächsten Wohnungstür fiel ihm trotz der langen Haare auf, dass die Kollegin rote Ohren hatte. Bei Niklas Munz klingelten sie vergeblich. Emmerich zückte eine Visitenkarte, notierte „Bitte rufen Sie mich an" darauf und klemmte die Karte hinter einen Aufkleber an der Tür, der ein durchgestrichenes Hakenkreuz zeigte.

„Was halten Sie von unserem Fernseherverkäufer?", fragte er, als sie den Weg nach unten antraten.

„Fernseherverkäufer?" Kerner sah ihn erstaunt an.

„Medienberater", korrigierte sich Emmerich und vernahm ein unterdrücktes Kichern. „Was ist so komisch?"

„Ein Medienberater verkauft keine Fernseher."

„Was dann? Computer?“

Kerner schüttelte den Kopf und grinste. „Sendezeiten. Zum Beispiel.“

„Sendezeiten?“

„Wenn Sie nicht wissen, ob Sie für ein neues Handy besser im Nachmittagsprogramm oder nach den Spätnachrichten werben sollen, dann fragen Sie Ihren Medienberater.“

„Na“, sagte Emmerich, hoffend, das *seine* Ohren nicht verrieten, wie blamiert er sich fühlte, „dann bin ich aber froh, dass ich keine Handys loswerden muss. Weil ich dann nämlich so einen wie den nicht brauche.“

„Er ist ein Schönling“, meinte Kerner. „Zweimal die Woche Solarium und bestimmt auch in der Muckibude.“ Sie gewahrte Emmerichs Blick und fügte „Fitness-Studio“ hinzu. Für den Bruchteil einer Sekunde fühlte Emmerich sich alt. Er kannte dieses Gefühl, es war schleichend zu ihm gekommen, irgendwann in der Mitte seines vierten Lebensjahrzehntes, hatte sich eingenistet und war zu einem ständigen Begleiter geworden, dessen Anwesenheit noch nicht unangenehm, aber dennoch lästig war. Er beschloss, seine Frage nach den genauen Aktivitäten eines Eventmanagers zu verschieben und sagte stattdessen:

„Jetzt ist nur noch die Psychologin übrig.“

„Frau Sorrentin hat erst am späten Nachmittag für uns Zeit.“

„Dann schlage ich vor, dass wir Mittag machen und den armen Mirko erlösen.“

6

Eleonore Schloms stand am Fenster und beobachtete die Kommissare, die den Hölderlinplatz überquerten und das gegenüberliegende Döner-Lokal betraten. Was Gertrud Diebold zugestoßen war, bedauerte sie zutiefst, aber es wunderte sie nicht. Die alte Dame war eine nette Person gewesen, ein bisschen schrullig vielleicht, aber Eleonore war der Auffassung, dass ein Mensch, der das siebzigste Lebensjahr vollendet hatte, ein natürliches Anrecht auf die Pflege persönlicher Absonderlichkeiten besaß, sofern er seine Mitmenschen damit nicht inkommodierte. Gertrud Diebold hatte nach ihrer Kenntnis nichts dergleichen getan, obwohl ihre Interessen dies jederzeit zugelassen hätten. *Bei Männern nennt man es Aufgeschlossenheit, bei Frauen dagegen Neugier,* dachte Eleonore, denn dies war ein wesentlicher Charakterzug ihrer Nachbarin gewesen. Sie kannte trotz ihres fortgeschrittenen Alters Gott und die Welt, vielleicht nicht mehr jedermann persönlich, dafür aber die Familiengeschichte oder Details über berufliche Laufbahnen. Vor ihrer Pensionierung hatte sie für eine Stuttgarter Zeitung gearbeitet, die es heute nicht mehr gab, ihre Leidenschaft fürs Recherchieren aber war ihr nie abhanden gekommen. „Bleiben Sie, wie Sie sind, aber passen Sie auf, dass es außer mir niemand mitbekommt", hatte Eleonore ihr geraten und dies durchaus auch im eigenen Interesse, denn die Verstorbene – Eleonore zog es vor, sie sich besser als verstorben, denn als ermordet vorzustellen – war eine Quelle stets sprudelnder Informationen gewesen, die nun versiegt war. Sie schloss die Augen und rief sich ihre erste Begegnung mit Gertrud Diebold ins Gedächtnis. Dieses Ereignis lag ziemlich genau acht Jahre zurück und hatte stattgefunden, nachdem Alfred Diebold verschieden war. Eleonore hatte eine ihrer ersten Kundinnen verabschiedet, als Gertrud Diebold die Treppe heruntergekommen war.

Ob sie „mol ebbes froga" dürfte, hatte sie in breitestem Schwäbisch gesagt, weder Eleonores Zustimmung noch ihre Ablehnung abgewartet und sich stattdessen erkundigt, ob das jetzt nicht gerade die Gisela gewesen wäre.

„Wie meinen Sie?“, hatte Eleonore zurückhaltend gefragt und war geradezu überrollt worden. Die Gisela, müsse sie wissen, sei die Tochter des Patenonkels von Gertrud Diebolds ältestem Sohn, welcher wiederum zu seiner Zeit ein Direktor der örtlichen Sparkasse gewesen war. Der Onkel natürlich, nicht der Sohn. Und die Gisela habe in ihrer Jugend zwar reichlich Haschisch geraucht, aber dennoch gut geheiratet, bis sie schließlich eine Affäre mit einem Reitlehrer begonnen hatte. Welch ein Zufall, dass sie nun ausgerechnet vor Eleonores Tür gestanden hatte.

Eleonore hatte ihre Chance sofort erkannt, Frau Diebold hereingebeten, sie mit schwarzem Tee bewirtet und ihr Fragen über Giselas persönliche Verhältnisse gestellt. Versehen mit diesen Informationen, hatte sie ihrer Kundin beim nächsten Besuch einige Überraschungen bereitet und den Grundstein für ihren Ruf als talentierte Interpretin des Tarot gelegt. Mund-zu-Mund-Propaganda und weitere informative Besuche von Frau Diebold hatten ein Übriges getan. Heute verfügte Eleonore selbst über ein sorgfältig gesponnenes Netz von Beziehungen und konnte Zusammenhänge herstellen, die ihr früher unbekannt geblieben waren. Von ihrer Nachbarin hatte sie zudem gelernt, wie man Menschen auf den Zahn fühlte oder Quellen auftat, die weiterführende Informationen preisgaben. Das Internet bot gegenwärtig natürlich noch ganz andere Möglichkeiten als die, welche Gertrud Diebold in ihrer aktiven Zeit zur Verfügung gestanden hatten, und so war ihre Beziehung eine gegenseitige gewesen, denn die ehemalige Journalistin hatte voller Begeisterung ganze Sonntage vor Eleonores Rechner verbracht und zu diesem Zweck sogar einen Schlüssel für ihre Wohnung besessen. Der Umstand, dass dieser Schlüssel sich noch irgendwo unter Gertrud Diebolds Sachen befand, beunruhigte Eleonore ein wenig, früher oder später würde die Polizei ihn finden und sie sich eine Ausrede einfallen lassen müssen; aber dies war keine unmittelbar drängende Angelegenheit.

Eleonore überlegte, was sie mit ihrer unfreiwillig gewonnenen Freizeit anfangen sollte. Ihren nächsten Klienten erwartete sie am Nachmittag, ihm würde sie nicht absagen müssen, es handelte sich um einen unauffälligen, alleinstehenden Rentner, der sie nur während der kalten Jahreszeit besuchte. Nicht weil er Probleme hatte, sondern, wie Eleonore vermutete, aus purer Langeweile. Im Sommer hielt er sich im Mineralbad Berg auf oder hockte im Schlossgarten und sah den Schachspielern zu. Sie beschloss, dass sie genauso gut damit beginnen konnte, etwas über den jungen Mann herauszufinden, als irgendetwas anderes zu tun. Zu diesem Zweck nahm Eleonore ihr persönliches Tarotdeck, dessen Berührung sie niemals einem Kunden gestatten würde, aus dem Behälter und rief sich das Bild des jungen Mannes vor Augen. Sie vertraute ihren Karten, doch sie kannte auch deren Grenzen, die schnell erreicht sein konnten. Der Tarot zeigte Tendenzen oder innere Befindlichkeiten des Fragenden, die interpretiert werden wollten, selten jedoch etwas Konkretes. So konnte man zum Beispiel einer Klientin, die wissen wollte, ob ihr Mann sie betrog, nicht einfach sagen: „Dieser König ist Ihr Gatte, er hat was mit dieser Königin und das ist Frau X." Stattdessen hieß es: „Sie haben ein Problem mit Ihrem Mann und Ihr Gefühl sagt Ihnen, dass eine andere Frau im Spiel ist. Tun Sie als Nächstes dies oder das." Nun zog Eleonore vier Karten aus dem Stapel, ordnete sie kreuzförmig an und fand ihren ersten Eindruck bestätigt: Der Knabe war ein Hallodri. Die Sieben der Kelche wies darauf hin, dass er Luftschlösser baute, die Fünf der Schwerter zeigte, dass von ihm Niederlagen zu erwarten waren. Offen blieb allerdings die Frage, ob es sich dabei um seine oder ihre Niederlage handeln mochte. Eleonore ließ ihre Karten noch ein wenig auf sich wirken, bevor sie sie wieder zusammenschob und den Rechner einschaltete. Sie gab den Namen des jungen Mannes in eine Suchmaschine ein und stellte erfreut fest, dass diese ihr einige handfeste Hinweise liefern würde.

★ ★ ★

Das Handy fiepte, als Emmerich gerade seinen letzten Bissen Lahmacun in den Mund schob. Er wischte sich mit einem Anflug von schlechtem Gewissen die Hand am Hosenbein ab, nahm das Gespräch an, lauschte und sagte:

„Könnten Sie vielleicht über die Straße kommen? Wir essen gerade in der Kebab-Bude. Ja? Bis gleich."

Nachdem er das Handy wieder eingesteckt hatte, warf er einen Blick in die Runde und erklärte:

„Niklas Munz wird gleich hier sein."

Wenig später betrat ein schwarz gekleideter Jüngling das Lokal, das Gesicht blass und verschlafen, aber mit aufgewecktem Blick. Er grüßte den Mann hinter der Theke, kam an den Tisch und fragte:

„Haben wir telefoniert?"

„Herr Munz?"

Der Jüngling nickte.

„Setzen Sie sich doch. Es geht um Ihre Nachbarin. Vielleicht haben Sie schon gehört ..."

„Gestern gab´s mächtig Alarm. Ich hab aber nicht genau mitbekommen, was los war."

Niklas Munz nahm sich einen Stuhl. Emmerich betrachtete die schwarz-rot gefärbten Haare, das T-Shirt mit dem Logo der Gruppe Normahl und den Nietengürtel seines Gegenübers. Unter der schwarzen Kapuzenjacke lugten an beiden Armen veritable Tätowierungen hervor.

„Sie wurde tot aufgefunden."

„Das tut mir leid", sagte der Jüngling höflich.

„Kannten Sie sie?"

„Vom Sehen. Ich wohne noch nicht so lange da."

„Wie lange?"

„Na, ja."

„Na, ja, was?"

Niklas Munz wich Emmerichs Blick aus. „Der Mietvertrag läuft seit zwei Monaten auf mich."

„Was wissen Sie über Frau Diebold?"

„Eigentlich nichts." Das blasse Gesicht wurde nachdenklich. „Ich hab ihr ein paarmal die Einkaufstaschen nach oben getragen. Nette Frau. Sie hat mir einen Topf Basilikum geschenkt."

„Hat sie irgendwas über sich erzählt?"

„Sie war früher mal bei ner Zeitung. Und sie war gegen Stuttgart 21. Hat auf meiner Liste für den Bürgerentscheid unterschrieben."

Emmerich juckte es in den Fingern. Am liebsten hätte er jetzt gefragt, ob der Jüngling eine solche Liste bei sich trug, doch die Anwesenheit der Kollegen verbot das.

„So wenig wissen Sie doch gar nicht", sagte er stattdessen. Niklas Munz zuckte die Achseln.

„Oberflächliches Zeug eben."

„Hatte Sie öfter mal Besuch?", fragte Gitti Kerner.

„Darüber kann ich wirklich nichts sagen", entgegnete Niklas Munz und sah immer noch nachdenklich drein. „Stimmt es, dass sie umgebracht wurde?"

Emmerich schaute ihn scharf an. „Woher wissen Sie das?"

„Von der Frau im dritten Stock. Die mit dem kleinen Kind."

„Das hat schon seine Richtigkeit", bestätigte Emmerich. „Wo waren Sie denn letzten Donnerstag?"

„Letzten Donnerstag? An der Uni. Ich studiere Anglistik und Germanistik. Auf Lehramt."

Emmerich verschluckte sich beinahe. Ein Lehrer mit Nietengürtel und tätowierten Unterarmen, von dem man nicht wissen konnte, ob er noch weitere Kunstwerke dieser Art unter seiner Kleidung verbarg, ging über seine Vorstellungskraft. Munz musste die Wirkung, die diese Information auf seine Mitmenschen hatte, kennen, denn er grinste breit und sah aus, als wolle er als Nächstes „Ätsch" sagen.

„Fällt Ihnen sonst noch was ein?"

Das Grinsen verschwand. „Es gibt da zwei Weiber im Haus ... bitte, entschuldigen Sie" – Munz sah Gitti Kerner an – „ich meinte natürlich Frauen ..., die hatten Anfang letzter Woche fetten Stress im Treppenhaus. Dabei fiel auch der Name Diebold."

„Um welche Damen handelt es sich da?", fragte Emmerich, sich leicht nach vorne beugend.

„Die Psychotante und die Wahrsagerin. Die Namen stehen an der Tür. Ich weiß aber nicht, worum's genau ging. In solchen Fällen hält man sich als Mann besser raus."

Jetzt grinste Frenzel, während Kerner ein wenig aufschlussreiches „Hrmpf" von sich gab.

„Aha", meinte Emmerich und versuchte, sich selbst nichts anmerken zu lassen. „Dann einstweilen vielen Dank. Wenn wir Sie noch mal benötigen, melden wir uns."

Niklas Munz stand auf, sagte „Bitte, gern geschehen" und ging zur Theke. Wenig später hielt er einen prall gefüllten Döner in der Hand und wandte sich um.

„Wenn ich mir's recht überlege, dann weiß ich doch von einem Besuch."

„Ja?" Kerner spitzte die längst wieder erblassten Ohren.

„Am Donnerstagabend stand so ein Muckifutzi bei ihr vor der Tür. Mit ner Jacke wie'n Preisboxer."

„Wie sah der aus?"

„Ich hab's eilig gehabt. Hab ihn nur von hinten gesehen. Mittelgroß, dunkle, kurze Haare."

„Ralph Diebold", tippte Kerner.

„Danke, Herr Munz. Und guten Appetit." Emmerich erhob sich ebenfalls. „Gehen wir wieder rüber?"

Im dritten Stock schaltete Frenzel das Licht ein, denn obwohl der Nachmittag eben erst begonnen hatte, war es draußen schon so dunkel, dass man denken konnte, die Dämmerung hätte eingesetzt..

„Früh dran, der Winter dieses Jahr", sagte er und wies auf den Esstisch im Wohnzimmer. „Die meisten Zeitungsausschnitte befassen sich mit Stuttgart 21 und der Neubebauung des alten Messegeländes am Killesberg. Dann gibt's noch einige über die jüngste Sitzungsgeldaffäre im Gemeinderat. Ich nehme an, die wollte sie hier hineintun." Frenzel hielt den alten Leitz-Ordner hoch. „In dem hat sie solche Sachen gesammelt. Hier sind auch Artikel über die Fußball-WM-Karten, die der EnBW-Chef an die Landespolitiker verschenken wollte oder altes Zeug von Stadträten, die umsonst Straßenbahn gefahren sind. Der Ordner da drüben ist für Stuttgart 21, da sind noch Sachen vom Alt-OB Manfred Rommel drin."

„Du liebe Güte." Emmerich blätterte flüchtig ein paar Seiten um. „Das ist ein richtiges, kleines Archiv, was?"

„So ähnlich. Und dann schau dir das an."

Frenzel legte einen weiteren Ordner auf den Tisch und schlug ihn auf.

„Was soll das sein?"

„Ausdrucke aus dem Internet. Das ist die Homepage der Stuttgart-21-Gegner. Hier die Website der Stadt. Und das ist die von der Bürgerinitiative ‚Grüner Killesberg'. Sieh mal, wessen Name da auftaucht."

Emmerich fischte seine Lesehilfe aus der Brusttasche. Zu Hause hatte er längst eine richtige Brille, die nicht billig gewesen war, weshalb er sie, aus Sorge sie zu verlieren, nicht mit zur Arbeit nahm. Die Lesehilfe hatte den Nachteil, eindeutig für eine weibliche Trägerin angefertigt worden zu sein, was Emmerich bei ihrem Einsatz meist spöttische Blicke eintrug, doch das focht ihn nicht an.

„Niklas Munz“, stellte er fest.

„Bingo“, sagte Frenzel. „Und woher hat sie das alles?“

„Ich weiß es nicht. Aber du wirst es mir sicherlich gleich sagen.“

„Eben nicht. In dieser Wohnung steht nämlich nirgendwo ein Computer.“

„Vielleicht aus einem Internet-Café?“, mutmaßte Kerner.

Frenzel schüttelte den Kopf. „Glaube ich nicht. Hier in der Nähe ist keines. Ehrlich gesagt, ich wüsste gar nicht, ob es in Stuttgart überhaupt noch eines gibt. Und sie war immerhin achtundsiebzig.“

„Volkshochschulkurs für Rentner“, schlug Emmerich grämlich vor und dachte: *Wahrscheinlich lande ich selbst bald in so einem.*

„Möglich“, räumte Frenzel widerwillig ein. „Ich seh die Kontoauszüge durch. Vielleicht hat sie für so etwas bezahlt.“

„Gute Arbeit, Mirko“, sagte Emmerich, der wusste, wann Frenzel gelobt werden musste, um bei Laune zu bleiben. Ihn selbst lobte schon lange niemand mehr, sah man von einer gelegentlichen, launigen Bemerkung des Chefs ab, der Dinge sagte, wie „Etwas anderes habe ich nicht von Ihnen erwartet“, wenn man ihm beispielsweise die Lösung eines Falles vortrug.

„Sie könnte die Ausdrucke auch von einer Privatperson haben“, warf Kerner ein. „Von einer Freundin. Oder von Ralph. Mit dem müssen wir ohnehin noch mal reden. Er ist die einzige preisboxerartige Figur, die uns in diesem Fall bislang begegnet ist. Wenn er am Donnerstagabend hier war, hat er uns angelogen.“

Ein Geräusch an der Wohnungstür ließ sie aufhorchen.

„Die Putzhilfe“, sagte Emmerich und ging in den Flur. Eine dünne Frau in einer dicken Jacke stand unschlüssig in der Tür. Sie begegnete Emmerichs ausgestreckter Hand mit Argwohn.

„Wer sind Sie? Wo iste Frau Diebold?“

„Bitte erschrecken Sie nicht. Mein Name ist Emmerich, ich bin von der Polizei ... so warten Sie doch.“

Die dünne Frau hatte einen leisen Schrei ausgestoßen, auf dem Absatz kehrtgemacht und schickte sich an, die Treppe hinunterzulaufen. Emmerich hechtete hinterher und bekam gerade noch das wattierte Ende der dicken Jacke zu fassen.

„Wir müssen mit Ihnen reden."

Die Frau blieb stehen und begann zu weinen.

„Nicht doch." Gitti Kerner war hinzugetreten. „Machen Sie sich keine Sorgen. Uns ist nicht wichtig, wie Sie hier arbeiten. Frau Diebold ist leider tot und wir müssen Ihnen ein paar Fragen stellen. Wie heißen Sie denn?"

„Maria", schluchzte die Frau. „Warum tot?"

„Das versuchen wir, herauszufinden." Kerner ergriff die Hand der Frau und verbot Emmerich mit einem unmissverständlichen Blick, sich einzumischen, was diesem nicht ungelegen kam, denn weinende Frauen machten ihn nervös.

„Kommen Sie bitte mit herein, Maria", sagte Kerner sanft. „Sie brauchen keine Angst zu haben."

* * *

In den Weiten des World Wide Web stieß Eleonore Schloms wie stets auf die merkwürdigsten Dinge. Es war ihr Fehler, nicht minder neugierig zu sein als die dahingeschiedene Gertrud Diebold, sie klickte sich von Link zu Link und verlor dabei ihr eigentliches Ziel aus den Augen. Anfänglich hatte sie sich auf den jungen Mann konzentriert. Er schien ein engagierter Mensch zu sein, die Suchmaschine hatte fünfzehn Treffer angezeigt. Sven Zumbach war zunächst einmal Inhaber einer Firma, die den schönen Namen „SzB Medienberatung und Eventmanagement" trug und zahlreiche Dienstleistungen anbot. Da gab es Seminare wie Business Coaching oder Visual Merchandising, Meet & Great-Parties, Promotion & Distribution oder „Rent a VIP". Eine Fotogalerie zeigte den jungen Mann in Gesellschaft von Bürgermeistern, Landesministern, Wirtschaftsbossen und Sportfunktionären. Weitere Klicks verrieten Eleonore Schloms, dass Sven Zumbach Mitglied einer politischen Partei war, allerdings nicht derjenigen, die in Stuttgart im Allgemeinen das Sagen hatte. Als Nachrücker saß er seit kurzem im Gemeinderat und diversen anderen, mehr oder weniger wichtigen Gremien. Auf einem weiteren Bild stand er vor dem Rathaus, daneben versicherte er schriftlich, sich mit aller Kraft für die Belange der Bürger einsetzen zu wollen, insbesondere auf den Feldern des Bauens, der Kultur und des Sports. Etwas irritierend fand Eleonore eine Homepage mit Bildern von rauschenden Partynächten in Berlin, organisiert von Sven zum Bach, dem Mann mit dem Händchen für das gewisse Etwas. Auch Zeitungsartikel über diese Partys, allerdings schon älteren Datums, tauchten auf. Sven zum Bach, der zweifellos mit dem Mann im Stuttgarter Gemeinderat identisch war, wenn auch ein paar Jährchen jünger, war in Berlin ein gefragter Mann gewesen. Er blieb es, bis Eleonore unter www.nepperschlepper.de auf ein Forum stieß, in dem der Name zum Bach ebenfalls genannt wurde, allerdings nur ein einziges Mal. In den restlichen Beiträgen des entsprechenden Strangs mit dem Titel „Vorsicht: Partykönig zahlt nicht" war er durch Sternchen ersetzt, dennoch konnte man unschwer erkennen, wer gemeint war. Metzger, Bäcker, Blumenhändler, Wachdienste, Zeitarbeitsfirmen, Autoverleiher, Handwerker, sogar ein Friseur und eine bekannte Kaufhauskette beklagten sich darüber, auf unbeglichenen Rechnungen sitzen geblieben zu sein.

Sieh einer an, dachte Eleonore und begann, sich durch die weiterführenden Links des Forums zu klicken, bis sie schließlich auf einer Seite landete, die über landwirtschaftlichen Subventionsbetrug mit manipulierten Milchabrechnungen aufklärte. An dieser Stelle wurde ihr Cursor zur Sanduhr und weigerte sich beharrlich, seine eigentliche Pfeilform wieder anzunehmen. Eleonore schaltete den Rechner aus und wieder ein, ließ ihn hochfahren und sah auf die Uhr. Über eine Stunde war vergangen. Sie wiederholte die ganze Prozedur, druckte sich die wesentlichen Informationen über Sven Zumbach aus und dachte nach. Es wäre natürlich ein Leichtes gewesen, diese Blätter ein wenig aufzubereiten und sie Christine Winkler am morgigen Abend zu überreichen, doch war dies keine finanziell viel versprechende Vorgehensweise. Besser schien es ihr, nur häppchenweise etwas preiszugeben, vielleicht noch das eine oder andere herauszufinden und insgesamt den Eindruck eines hohen Aufwandes an Zeit und persönlichem Einsatz zu erwecken. Eleonore schob die Blätter in eine Klarsichthülle und wollte den Rechner gerade wieder ausschalten, als ihr eine neue Idee in den Kopf kam.

7

Das Café lag tatsächlich um die Ecke, genauer gesagt, um zwei Ecken, aber trotzdem nur einige Minuten entfernt. Im Inneren schien die Zeit stehen geblieben zu sein, Emmerich fühlte sich in seine Kindheit zurückversetzt, als er an der Seite seiner Oma solche Cafés besuchen durfte, um heiße Schokolade zu trinken und Apfelkuchen zu essen. Sie waren zu früh dran und so beschloss er, genau dieses wieder zu tun, gab eine entsprechende Bestellung auf und nahm sich eine der Zeitungen, die, auf lange Stöcke gespannt, zum Lesen bereitlagen. Frenzel orderte einen Milchkaffee, holte sein Handy heraus und begann, eine SMS zu tippen. Emmerich überblätterte die Tagespolitik und die Wirtschaftsnachrichten und schlug den Lokalteil auf. „Neue Ideen für den Killesberg", lautete die Schlagzeile. Darunter etwas kleiner: „Investor stellt sich vor – Kommt der Fritz-Tower?" Emmerich las weiter.

Nachdem der Abriss der alten Messehallen bereits begonnen hat, und das Augustinum und die Modemeile beschlossene Sache sind, tritt für das restliche Gelände ein neuer Investor mit großen Plänen an die Öffentlichkeit. Der international bekannte Bauingenieur Senator Leopold Fritz möchte auf dem Killesberg ein Eventzentrum mit gehobener Wohnbebauung für zahlungskräftige Senioren sowie ein verglastes Hochhaus errichten, das Stuttgarts neues Wahrzeichen werden soll. Senator Fritz, der dieses Projekt morgen Abend im Congresszentrum B zunächst einem handverlesenen Publikum präsentieren wird, bevor die Modelllandschaften dann bis Samstag für jedermann einsehbar ausgestellt sind, ist zuversichtlich, mit diesem Konzept den Gemeinderat überzeugen zu können. „Stuttgart bekommt ein Ensemble von architektonisch weitreichender Bedeutung", sagt er. „Etwas Besseres können Sie in direkter Nachbarschaft zur Weißenhofsiedlung gar nicht bauen." Der weit gereiste Bauingenieur, der bereits Projekte in Dubai, China und auf den Philippinen verwirklicht hat, schätzt, dass alleine der Betrieb des Zentrums mehr als eintausend Arbeitsplätze schaffen wird.

Du meine Güte, dachte Emmerich und besah voller Abscheu das computergeschaffene Bild über dem Artikel. *Das Ding ist ja noch schlimmer als der Trump-Tower vor ein paar Jahren.*

„Sieht geil aus, oder?", sagte Frenzel und deutete auf die grünlich schimmernde, gläserne Nadel.

„Hauptsach Hirnfürz", brummte Emmerich, in das Idiom seiner Ahnen verfallend.

Frenzel wollte etwas erwidern, doch in diesem Moment verebbte der Geräuschpegel aus gedämpften Gesprächen und leise klirrendem Geschirr, im Café wurde es still. Emmerich sah auf, um die Ursache der Stille zu ergründen. Eine, in tiefstes, teures Schwarz gekleidete alte Dame hatte den Raum betreten. Ihr modisches Vorbild war zweifelsohne Queen Elizabeth II., selbst Hut und Handtasche waren authentisch, nur war diese Dame sehr groß und sehr dünn. Die Art, in der sie sich umsah, erinnerte Emmerich an seine Mathematiklehrerin, ein Fräulein Doktor Wendelin, das zu seiner Zeit kurz vor der Pensionierung gestanden und als einzige Lehrkraft die Klasse ohne Einschränkungen im Griff gehabt hatte. Der Dame folgte eine weitere, ebenfalls in Schwarz gekleidete Frau, die klein, rundlich und unbehütet daherkam. Die beiden nahmen ihre Mäntel ab und setzten sich an ein reserviertes Tischchen in der Ecke, die Gespräche im Café wurden wieder aufgenommen.

„Alle Achtung. Wenn *sie* das sind, verstehe ich, warum du Gitti dabeihaben wolltest", sagte Frenzel. „Sollen wir rübergehen und fragen?"

„Warte noch. Zwei von der Sorte sind noch kein Damenkränzchen."

„Woher willst du wissen, wie viele es sind? Mit Gertrud Diebold wären sie immerhin schon zu dritt."

„Wir warten noch." Emmerich verschanzte sich hinter seiner Zeitung. Zwei weitere Frauen in schwarzen Persianern, die nach dem Ablegen derselben Kostüme in dezenten Farben enthüllten, setzten sich an das reservierte Tischchen. Wenig später waren die Damen mit heißen Getränken und Kuchen versorgt und plauderten angeregt.

„Jetzt", sagte Emmerich, stand auf und ging hinüber. „Entschuldigen Sie die Störung, meine Damen. Sind Sie Gertrud Diebolds Bekannte?"

Vier Augenpaare mit unzähligen, kleinen Falten darum herum sahen ihn erstaunt an.

„Emmerich, Kripo Stuttgart", stellte er sich vor und setzte sich, ohne zu fragen, auf den verbliebenen freien Stuhl. Frenzel quetschte sich ein wenig unbeholfen auf die Bank.

„Dö arme Görtrud", sagte die Königin mit dem Hut an der Stirnseite des Tischchens. „Wör habön gehört, was öhr wöderfahren öst."

„Sehr interessant", meinte Emmerich. „Eigentlich haben wir es erst heute an die Presse gegeben. Woher wissen Sie denn ...?"

„Dö Wölt öst kloin." Die Königin nickte ihren Hofdamen zu, die pflichtschuldig kicherten. „Wör habön onsere Quöllen, Herr Inschpektor."

„Hauptkommissar", korrigierte Emmerich mechanisch und sah jede der Damen einzeln an, doch keine machte Anstalten, ihn über die „Quöllen" aufzuklären.

„Sö versuchen, dön Mörder zu fönden", stellte die Königin würdevoll fest und gab ein wenig Sahne vom Kuchenteller in ihren Kaffee. „Öch förchte, wör können Öhnen nöcht hölfen."

„Wenn Sie freundlicherweise mir überlassen würden, das zu beurteilen. Woher kannten ... äh ... kennen Sie sich denn?"

„Wir waren zusammen in der Klasse", sagte die Frau an Emmerichs rechter Seite, deren Kostüm aus einem rehbraunen, filzigen Stoff gefertigt war. „Schlossrealschule für Mädchen. Gertrud hat als Einzige von uns weitergemacht bis zum Abitur."

„Das war nicht einfach", fiel die zweite, flaschengrün gewandete Dame ein. „Nach dem Krieg. Als Mädchen. Sie war die Zäheste von uns."

„Unser G'scheitle. Schwäbisch gesagt." Dies kam von der rundlichen, kleinen Frau. Emmerich bemerkte, dass ihre Augen feucht waren und richtete seinen Blick auf sie.

„Können Sie sich denken, warum jemand sie umgebracht haben könnte?"

„Wör habön nöchts damöt zu tun", sagte die Königin. Die kleine Frau gab einen leisen Schluchzer von sich.

„Mit Verlaub, ich habe nicht Sie gefragt, sondern diese Dame", entgegnete Emmerich geduldig, doch die kleine Frau war nun damit beschäftigt, ein Taschentuch aus ihrer Handtasche zu holen und sich umständlich zu schnäuzen.

„Sie hatte da diesen missratenen Sohn", sagte die Rehbraune. „Nicht Herbert, das ist ein sehr kultivierter Mensch. Arzt oder Apotheker glaube ich, vielleicht auch Anwalt, auf jeden Fall etwas mit A. Ich meine den anderen ... wie hieß er noch gleich?"

„Ralph?", fragte Emmerich. „Der Taxifahrer?"

„Ich dachte, er hätte eine Imbissbude oder was meinst du, Margot?"

Die kleine Frau schniefte. „Der hat es doch nie zu was Rechtem gebracht. Aber er hat wenigstens ab und zu nach ihr gesehen. Im Gegensatz zum Herbert."

„Herbert Diebold hat sich nicht um seine Mutter gekümmert?", hakte Emmerich nach.

„Noi", sagte die kleine Frau.

„Warum nicht? Hatten sie Streit?"

„Sie war halt mehr links und er halt mehr rechts. Das ist dann schwierig."

„Könnten Sie mir das ein bisschen genauer erklären?"

Die Damen warfen sich gegenseitig Blicke zu und seufzten.

„Wie soll man das erklären?", sagte schließlich die Flaschengrüne. „Sehen Sie, wir alle haben geheiratet und Kinder großgezogen. Ordentliche Männer, wie man so sagt. Alfred Diebold dagegen ... nun ja ... er war nicht blöd, aber auch nicht übermäßig ... wir haben nie verstanden, was sie an ihm gefunden hat. Er hat Motorradrennen gefahren und später als ... man könnte es wohl Leibwächter nennen ... gearbeitet. Und gesoffen wie ein Loch. Gertrud hat, ohne zu klagen, das Geld für die Familie verdient. Sie hätte niemals zugegeben, dass sie mit ihm einen Fehler gemacht hat."

„Sie war nämlich aus gutem Haus, müssen Sie wissen", erklärte die rehbraune Dame. „Ihr Vater war Bankdirektor. Herbert ist nach diesem Großvater geschlagen, sein Bruder aber mehr nach dem Vater."

„Gertrud war immer so ein bisschen revolutionär. Sie wollte in die DDR übersiedeln, aber da hat Alfred nicht mitgemacht."

„Sö öst örst wöder zu ons gestoßen, als döser Mann tot war."

„Ich glaube, dem Herbert war seine Mutter halt peinlich. Und neugierig war sie noch dazu."

„Langsam." Emmerich musterte die Damen der Reihe nach. „Darf ich zusammenfassen? Herbert Diebold hatte also kaum Kontakt zu seiner Mutter, während Ralph gelegentlich nach ihr gesehen hat. Gertrud Diebold stand eher links und war immer noch politisch interessiert. Ist das korrekt?"

„So könnte man ös sagön."

„Und in letzter Zeit? Hatte sie besondere Interessen? Jemanden im Speziellen erwähnt?"

Wieder wurden Blicke gewechselt, die Emmerich als weitgehend ratlos interpretierte.

„Au net anders wie sonscht", sagte schließlich die kleine Frau in schönstem Honoratiorenschwäbisch.

„Dann bedanke ich mich sehr, und bitte Sie, meinem Kollegen noch Ihre Namen und Adressen zu nennen", sagte Emmerich höflich und nickte Frenzel zu. „Ich geh so lange zahlen."

* * *

Eleonore Schloms verweilte auch nach einer weiteren Stunde noch vor ihrem Rechner. Ebenso wenig wie sie selbst dies regelmäßig tat, hatte auch Gertrud Diebold es versäumt, den Verlauf der von ihr im Internet besuchten Seiten zu löschen. Akribisch durchkämmte Eleonore die noch im Speicher vorhandenen Adressen, von denen sie annehmen konnte, dass sie für ihre Nachbarin von Interesse gewesen sein mochten. Sie stieß dabei auf eine Menge Material zu den Themen Stuttgart 21 und Killesberg, was sie nicht weiter erstaunte; denn dass ihre Nachbarin sich in den letzten Monaten ihres Lebens damit intensiv beschäftigt hatte, war ihr durchaus bekannt. Überrascht war sie dagegen, als sie auf die Homepage der Psychologin Sonja Sorrentin stieß, mit der sie selbst erst vor kurzem aneinandergeraten war und auch einige der Seiten Sven Zumbach betreffend wieder auftauchten. Weitere Klicks führten sie zu einem Verzeichnis namhafter Architekten und Bauingenieure und zur Bürgerinitiative „Grüner Killesberg", wo ihr ein vage bekanntes Gesicht auffiel. Sie benötigte einige Minuten, bis ihr klar wurde, dass auch dieser junge Mann nur einige Stockwerke über ihr zu Hause war. *Diese Stadt ist doch ein Dorf,* dachte Eleonore und surfte zurück auf die Seite der Psychologin. War Gertrud Diebold dort nur aus einem allgemeinen Interesse heraus gewesen oder hatte sie nach etwas Besonderem gesucht? Eleonore hatte wenig übrig für Frau *Doktor* Sorrentin, die seit einigen Jahren auf der ihr gegenüberliegenden Seite des Flurs praktizierte und bei jeder sich ergebenden Gelegenheit ihren akademischen Hintergrund hervorkehrte. Der Widerwille war ein gegenseitiger, Eleonore wusste, dass die Psychologin sie für eine Scharlatanin hielt, der sie, hätte sie die Möglichkeit dazu gehabt, am liebsten jegliche Tätigkeit verboten hätte. Umgekehrt war Elonore der Auffassung, dass die meisten Psychologen nichts taugten. Nach ihrer Erfahrung waren sie schnell bei der Hand, wenn es darum ging, Medikamente, deren Wirkungen keineswegs immer segensreich waren, zu verschreiben. Zeit für ihre Patienten dagegen hatten sie viel zu wenig. Im Grunde genommen tat sie die Arbeit dieser Doktores, wobei – so viel gestand sie den studierten Kollegen zu – sie natürlich keine Kassenpatienten behandeln musste. Sonja Sorrentin jedenfalls hatte sie vor einer Woche im Flur angesprochen, sie kenne doch Frau Diebold von oben ziemlich gut. Eleonore hatte dies verneint, war der Lüge bezichtigt worden und hatte erfahren, dass die Psychologin die alte Frau für nicht mehr ganz richtig im Kopf hielt. Man müsse die Angehörigen verständigen, sie benötige eine entsprechende Adresse. Eleonore hatte sich für nicht zuständig erklärt und wollte gerade ihre Tür aufsperren, als Frau Sorrentin in völlig unangemessener Lautstärke verkündete, sie werde Anzeige erstatten, sollte sie sich im Fall Diebold nicht kooperativ zeigen.

„Was denn für eine Anzeige?“, hatte Eleonore im selben Moment gefragt, in dem der junge Mann vom obersten Stock zwischen ihr und ihrer Kontrahentin hindurch nach unten flitzte.

„Wegen Betrugs. Sie ziehen doch nur den Leuten das Geld aus der Tasche!“

„Machen Sie etwas anderes?“ Auch Eleonore hatte die Stimme erhoben.

„Unverschämtheit. Sie und diese alte Diebold-Hexe stecken doch unter einer Decke.“

Eleonore war einmal mehr dankbar gewesen, die Ratschläge des Dalai-Lama zum Thema Gelassenheit ausführlich studiert zu haben. Sie hatte tief Luft geholt, „ich weiß nicht, wovon Sie sprechen“, gesagt und war ohne ein weiteres Wort hinter ihrer Tür verschwunden. Wenig später hatte sie den Vorfall vergessen, doch nun bekam er eine neue Bedeutung. Sonja Sorrentin musste einen Grund gehabt haben, sie auf diese Art anzugehen, und dieser Grund hatte in irgendeiner Weise mit Gertrud Diebold zu tun. Ihre Karten würden Eleonore helfen, diesen Zusammenhang zu ergründen, allerdings erst nach dem Besuch des alleinstehenden, problemfreien Rentners. Sie schaltete den Rechner endgültig aus und erwartete das melodische „Dingdong" der Türglocke, das pünktlich auf die Minute erfolgte.

* * *

„Sie ist wieder weg, aber ich hab die Adresse", sagte Gitti Kerner beruhigend, als sie Emmerichs nervösen Blick bemerkte.

„Und?"

„Maria heißt Kovac mit Nachnamen und ist eine nette, aber recht einfache Frau. Sie hat eine unbefristete Aufenthalts- und Arbeitserlaubnis, aber für Frau Diebold hat sie natürlich nur nebenher geputzt. Ich hab ihr versprochen, dass wir sie aus der Sache heraushalten, wenn es sich machen lässt."

„Sie haben vielleicht Nerven. Wie stellen Sie sich das denn vor?"

Kerner sah zur Decke, an der ein mehrarmiger Leuchter aus Messing hing und sagte nichts.

„Also gut, wir versuchen es." Emmerich öffnete erneut die Schranktür, hinter der sich die Hausbar verbarg und sah nachdenklich hinein. „Was hat sie gesagt?"

„Es fehlen Ordner. An dieser Stelle." Kerner wies auf die Lücke zwischen Schiller und den Bildbänden. „Fünf oder sechs Stück."

„Wusste sie, was in den Ordnern war?"

„Nein. Hat sie zumindest behauptet. Nur, dass auf einem der Name des Zahnarztes gestanden hat."

„Dr. Riesling? Vielleicht waren Arztrechnungen drin", vermutete Frenzel.

„Wer klaut den Arztrechnungen?" Emmerich schloss die Schranktür und ging zur Küche. „Sie wird wohl kaum wegen ihrer Zähne erschlagen worden sein."

„Die bemerkenswert intakt waren", wiederholte Frenzel. „Sonst noch was?"

„Pferd", sagte Kerner. „Genauer gesagt, das Pferd vom Auto. Es soll hier gestanden haben und ist nicht mehr da."

„Pferd vom Auto?" Frenzel machte ein wenig intelligent wirkendes Gesicht. „Wie soll man das verstehen?"

„Frag mich was Leichteres. Maria sagt, es war aus Metall und schwer."

„Die Tatwaffe. Er hat sie mitgenommen."

„Oder sie." Emmerich stand an der Tür zur Küche und sah aus, als würde er angestrengt nachdenken. „Kommt bitte mal her. Seht ihr die Flasche da?"

„Eierlikör", nickte Frenzel. „Das ist nichts Besonderes. Meine Oma trinkt das auch."

„Warum steht die Flasche in der Küche und nicht bei den anderen Alkoholika im Schrank?"

„Sie wird sich einen genehmigt haben."

„Mirko." Emmerich sah onkelhaft auf den jüngeren Kollegen hinab und schloss auch die Hauptkommissarin in diesen Blick mit ein. „Wie trinkt deine Oma ihren Eierlikör? Aus der Flasche?"

„Du machst wohl Witze? Sie hat komische, kleine Gläser dafür."

„Eben", nickte Emmerich. „Und jetzt sieh dir das Abtropfgitter an. Kannst du Likörgläser entdecken?"

„Nee", sagte Frenzel langsam. „Im Wohnzimmer waren aber auch keine. Du glaubst, sie hat mit ihrem Mörder Eierlikör getrunken?"

„Richtig. Und die Gläser hat er mitgenommen. Frau Diebold war nämlich eine ordentliche Frau, sie hätte die Flasche aufgeräumt und die Gläser gespült, wäre sie noch am Leben gewesen."

„Dann müsste sie ihn relativ gut gekannt haben", folgerte Kerner.

„Sollte man meinen." Emmerich ging zurück ins Wohnzimmer. „Zusammen mit der abgewischten Türklinke spricht das nicht gerade für einen Totschlag im Affekt."

„Ein kaltblütig geplanter Mord also?"

„Lasst mich mal einen Moment denken."

Emmerich schritt, die Hände in den Hosentaschen, zwischen Wohnzimmer und Küche auf und ab. Warum er dabei ausgerechnet *My friend Stan*, einen alten Slade-Heuler aus den Siebzigern vor sich hin pfeifen musste, war auch ihm unbegreiflich, aber so war es eben mit der Musik: Ein Lied, eine Melodie taucht plötzlich im Kopf auf, ohne dass man weiß, woher und bleibt einfach da. Er beendete sein Denken mit einem leisen „Oh yeah" und sagte:

„Es muss nicht unbedingt richtig geplant gewesen sein. Nehmen wir an, der Täter kam aus einem unverfänglichen Grund zu Besuch und während dieses Besuches ereignete sich etwas, das ihn zur Tat schreiten ließ. Kaltblütig gehandelt hat er trotzdem, Spuren bewusst verwischt, anstatt kopflos wegzurennen."

„Ob ihm das wirklich gelungen ist, bleibt abzuwarten." Kerner hatte die Tür zu einem Schrank mit Gläsern darin geöffnet. „Hier sind Likörgläser. Vier Stück. Für Wein oder Sekt gibt es jeweils sechs."

„Sie könnte natürlich im Lauf der Zeit auch zwei verloren oder zerbrochen haben", gab Emmerich zu bedenken. „Die Flasche nehmen wir trotzdem mit, vielleicht sind verwertbare Spuren drauf."

„Und was war es, das sich ereignet hat?" Frenzel blätterte in den Zeitungen herum. „Das hat doch sicher irgendwas mit diesem Zeug hier zu tun, bestimmt hat sie in den fehlenden Ordnern auch Dinge archiviert. Die letzte Zeitung hier ist übrigens die vom vergangenen Donnerstag."

„Das spricht für Dr. Zweigles Annahme, dass sie an diesem Tag getötet wurde", meinte Kerner.

„Wir müssen mehr über die Frau erfahren." Emmerich sah auf seine Armbanduhr. „Ab wann können wir zu der Psychologin?"

„Nach vier."

„Demnächst also. Das machen wir beide." Er nickte Kerner zu. „Du sprichst bitte nochmals mit Dr. Riesling, Mirko. Frag ihn, ob es Schriftverkehr zwischen ihm und Frau Diebold gegeben hat. Oder ob er schon mal in der Zeitung stand. Ich ruf noch schnell Frau Sonderbar an, dann können wir los."

Das Telefonat ergab, dass ein vorläufiger Bericht der KTU vorlag. Emmerich ließ sich das Nötigste vorlesen. Fingerabdrücke neueren Datums von mindestens vier oder fünf Personen, diverse Haare, die noch untersucht werden mussten, Schmutzpartikel, die von einem fremden Schuh stammen konnten, ein weggeworfenes Papiertaschentuch im Badezimmer, das nicht von Frau Diebold benutzt worden war. Das alles konnte viel versprechend sein, aber genauso gut zu gar nichts führen. Er wollte das Gespräch gerade wieder beenden, als Frau Sonderbar sich in einer Weise räusperte, die besagte, dass sie noch eine Bemerkung anzufügen hatte.

„Diese Frau, die heute Vormittag bei Ihnen war ..."

„Was ist mit ihr?"

„Es gehört gewiss nicht zu meinen Aufgaben, mich in Ihre Ermittlungen einzumischen, doch ich denke, ein kleiner Hinweis kann nicht schaden."

Emmerich schmunzelte, Frau Sonderbar hatte ihre eigene Art, Dinge auszudrücken. „Hinweise sind mir stets willkommen", sagte er zuvorkommend. „Kennen Sie die Frau?"

„Gott behüte. Mit solchen Personen würde ich niemals Umgang pflegen."

Nein, dachte Emmerich. Wenn es auf dieser Welt etwas Unvorstellbares gab, dann war es eine Frau Sonderbar, die sich die Karten legen oder die Zukunft voraussagen ließ. Seine Sekretärin hatte ein gefestigtes Weltbild, das auf den Grundwerten des christlichen Abendlandes beruhte. Für Hokuspokus, wie sie es ausdrücken würde, war darin kein Platz.

„Worum geht es dann?"

„Sie versucht, einen falschen Eindruck zu erwecken."

„Wie? Sie meinen, sie ist keine ... äh ... Lebensberaterin?"

„Das entzieht sich meiner Kenntnis. Ich wollte Sie lediglich auf ein Detail hinsichtlich der Kleidung der Dame aufmerksam machen. Männer ..." – Frau Sonderbar hüstelte dezent – „... achten meist nicht auf solche Dinge."

„Da könnten Sie recht haben. Was war mit ihrer Kleidung?"

„Diese Frau trug billigen Schmuck, Pullover, Hose und Jacke waren etwas abgetragen und von der Stange, sie war schlecht frisiert. Nur die Schuhe ... die passten nicht dazu."

„Die Schuhe?", fragte Emmerich verblüfft. Im Allgemeinen pflegte er sich seine Gesprächspartner genau anzusehen, Schuhe jedoch standen zugegebenermaßen nicht im Fokus seiner Aufmerksamkeit.

„Diese Schuhe", verkündete Frau Sonderbar mit leisem Triumph, „waren nagelneu und haben mindestens fünfhundert Euro gekostet."

„Nein, wirklich?", staunte Emmerich. „Und das sehen Sie einfach so?"

„Am Schuhwerk erkennt man den Menschen. So sagte es zumindest mein Vater. Er war Schuhmachermeister, falls ich das noch nicht erwähnt haben sollte."

Emmerich war sich fast sicher, dass Frau Sonderbar keines ihrer Elternteile in den langen Jahren ihrer Zusammenarbeit jemals erwähnt hatte. Falls doch, bestand allerdings die Möglichkeit, dass er im entscheidenden Moment nicht aufgepasst hatte. Er gestand auch durchaus zu, dass ein Schuhmachermeister vom Schuh auf den Träger desselben Rückschlüsse zog, ähnlich, wie vielleicht ein Friseur einen Haarschnitt zur Beurteilung heranzog oder ein Chirurg die Qualität einer eingesetzten Herzklappe, doch ihm war ein derartig berufsspezifisches Denken fremd. Dass Frau Schloms Schuhe für fünfhundert Euro trug, war sicherlich eine Merkwürdigkeit, konnte jedoch in einer simplen Marotte begründet sein. Er schob Frau Sonderbars Information in seinen Hinterkopf und sagte liebenswürdig:

„Sehr interessant. Sie haben ein scharfes Auge."

„Ich wollte das nur gesagt haben. Wenn es Ihnen recht ist, mache ich dann jetzt Feierabend."

„Genießen sie ihn", empfahl Emmerich und unterbrach die Verbindung.

Sein eigener Feierabend begann zwei Stunden später. Ihm war nach ein wenig Gesellschaft zumute, weshalb er beschloss, sich an diesem Abend keinen aufgetauten Eisklotz einzuverleiben, sondern stattdessen in einem kleinen italienischen Lokal zu essen. Dort war es ungewohnt leer, nur ein einziges, älteres Paar saß an einem der Tische. Emmerich bestellte eine Pizza und erkundigte sich beim Patron nach dem Verbleib des immer so freundlichen Kellners, den zu sehen er erwartet hatte.

„Kann ich nicht mehr bezahlen", erklärte der Patron. „Kommen keine Leute mehr. Ohne Rauchen ... keine Gäste."

Die Pizza wollte ihm nicht mehr so recht schmecken, er dachte daran, wie er im letzten Winter mit Gabi hier gesessen hatte. Heute gab es keinen Grappa auf's Haus zum Nachtisch, die Atmosphäre im Lokal war kaum weniger deprimierend als in seiner leeren Wohnung, wo er wenig später eintraf. Kurz nach neun klingelte das Telefon. Jule war dran und Emmerichs Lebensgeister erwachten wieder.

„Wie geht es euch?"

„Prima."

„Was macht Mama?"

„Mama macht Wellness. Fango und Massagen. Glaub ich."

„Und du?"

„Dies und das. Wie geht's dir?"

„Ich hab einen neuen Fall."

„Dann ist dir ja wenigstens nicht langweilig. Kommst du mit Seppl klar?“

Emmerich beschlich ein unangenehmer Verdacht. „Rufst du nur an, um zu erfahren, wie es Seppl geht?“

„Nein“, empörte sich Jule. „Ich sitz bloß gerade am Strand und guck die Sterne an ...“

Emmerich verspürte einen kleinen Stich. Er dachte an ein kleines Mädchen, dem er vor langer Zeit an einem anderen Strand erklärt hatte, wie man vom Großen Wagen aus den Polarstern finden konnte.

„Ihr habt es bestimmt schön warm“, sagte er leise. „Seppl geht es gut.“

„Fein.“ Jules Stimme klang rau. Sie vermisste ihn auch. „Wir sind ja bald wieder zu Hause.“

„Grüß Mama von mir.“

„Mach ich. Tschüss, Papa.“

Er schaltete den Fernseher gar nicht erst ein, schwankte stattdessen eine Weile zwischen Led Zeppelin und The Who, bevor er sich für Chris de Burghs „Spanish Train and other Stories“ entschied, denn zum Nachdenken brauchte er etwas Ruhiges. Das Gespräch mit der Psychologin war in eben dieser Hinsicht recht interessant gewesen. Sonja Sorrentin hatte sie in ihr Behandlungszimmer gebeten, sich hinter den Schreibtisch gesetzt und ohne Umschweife gesagt:

„Sie kommen also wegen Frau Diebold. Meiner Ansicht nach war sie ernsthaft krank.“

„Unser Pathologe sagt etwas anderes.“

„Ha.“ Ihr Lachen war kurz und schrill gewesen. „Ich rede nicht von einer körperlichen Krankheit.“

„Sie meinen, sie war geistig nicht mehr ganz fit?“

„Alterspsychose“, hatte die Psychologin mit bedeutungsschwanger gesenkter Stimme bestätigt. „Im fortgeschrittenen Stadium.“

Emmerich hatte einen Blick mit Kerner gewechselt, die ihre Zweifel nur unzureichend verbarg.

„Wie ... äh ... hat sich das denn geäußert?“, fragte er vorsichtig. „War sie bei Ihnen in Behandlung?“

„Diese Menschen merken gar nicht, dass sie krank sind. Deshalb suchen sie von sich aus keinen Arzt auf. Frau Diebold litt eindeutig unter Verfolgungswahn.“

„Und woraus schließen Sie das?“

„Aus ihrem Verhalten mir gegenüber.“

„Könnten Sie das eventuell genauer erläutern?“

Anstatt einer Antwort hatte Sonja Sorrentin einen dicken Wälzer vom Regal geholt und ihn aufgeschlagen vor Emmerich auf den Tisch gelegt.

„Lesen Sie nach. Hier steht das Wesentliche über das Krankheitsbild drin.“

„Frau Sorrentin.“ An dieser Stelle hatte Kerner das Wort ergriffen. „Wir sind nicht an Fachliteratur interessiert, sondern an Frau Diebold. Was hat sie tatsächlich gesagt oder getan?“

„Sie hatte etwas gegen mich, wenn Sie es so genau wissen wollen. Und deshalb hat sie Behauptungen aufgestellt. Falsche Behauptungen.“

„Zum Beispiel?“ Kerner war hartnäckig geblieben und Emmerich ließ sie fragen.

„Ich wäre eine schlechte Ärztin. Solches Zeug. Ich nehme an, sie hatte Angst vor mir.“

„Angst? Weil Sie sie auf die Psychose angesprochen haben?“

Die Psychologin hatte genickt. „Eine normale Reaktion bei diesen Fällen.“

Viel mehr war aus Sonja Sorrentin nicht mehr herauszubekommen gewesen. Sie sei noch nie über den zweiten Stock hinaus gekommen, sie achte nicht darauf, ob oben ein Fernseher laufe oder nicht, dafür hatte sie zu viel Arbeit. Im Übrigen sei sie Frau Diebold aus dem Weg gegangen. Wieder draußen, waren Emmerich und Kerner sich schnell einig gewesen, dass niemand außer Sonja Sorrentin etwas erwähnt hatte, das darauf schließen ließ, es sei in Gertrud Diebolds Oberstübchen nicht mehr mit rechten Dingen zugegangen. Ralph nicht, Maria nicht, die übrigen Hausbewohner nicht und auch nicht die Damen vom Kaffeekränzchen. Litt die Psychologin also selbst unter Verfolgungswahn oder lediglich an beruflichem Übereifer? Oder steckte etwas anderes dahinter? Emmerich nahm sich vor, dieser Sache nachzugehen.

8

Eleonore Schlomsens Tag begann mit einer Tasse Milchkaffee und der Lektüre des Lokalteils, wobei ihr nicht die großen Schlagzeilen, die sich mit der laufenden Unterschriftensammlung gegen Stuttgart 21 befassten, ins Auge stachen, sondern zunächst eine kleinere Meldung betreffend den gewaltsamen Tod einer Rentnerin am Hölderlinplatz. Die Polizei suchte Zeugen, doch dieser Aufgabe hatte sie sich ja bereits entledigt. Als Nächstes fiel ihr eine Überschrift am rechten, unteren Rand auf. „Zumbach unterstützt Pläne für Killesberg", stand da. Eleonore zog die Brauen hoch und las weiter:

> Gemeinderat Sven Zumbach, Mitglied im Ausschuss für Bauen und Wohnen, unterstützt die Pläne des Investors Senator Leopold Fritz für den Killesberg, die heute der Öffentlichkeit vorgestellt werden. „Ich denke, wir haben gute Chancen auf eine Förderung dieses Projektes durch die Europäische Union", sagt Zumbach. „Das Konzept hat Modellcharakter für künftige Formen seniorengerechten Wohnens im urbanen Raum auf dem ganzen Kontinent." Senator Fritz plant einen Silver-Ager-Adventure-Park, dessen Mittelpunkt ein verglastes Hochhaus mit Hallenbad und Wellness-Bereich sein soll, in dem sich Dienstleister für ältere Bürger wie Ärzte, Pflegeeinrichtungen oder Steuerberater niederlassen sollen.

Ein Alten-Getto für Reiche, dachte Eleonore angewidert. *Wie in Amerika. Und das auch noch gefördert durch die Europäische Union. Der Teufel scheißt doch immer auf den größten Haufen.* Andererseits, die Anmietung eines Büros in einem solchen Dienstleistungszentrum versprach unter Umständen ein Heer betuchter Klienten direkt vor der Haustür, doch sie schlug sich diese Idee sofort wieder aus dem Kopf. Die Mieten dort würden sündhaft teuer sein, Eleonore war im Grunde genommen ganz zufrieden mit ihrer gegenwärtigen Situation. Sie öffnete das Fenster und begann ihr tägliches Yogaprogramm, als das Telefon klingelte.

„Guten Morgen, Frau Schloms."

Es reichte offenbar nicht aus, dass Christine Winkler von ihrem Appartement in der Birkenwaldstraße wusste, nein, sie kannte auch noch die Telefonnummer dazu.

„Morgen", grüßte Eleonore verdrießlich zurück.

„Haben Sie schon Fortschritte gemacht?"

„Wobei?"

„Vielleicht haben Sie gesehen, dass der junge Mann in der Zeitung erwähnt wurde?"

„Hab ich."

„Was meinen Sie, wird er heute Abend anwesend sein?"

Eleonore wollte gerade etwas unwirsch darauf hinweisen, dass sie keine Hellseherin sei, als ihr einfiel, dass eine derartige Bemerkung dazu geeignet war, ihren guten Ruf als Deuterin der Karten zu untergraben.

„Schon möglich", sagte sie daher ausweichend.

„Haben Sie bereits etwas über ihn herausgefunden?"

„Noch nicht", schwindelte Eleonore. „Heute Abend weiß ich mehr."

„Soll ich Sie abholen?"

„Vielen Dank, ich komme schon alleine hin."

„Dann bis später."

Christine Winkler legte auf, und Eleonore schloss ihr Fenster. Die Lust am Yoga war ihr gründlich vergangen.

* * *

Seppl zuliebe war Emmerich erneut früher als gewöhnlich ins Büro aufgebrochen. Er verschloss sorgfältig die Tür zu Frau Sonderbars Zimmer und gönnte Jules Rattenfreund ein wenig Auslauf, während er Futter und Wasser nachfüllte. Seppl wuselte ein Weilchen am Boden herum, setzte etwas Kot ab und machte schließlich Anstalten, in Emmerichs linkem Hosenbein verschwinden zu wollen. Emmerich, der mit Seppls Kletterkünsten am menschlichen Körper bestens vertraut war, nahm ihn hoch, setzte ihn sich auf die Schulter und machte sich in Frau Sonderbars Schreibtisch auf die Suche nach einem Papiertaschentuch. Natürlich ging die Sache schief.

„*Ihre* Akten befinden sich in *diesem* Schrank", sagte seine Sekretärin – just in diesem Moment das Büro betretend – mit spitzer Stimme und wies auf die gegenüberliegende Seite des Raumes. „Ich glaube nicht, dass in *meinem* Schreibtisch etwas ist, das für Sie von Interesse sein könnte."

Emmerich wusste, dass er nicht dazu neigte, rot zu werden, doch sein Kopf fühlte sich genau so an.

„Ich ... äh ... bräuchte ein ... äh ...Taschentuch", stotterte er und fühlte sich wie ein Schulbub, der beim Kirschenklauen erwischt wurde. Frau Sonderbar griff wortlos in die Tasche ihres schlichten, mausgrauen Wintermantels und reichte ihm ein Päckchen. Seppl lugte hinter seinem Hals hervor, und ihr Blick wurde eisig.

„Danke." Emmerich machte kehrt und steuerte sein Büro an.

„Ich nehme eine Tasse Kaffee wie immer", sagte er, bevor er die Tür hinter sich schloss. Drinnen setzte er Seppl in seinen Käfig, wickelte seine Hinterlassenschaften in eines der Taschentücher und beförderte das Ganze in den Papierkorb. Frau Sonderbar brachte den Kaffee, schnüffelte und machte sich naserümpfend wieder von dannen. Wenig später betraten Kerner und Frenzel das Büro.

„Nichts Neues von Riesling", sagte Frenzel. „Kein Schriftverkehr, aber er war tatsächlich vor einem halben Jahr in der Zeitung. Mit seiner Kabarettgruppe. Ein Bild im Veranstaltungsteil. Mit der Flasche war ich bei der Spusi. Es ist nichts drauf. Gar nichts."

„Abgewischt? Wie die Türklinke?"

Frenzel nickte.

„Sieht so aus, als wäre was dran an Ihrer Eierlikör-Theorie", meinte Kerner und krauste die Nase.

„Dann fasse ich mal zusammen." Emmerich stellte sich in der Art eines vortragenden Seminarleiters vor ein bereitstehendes Flipchart und nahm einen Marker zur Hand.

„Gertrud Diebold", – er malte einen Kreis und schrieb „G. D." hinein – „ist am Donnerstagnachmittag zu Hause. Sie sieht fern, erst leise, dann, ab siebzehn Uhr lauter. Sie bekommt Besuch von jemandem, der Eierlikör mit ihr trinkt und die alte Frau erschlägt. Anschließend säubert dieser Jemand die Flasche und stellt sie in die Küche, die Gläser dagegen nimmt er mit. Vielleicht, weil der Inhalt zu klebrig ist, um sie auf die

Schnelle zu spülen. Oder weil er weiß, dass Speichelspuren ihn verraten könnten. Er wischt die Türklinke ab, klemmt sich fünf oder sechs Ordner und die Tatwaffe unter den Arm und verlässt die Wohnung. Klingt das plausibel?" Emmerich kritzelte *Eierlikör, Türklinke* und *(sauber)* auf das Flipchart, wandte sich um und erntete Kopfschütteln.

„Bei meiner Oma bleibt der Fernseher aus, wenn Besuch kommt", sagte Frenzel.

„Meine hätte ihn wenigstens leiser gestellt", fügte Kerner an.

„Großmütter sind doch stets eine Quelle der Inspiration." Emmerich zeichnete ein stilisiertes TV-Gerät und setzte ein Fragezeichen auf die papierene Mattscheibe. „Womit wir beim Damenkränzchen wären. Dort fiel der Name Ralph Diebold. Wir haben ihn noch nicht gefragt, wo er am Donnerstag war. Darum kümmern Sie sich, Frau Kern ... äh ... Gitti."

„Vielleicht sollten wir uns auch seine Pokale genauer ansehen", schlug Kerner vor. „Und denken Sie an das Pferd. Ralph Diebold hatte ein Poster von Michael Schuhmacher an der Wand. Ferrari hat ein Pferd im Wappen. Das Pferd vom Auto?"

Emmerich schrieb *Ralph D., Pferd, Pokale* untereinander.

„Stellen Sie zuerst fest, ob er ein Alibi hat. Hat er keines, nehmen Sie sich zwei PVBs, sehen sich die Pokale an und besorgen seine Fingerabdrücke und eine Speichelprobe. Sie gehen auf keinen Fall alleine hin, ist das klar?"

Kerner nickte und griff nach ihrer Umhängetasche.

„Dann hätten wir Frau Dr. Sorrentin", fuhr Emmerich fort. „Sie will uns weismachen, Frau Diebold hätte an Verfolgungswahn gelitten. Fragen Sie Ralph auch danach. Außerdem sollte jemand herausfinden, wo sich sein Bruder Herbert herumtreibt."

„Kann ich ebenfalls übernehmen", sagte Kerner. „Ralphie weiß das sicher."

„Gut. Dann zu dir, Mirko. Du überprüfst die Psychologin. Mein Instinkt sagt mir, dass da was faul ist. Außerdem hast du Telefondienst, wir sind heute mit der Sache in der Zeitung."

„Und du?", fragte Frenzel, allenfalls mittelmäßig begeistert.

„Ich fahre zu Frau Schloms und lasse mir den Streit im Treppenhaus erklären."

Zwanzig Minuten später saß Emmerich in seinem bevorzugten Verkehrsmittel und ließ sich zum Hauptbahnhof bringen, als sein Blick auf eine kleine Postkarte fiel, die neben ihm auf dem Straßenbahnsitz lag. Er nahm sie mit spitzen Fingern, vergewisserte sich, dass nichts Klebriges oder anderweitig Unhygienisches daran haftete und las: „Der Killesberg gehört allen Bürgern. Wir fordern bezahlbaren Wohnraum im Grünen. Mehrgenerationenhäuser statt Rentner-Getto. Kein Fritz-Tower. Kundgebung am Mittwoch vor dem Congresszentrum B. Initiative Grüner Killesberg." Auf der Rückseite sah er einen Anfahrtsplan und eine Internetadresse, die „mehr Details" versprach. Emmerich dachte an Niklas Munz und schob die Postkarte ein. Am Hauptbahnhof stieg er in einen Bus der Linie 40 um, schepperte am Neubau des Klinikums vorbei und bedauerte den Direktor des Lindenmuseums für Völkerkunde. Das historische Bauwerk mit dem kleinen Türmchen, das ohnehin am Hegelplatz etwas abseits vom übrigen kulturellen Geschehen der Stadt lag, war nun umschlossen von monströs-funktionalen Gebäuden für die Kranken der ganzen Region und wirkte wie eine fremdartige, kleine Insel in einem Meer architektonischer Fantasielosigkeit. *Fast so exotisch wie seine Exponate, dieses Museum,* kommentierte Emmerich in Gedanken. Am Hölderlinplatz stieg er aus und kaufte sich ein Mohncroissant. Einer plötzlichen Eingebung folgend fragte er die Verkäuferin:

„Kannten Sie eigentlich Frau Diebold von gegenüber?"

„Ist diese Frau?", fragte das Mädchen, das ein anderes war als bei seinem ersten Besuch in der Backfiliale, und hielt Deutschlands bekanntestes Boulevardblatt in die Höhe.

„Rentnerin erschlagen", prangte es Emmerich in großen Lettern entgegen.

„Kann ich das mal haben?" Mit der Zeitung und dem Croissant begab er sich an einen kleinen Stehtisch und las:

> Wer tötete Gertrud D. (78)? Nachbarin Sophia G. (72) steht noch unter Schock. „Dass so etwas passieren musste. Sie war immer so nett. Hat sich für alles interessiert."

Der Rest des Artikels bestand aus dem aufgehübschten Inhalt seiner Pressemitteilung und dem Hinweis, dass auch Gemeinderat Sven Zumbach im Haus wohne, jedoch für eine Stellungnahme nicht erreichbar gewesen war. *Gemeinderat, sieh an,* dachte Emmerich, *so einen könnte man sich auch ein bisschen freundlicher vorstellen.* Er gab die Zeitung zurück.

„Kannten Sie sie?"

„Weiß nicht", sagte das Mädchen. „Kommen viele Leute her. Ich bin nur Aushilfe. Nicht immer da."

„Natürlich." Emmerich wandte sich zum Gehen.

„Vielleicht Apotheke", rief sie ihm hinterher. „Alte Leute viel krank."

Er sah zurück. „Gute Idee, vielen Dank."

Die Apotheke lag nur einige Schritte weiter. Das Personal war überraschend jung und hilfsbereit. Gertrud Diebold hatte hier eingekauft, aber nichts Spektakuläres. Blutdruck- und Cholesterinsenker, Hustentropfen, Schmerztabletten, gelegentlich ein leichtes Schlafmittel.

„Hatten Sie den Eindruck, dass sie unter Verfolgungswahn litt?"

Die junge Angestellte, die seine Fragen beantwortet hatte, sah ihn konsterniert an.

„Überhaupt nicht. Frau Diebold war völlig normal. Glauben Sie mir, ich weiß, wovon ich spreche, wir haben ganz andere Leute hier."

„Kennen Sie Frau Dr. Sorrentin?"

„Die Psychologin? Ja, sicher."

„Wie ist sie so?"

„Na ja, ich weiß nicht ..." Das freundliche Gesicht war eine winzige Spur abweisend geworden. Emmerich schloss messerscharf, dass die meisten Rezepte, die Sonja Sorrentin ausstellte, hier eingelöst wurden.

„Sie können mich gerne anrufen, wenn Sie an anderer Stelle etwas dazu sagen möchten. Ich wäre wirklich sehr interessiert an Informationen über ... Sie wissen schon."

Die Frau sah zur Seite und ließ die Karte in die Tasche ihres weißen Kittels gleiten.

„Ich werde sehen, was ich für Sie tun kann."

Emmerich überquerte den kleinen Platz und drückte auf Madame Mercures Klingelknopf. Seine Vorbehalte gegenüber Wahrsagerinnen waren zwar immer noch die gleichen, Frau Schloms war ihm aber dennoch als eine relativ vernünftige Person erschienen. Letztendlich konnte es ihm egal sein, womit sie ihr Geld verdiente. Durch die Gegensprechanlage knarzte ihm ein verzerrtes „Hallo“ entgegen und er fragte sich zum mindestens einhundertsten Mal, warum es möglich war, transatlantische Telefonate in perfekter Qualität zu führen, während die Verständigung zwischen einer Wohnung im zweiten Stock und jemandem, der vor der Haustür stand, immer noch eine von der Technik nicht bewältigte Herausforderung darstellte. Er fragte, ob er hinaufkommen könne und wurde gebeten, noch einige Minuten zu warten. Emmerich zog in Erwägung, in den umliegenden Geschäften Erkundigungen einzuziehen, doch das Klingeln seines Handys hielt ihn ab. Er fummelte es umständlich aus der Innentasche seines Jacketts hervor und sah Frenzels Nummer.

„Reiner? Ich habe Neues von der KTU.“

„Schieß los.“

„Sie haben Fingerabdrücke von fünf fremden Personen, zwei halten sie für weiblich, drei für männlich. Von jeder Sorte gibt es frische und ältere. Haare von zwei Frauen und einem Mann. Bist du noch dran?“

„Hmhm.“

„Was?“

„Ich sagte, ich bin noch dran.“

„Die weiblichen Fingerabdrücke sind in der Wohnung verteilt. Mann Nummer eins war schon vor längerer Zeit da. Nummer zwei und drei dagegen sind nur an einer Stelle vertreten.“

„Lass mich raten.“ Emmerich trat ein wenig zur Seite, um einem älteren Herrn im Lodenmantel Platz zu machen, der das Haus verließ und tatsächlich noch den Hut lüpfte, als er seiner ansichtig wurde. „Die einen Abdrücke sind auf der Fernbedienung.“

Er hörte einen leisen Pfiff.

„Fast richtig. Wie hast du das so schnell herausbekommen?“

„Durch Benutzung einer vielfach gefurchten Masse unterhalb meiner Schädeldecke. Du hast doch danebengestanden, als Zweigle sagte, er hätte den Ton leiser gestellt. Warum fast?“

Die Antwort blieb aus, Emmerich hörte Papier rascheln.

„Mirko?“

„Die anderen Abdrücke sind auch auf der Fernbedienung.“

„Ich rate noch mal. Sie sind verwischt, weil Zweigles Abdrücke darüber sind.“

„Wir wissen noch nicht, ob es Zweigles Abdrücke sind.“

„Das wird sich ja wohl zügig herausfinden lassen. Kümmerst du dich darum?“

„Mach ich“, sagte Frenzel, und Emmerich meinte, einen zerknirschten Ton aus seiner Stimme herauszuhören. „Ich ... es tut mir leid ... er hat so schnell nach dem Ding gelangt ...“

„Schon gut, Mirko. Wir sind alle nur Menschen. Sag mir lieber was anderes.“

„Was denn?“

Ein leises Brummen veranlasste Emmerich, einen argwöhnischen Blick auf die Gegensprechanlage zu werfen.

„Wie bringen wir Frau Kerner bei, dass wir ihren Maria-Schützling erkennungsdienstlich behandeln müssen?“

Frenzel wirkte geradezu erleichtert. „Keine Sorge. Das biege ich hin.“

Emmerich drückte sein handyfreies Ohr an den Lautsprecher neben den Klingelknöpfen und hörte verhaltenes Schnaufen. Jemand belauschte ihn.

„Ich muss Schluss machen, Mirko. Bis später.“

Er schob das Handy in die Tasche und horchte in gebückter Haltung weiter. Hinter dem Schnaufen lief leise Rap-Musik von der Sorte, die Emmerich nicht ausstehen konnte.

„Kann ich Ihnen helfen?“

Emmerich fuhr erschrocken hoch und sah Niklas Munz mit einer Zigarette im Mundwinkel vor sich stehen.

„Ach, Sie sind das“, sagte er und grinste. „Tag auch.“

Im selben Moment ertönte eine quäkende Stimme aus der Gegensprechanlage:

„Sie können jetzt heraufkommen, Herr Kommissar.“

„Schon was rausgefunden?“, fragte Niklas Munz, während sie gemeinsam die Treppen erklommen. Emmerich lächelte nichtssagend.

„Schon klar, Sie dürfen mir nichts erzählen.“

„Stimmt. Aber was fragen.“ Er zog die Postkarte aus der Tasche. „Was ist das?“

„Ein Aufruf zu einer Kundgebung.“

„Danke. Ich bin des Lesens mächtig. Ich will wissen, worum es genau geht.“

Munz blieb stehen. „In dieser Stadt“, sagte er leise, als mache ein Mafia-Pate ein Angebot, das man nicht ablehnen konnte, „wird seit Jahrzehnten zerstört, was auf natürlichem Wege wachsen könnte. Den Abriss der Zuckerfabrik auf dem Hallschlag oder des alten Südmilchgeländes kenne ich nur aus den Erzählungen meiner Eltern. Aber als sie die kleinen Handwerker und die Bands aus der Reiterkaserne vertrieben haben, das hab ich schon mitgekriegt. Oder dass sie den selbstverwalteten Jugendhausklub Degerloch in eine Art betreutes Wohnen umgebaut haben. Als Nächstes wird der Killesberg plattgemacht, weil die große Kohle lockt, und dann kommt Stuttgart 21.“

„Ich dachte, der Park wird nicht angetastet“, entgegnete Emmerich verblüfft und stieg weiter nach oben.

„Nicht angetastet? Vielleicht nicht sofort, aber wenn das mal ein Kalkleisten-Refugium für die oberen Zehntausend geworden ist, was glauben Sie, wird dann daraus? Spielen die Ärzte dann noch auf der Freilichtbühne? Darf das gemeine Volk dann noch auf's Lichterfest?“

„So genau hab ich mich noch nicht damit befasst“, musste Emmerich eingestehen.

„Das Congresszentrum B reißen sie auch ab. Schön, es hat ne Scheiß-Akustik, aber wenn ich in Zukunft Motörhead hören will, dann muss ich wahrscheinlich nach Ulm oder Mannheim fahren. Und die alten Leute, die werden sie dort ausnehmen wie die Weihnachtsgänse.“

„Schon gut, schon gut.“ Munz war sichtlich in Rage geraten und Emmerich fühlte sich ein wenig unwohl in der Nähe des zornigen Jünglings in den schwarzen Klamotten. „Ich hoffe nur, Sie haben nicht vor, bei dieser Kundgebung etwas ... Gewalttätiges zu machen.“

Sie hatten den zweiten Stock erreicht. Munz sah ihn verächtlich an.

„Keine Angst. Ich habe nicht vor, mir meine Zukunft zu verbauen. Falls ich in diesem bescheuerten Staat überhaupt eine habe. Wollten Sie hierher?“

Emmerich nickte.

„Dann viel Erfolg.“ Niklas Munz setzte seinen Weg nach oben fort und Emmerich drückte auf den Klingelknopf.

9

Eleonore Schloms öffnete und ließ den Kommissar eintreten. Die Türen zum Schlafzimmer und zum Meditationsraum hatte sie vorsorglich geschlossen und frischen Pfefferminztee aufgebrüht, von dem sie hoffte, dass er Emmerich nicht schmecken würde. Sie bat ihn höflich ins Wohnzimmer, schenkte ihm eine Tasse ein und entzündete ein Zitronengras-Räucherstäbchen direkt vor seiner Nase.

„Was wollen Sie wissen?“, fragte sie zurückhaltend.

Emmerich versuchte vergeblich, dem dünnen Rauchfaden zu entgehen.

„Sie sollen einen Streit gehabt haben. Mit der Dame von gegenüber.“

„Wir mögen uns nicht besonders, das ist richtig.“

„Bei diesem Streit soll es um Frau Diebold gegangen sein.“

Eleonore nahm eine flache, mit Halbedelsteinen gefüllte Schale vom Tisch und tat, als suche sie etwas Bestimmtes.

„Ich streite mich nicht mit Frau Sorrentin. Sie sich vielleicht mit mir, aber nicht umgekehrt.“

„Ich wüsste trotzdem gerne, worum ...“

„Sie fragte mich, ob ich Frau Diebold kenne. Angeblich war sie krank, und man hätte die Angehörigen verständigen müssen. Irgendeine Psychose, ich habe nicht genau zugehört.“ Eleonore nahm einen Rosenquarz, ein Tigerauge und einen Amethyst aus der Schale und legte sie auf den Tisch. Emmerich beäugte sie unbehaglich.

„Und deshalb sind Sie mit ihr in Streit geraten?“

„Nicht deswegen. Suchen Sie sich einen Stein aus.“

„Wozu?“

„Ihre Wahl sagt etwas aus über die Qualitäten, die Ihr Leben gerade dominieren. Vielleicht hilft Ihnen das weiter.“

„Es würde mir weiterhelfen, wenn Sie mir sagen, worüber Sie sich mit Frau Sorrentin gestritten haben.“

„Möchten Sie noch etwas Tee?“

„Nein, danke."

Der Kommissar schien ein zäher Brocken zu sein. Eleonore überlegte, was sie als Nächstes tun konnte, um das Gespräch in andere Bahnen zu lenken, und hielt die Schale ein wenig schief, während sie ein nachdenkliches Gesicht machte.

„Der junge Mann von ganz oben hat Ihnen davon erzählt, nicht wahr?"

„Das tut nichts zur Sache."

Es gab ein lautes Krachen mit vielen kleinen Echos als die Schale aus Eleonores Hand kippte und auf den Couchtisch fiel. Die Halbedelsteine hüpften in alle Richtungen.

„Oh, wie ungeschickt von mir", sagte Eleonore. Emmerich schob mit einer entschlossenen Bewegung das Räucherstäbchen zur Seite.

„Frau Schloms, meine Geduld hat Grenzen. Sie sagen mir jetzt, was ich wissen will, oder Sie lassen es bleiben, und ich ziehe die entsprechenden Schlüsse aus Ihrem Verhalten. Anschließend gehe ich rüber und frage Frau Sorrentin nach ihrer Version der Geschichte."

„Wie Sie meinen." Eleonore sammelte Steine vom Boden auf. „Sie drohte mir mit einer Anzeige."

„Weswegen?"

„Keine Ahnung. Ich mache nichts Illegales. Sie betrachtet mich als unerwünschte Konkurrenz."

„Sind Sie das?"

„Vielleicht."

„Und was hat das mit Frau Diebold zu tun?"

Ihre Blicke kreuzten sich für den Bruchteil einer Sekunde und Eleonore wurde klar, dass der gemütlich wirkende Kommissar einen hellwachen Verstand besaß. Sie zog die Achseln hoch.

„Nichts, nehme ich an."

„Wissen Sie irgendetwas Nachteiliges über Frau Dr. Sorrentin?"

Eleonore ließ sich ihre Überraschung nicht anmerken. „Wie kommen Sie darauf?"

Der Kommissar stand auf.

„Ich danke Ihnen für das informative Gespräch, Frau Schloms."

„Keine Ursache", entgegnete Eleonore zuckersüß. „Wenn Sie noch mehr Fragen haben, dürfen Sie mich gerne wieder besuchen."

Bloß nicht, dachte Emmerich, während er die Treppen hinuntereilte. Intime Feindschaften unter Nachbarinnen gehörten nicht zu den Dingen, mit denen er sich gerne beschäftigte. Er hoffte von Herzen, dass das Verhältnis der Mieterinnen im zweiten Stock nur ein Randproblem seines aktuellen Falles sein möge. Die menschliche Seele einschließlich ihrer manchmal völlig abwegigen Wünsche und Vorstellungen war natürlich auch Gegenstand seines beruflichen Interesses, aber Emmerich hatte noch nie das Bedürfnis verspürt, heilend oder auf eine andere Weise in diese einzugreifen. Er verließ sich auf Fakten, gesicherte Spuren, Erfahrung und das, was er seinen gesunden Menschenverstand nannte. Der sagte ihm, dass sowohl Eleonore Schloms als auch Sonja Sorrentin undurchsichtige Kundinnen waren, seiner Erfahrung nach ließen sich solche Leute nur aus der Reserve locken, wenn man Druck ausübte. Hierzu benötigte man die entsprechenden Mittel, und die würde er besorgen, falls sie gebraucht würden. Bis dahin würde er seine Konzentration auf handgreiflichere Dinge richten. Vor der Haustür unterbrach Emmerich seine Flucht, denn um nichts anderes handelte es sich, besann sich eines Besseren und machte sich wieder auf den Weg nach oben. Nach ganz oben. Ein wenig außer Atem horchte er an der Tür von Niklas Munz und hörte Wasser rauschen. Eine Treppe weiter unten, beim Ehepaar Georgiadis lief der Fernseher, aber Emmerich nahm nicht an, dass es Sophia gewesen war, die an der Gegensprechanlage gelauscht hatte. Anders bei Sven Zumbach. In gedämpfter Lautstärke drang monotoner Sprechgesang an sein Ohr. Emmerich überlegte, ob er klingeln und den Mann zur Rede stellen sollte, entschied sich aber dagegen. Stattdessen suchte er den Schlüssel zu Gertrud Diebolds Wohnung heraus und ging ein Stockwerk tiefer. Der Fernseher von oben war auch hier nur in der Küche zu hören. Emmerich setzte sich an Gertrud Diebolds Esstisch – vor dem Sessel schreckte er aus verständlichen Gründen zurück – und dachte nach. Die Frau hinterließ kein Geld, war also nicht aus Gewinnsucht getötet worden. Raubmord schied ebenso aus, eine emotional begründete Tat schien ihm angesichts des Alters der Toten abwegig, obwohl man das natürlich nie genau wissen konnte. *Sie war bei ner Zeitung,* hatte Niklas Munz gesagt und sie hatte Zeitungen gesammelt. Was hatte sie bei dieser Zeitung getan? Als Journalistin gearbeitet? In Emmerichs Kopf formte sich das Bild einer kleinen, alten Dame, die an diesem Tisch sitzend, spinnengleich ein Netz aus fliederfarbenen Fäden spann. Zeitungen waren Informationen, Gertrud Diebold hatte Informationen gehortet, sortiert und archiviert, nicht nur in Ordnern, sondern sicherlich auch in ihrem Gedächtnis, das mehr als siebzig Jahre lang damit gefüttert worden war. Der Schlüssel zu Gertrud Diebolds Ermordung musste in diesen Informationen zu finden sein, ihr Wissen war ihr ganzer Besitz und ihr Kapital gewesen. Hatte sie etwas gewusst, was ein anderer ihr entlocken wollte? Oder hat sie nur einfach zu viel gewusst? Was hatten die fehlenden Ordner enthalten? Sein Handy machte sich bemerkbar.

„Ralphie ist am Donnerstag Taxi gefahren", sagte Gitti Kerner. „Von mittags um zwei bis nachts um halb elf. Das können theoretisch zahlreiche Fahrgäste bezeugen. Praktisch kennt er leider keinen davon persönlich."

„Wäre wohl auch zu viel erwartet."

„Um fünf hat er bei seiner Mutter geklingelt. Er wollte sich Geld von ihr leihen, aber sie hat nicht aufgemacht, sondern den Fernseher lauter gestellt. Ralphie stand im Halteverbot und musste zurück zu seinem Auto."

„Das heißt, um fünf hat sie noch gelebt?"

„Muss sie ja."

„Es wäre trotzdem gut, wenn wir wenigstens ein paar von den Fahrgästen als Zeugen auftreiben könnten. Versuchen Sie's über die Taxizentrale. Was ist mit Verfolgungswahn?"

„Fehlanzeige. Ralph sagt, Mami war geistig voll auf der Höhe."

„Und Herbert?"

„Ich hab herausgefunden, wo er arbeitet. Herbert ist Architekt und zurzeit samt seiner Frau auf einem Kongress in Südafrika. Muss mit der Fußball-WM 2010 zu tun haben. Er kommt Anfang nächster Woche zurück."

„Schade", meinte Emmerich. „Damit sind die beiden naheliegendsten Personen wohl aus dem Rennen. Fingerabdrücke und Speichelprobe von Ralph brauchen wir aber trotzdem."

„Ich kümmere mich darum. Muss ja auch noch die von Maria besorgen. Mirko hat mich schon angerufen." Kerners Stimme klang zuversichtlich, er fragte sich, woher sie diese Zuversicht – insbesondere im Hinblick auf Marias mangelnde Bereitschaft zur Zusammenarbeit –

nahm, sagte aber nichts. Vorerst. Es war natürlich unumgänglich, dass er selbst ein weiteres Gespräch mit Ralph Diebold führte, um dessen Mutter besser kennenzulernen, aber zuvor wollte er möglichst sicher sein, dass der Mann wirklich nichts mit dem Mord zu tun hatte. Er verabschiedete sich von Kerner, wandte seine Gedanken wieder der Vorgehensweise des Täters zu und betrachtete die abgewischte Türklinke. Es war eine richtige Klinke zum Herunterdrücken, kein Knauf wie an der Außenseite der Tür. *Wenn ich keine Fingerabdrücke auf diesem Ding hinterlassen wollte,* überlegte er, *dann würde ich sie mit dem Ellbogen herunterdrücken. Etwa so.* Emmerich winkelte den Arm an und drückte. Die Tür sprang einen Spalt breit auf. Er vergrößerte die Öffnung mit der Schuhspitze, ging hindurch und griff fast automatisch nach dem Knauf. Der aber war nicht abgewischt worden. Emmerich bohrte sich nachdenklich in der Nase, ging wieder zurück, widmete seine Aufmerksamkeit dem Abtropfgitter und wählte Zweigles Nummer.

„Emmerich hier", gab er sich zu erkennen, als der Pathologe abnahm.

„Da haben Sie aber Glück", sagte Dr. Zweigle. „Ich bin gerade auf dem Sprung. Vortrag an der Uni Tübingen. Sie wissen sicher, dass mein neuestes Buch vor zwei Tagen erschienen ist."

„Tatsächlich? Ich will Sie nicht lange aufhalten."

„Es heißt *Unentdeckte Morde*", verkündete Dr. Zweigle stolz.

„Sicher hochinteressant. Können Sie mir sagen, was Frau Diebold zuletzt gegessen hat?"

„Das steht doch alles in meinem Bericht. Haben Sie den nicht gelesen?" Zweigles Stimme enthielt mehr als einen versteckten Vorwurf.

„Doch, natürlich", flunkerte Emmerich. „Nur liegt er gerade in meinem Büro, während ich am Tatort bin."

„Und Ihre Sekretärin? Haben Sie denn keine Sekretärin? Ich bin nämlich in Eile. Professor Schulz-Bender erwartet mich."

„Mittagspause", sagte Emmerich stoisch, wohl wissend, dass Frau Sonderbar diese im Büro zu verbringen pflegte, es aber wenig schätzte, dabei gestört zu werden.

„Also gut, meinetwegen, einen Moment." Es dauerte keine halbe Minute bis Zweigle wieder sprach. „Hier hab ich's. Spiegelei, Toast und Marmelade zum Frühstück, Maultaschensuppe zum Mittagessen."

„Und Getränke?"

„Getränke sind schwierig. Deren Reste findet man nämlich nicht im Verdauungstrakt, ha, ha, ha."

„Verstehe", sagte Emmerich, obwohl ihm vollkommen unklar war, worüber der Doktor sich derartig amüsierte, doch dies war schließlich dessen Angelegenheit. „Vielen Dank auch." Die Spiegeleier, so folgerte er, hatte sie in der Pfanne gebraten und vom flachen Teller gegessen. Für die Suppe hatte sie den Topf und den tiefen Teller benutzt. Er ging das Besteck durch, es passte. Blieben drei Tassen und drei Untertassen. Aus einer, nahm er an, hatte sie zum Frühstück Kaffee oder Tee getrunken. Was war mit den anderen beiden? Emmerich registrierte, dass kein Geschirr, das nach Abendessen aussah, dastand. Wann aßen alte Damen zu Abend? Irgendwann nach fünf Uhr nachmittags und vor ihrer Essenszeit musste sie der Tod ereilt haben. Dies war immerhin etwas genauer als zwischen Donnerstagnachmittag und Freitagmorgen. Emmerich ging zurück ins Wohnzimmer. Wie transportierte man fünf oder sechs Ordner? *Entweder in großen Taschen oder indem man mehrmals läuft.* Und dann wohin damit? In ein Auto, das nicht direkt vor der Tür geparkt haben konnte. Emmerich griff zum Telefon.

„Frau Sonderbar, ich brauche zwei Beamte, die den Hölderlinplatz abklappern und fragen, ob jemand letzten Donnerstag zwischen siebzehn und zwanzig Uhr eine Person beobachtet hat, die mit Ordnern auf dem Arm oder großen Taschen aus dem Haus von Frau Diebold kam."

Als Nächstes nahm er sich die Zeitungsausschnitte vor. Killesberg, Stuttgart 21, Sitzungsgeldaffäre. Letztere lag schon ein Weilchen zurück, die entsprechenden Artikel waren mit einer dünnen Staubschicht bedeckt. *Sie war gegen Stuttgart 21, sie hat auf meiner Liste unterschrieben,* erinnerte sich Emmerich und ebenso an *Sie war halt mehr links und er halt mehr rechts.* Anzunehmen, dass Gertrud Diebold mit dieser politischen Einstellung auch in Sachen Killesberg zur Position der Bürgerinitiative, deren Postkarte er in der Tasche trug, geneigt hatte. Doch hatte sie mehr unternommen, als nur Artikel zu sammeln? Emmerich beschloss, Niklas Munz einen weiteren Besuch abzustatten.

Der junge Mann öffnete ihm im Bademantel, die Haare strubbelig und feucht.

„Sie schon wieder."
„Ich hätte noch ein paar Fragen."
„Dann kommen Sie rein, es ist kalt."
Emmerich folgte Munz in ein Zimmer, das nicht seinen Vorstellungen von Ordnung entsprach, von dem er aber annahm, dass Jule sich darin ausgesprochen wohlgefühlt hätte.
„Sie können da sitzen oder nein, besser hier." Munz räumte einen Stapel Bücher und CDs von einem schreiend roten Sofa, indem er sie einfach daneben auf den Boden legte. Der dazugehörige Tisch bestand aus einem schwarzen Holzbrett, das auf Ziegelsteinen ruhte. Gegenüber sah Emmerich einen Flachbildfernseher, einen Computermonitor, Verstärker, Lautsprecherboxen und eine elektrische Gitarre.
„Sie machen Musik?"
Munz nickte.
„Hab ich auch mal gemacht. Ist aber lange her."
„Warum haben Sie aufgehört?"
Emmerich zuckte die Achseln. „Familie. Job. Keine Zeit. Mangelnder Erfolg. Was weiß ich."
„Auch Gitarre?"
„Schlagzeug."
Eine kleine Pause entstand, während der sich Munz auf eine umgedrehte Bierkiste setzte.
„Was wollten Sie mich fragen?"
„Hat sich Frau Diebold für Ihre Killesberg-Initiative interessiert?"
„Nicht dass ich wüsste. Die gibt's ja auch erst seit ungefähr drei Wochen."
„Erzählen Sie mir ein bisschen mehr darüber?"
Sein Gesprächspartner streckte die Beine aus und entblößte eine Tätowierung an der Innenseite seines linken Oberschenkels.
„Hat das was mit Ihrem Fall zu tun?"
„Möglicherweise."
Munz bedachte ihn mit einem schwer zu deutenden Blick und fischte mit einer gezielten Handbewegung eine Klarsichthülle unter einem weiteren Stapel Bücher hervor.
„Es ist ziemlich genau einen Monat her, da kam dies hier in der Zeitung." Er reichte Emmerich die Klarsichthülle. „Sun-City in Stuttgart",

zitierte er die Überschrift des Artikels. „Wissen Sie, was Sun-City ist?"

Emmerich schüttelte den Kopf.

„In Amerika, besonders in den wärmeren, südlichen Bundesstaaten, gibt es ganze Städte, in denen nur Rentner leben. Reiche Rentner, wohlgemerkt. Sie haben eigene Golfplätze, eigene Supermärkte, eigene Schwimmbäder. Abgeriegelt von der Außenwelt. Kinder, auch die eigenen Enkel, haben höchstens stundenweise Zutritt. Wollen Sie wissen, woher ich das weiß?"

„Bitte."

„Es gab mal ne Punkband von dort, die hieß ‚One foot in the grave'. Die Musiker waren alle über siebzig und einige haben in so einem Ding gelebt. Ich frage Sie, was hat das noch mit Punk zu tun?"

„Die Revolution frisst ihre Kinder", vermutete Emmerich. „Oder so ähnlich."

„Falsch. Das ist der Triumph der Gerontokratie."

„Genauso falsch", widersprach Emmerich. „Reich gewinnt. Es ist keine Frage des Alters."

„Wie auch immer. Wollen Sie ein Bier?"

„Um diese Zeit?"

„Ich nehme eins, wenn es Sie nicht stört." Munz griff in eine zweite Kiste und holte eine kleine, grüne Flasche heraus.

„Machen Sie nur." Emmerich versuchte, sich zu erinnern, ob auch er in seiner Jugend bereits zur Mittagszeit dem Gerstensaft zugesprochen hatte und musste einräumen, dass dem so gewesen war.

„Wir haben uns zusammengehockt und uns gedacht, das kann nicht sein. Müssen wir jeden Mist aus Amerika importieren? Und dann kommt noch dieser Mensch dazu."

„Welcher Mensch?"

„Senator Leopold Fritz", sagte Munz, den Titel höhnisch betonend.

„Müsste ich den kennen?"

„Sie vielleicht nicht, Sie bearbeiten ja Morde. Aber Ihre Kollegen von der Wirtschaftskripo. Denen sollte er eigentlich ein Begriff sein, obwohl ihm niemand das Handwerk legt."

Emmerich nahm sich vor, Gitti Kerner nach Senator Fritz zu fragen. Laut sagte er:

„Und was tut dieser Mensch?"

„Tritt als Bauherr und Investor für den Killesberg auf. Veranstaltet ein tierisches Galama, und wie üblich fallen alle darauf rein."

„Sie meinen, der Mann ist unseriös?"

Munz nahm einen Schluck aus seiner grünen Flasche, wischte sich den Schaum vom Mund und sah Emmerich böse an.

„Erinnern Sie sich an die Renovierung der Reiterkaserne? Ist schon ein paar Jahre her."

Emmerich kramte in seinem Gedächtnis. Die Geschichte der Reiterkaserne ging zurück bis in der Römerzeit, im 19. Jahrhundert war Kavallerie dort stationiert gewesen, nach dem Zweiten Weltkrieg hatte sie den Amerikanern als Reparaturwerkstatt für Militärfahrzeuge gedient. Nach dem Fall des Eisernen Vorhangs und dem Abzug der US-Truppen war das riesige Areal in einen Dornröschenschlaf gefallen und immer mehr heruntergekommen, bis um die Jahrtausendwende herum mit der Renovierung begonnen wurde. Emmerich kam selten auf den Hallschlag, wo das burgähnliche Anwesen hoch über dem Neckar thronte und wieder seinen alten Namen „Römerkastell" trug. Mehr fiel ihm nicht dazu ein, und er sah Munz fragend an.

„Was war damit?"

„Da ist auch ein sogenannter Investor dahergekommen und hat große Töne gespuckt von wegen neues Medien- und Kulturzentrum. Der Gemeinderat, die Presse, alle lagen ihm zu Füßen. Und was ist heute?"

„Keine Ahnung."

„Er ist pleite."

Emmerich hatte das unbestimmte Gefühl, den Gegenstand seiner Ermittlungen aus den Augen zu verlieren, fragte aber dennoch:

„Sie sehen da Parallelen?"

„Schlimmer", erklärte Munz im Brustton der Überzeugung. „Erkundigen Sie sich nach dem Herrn Senator, und denken Sie an meine Worte."

„Ich muss eigentlich den Mörder von Gertrud Diebold finden."

Munz sah enttäuscht drein. „Richtig. Das hatte ich schon fast wieder vergessen."

Emmerich stand auf. „War trotzdem ein interessantes Gespräch." Er warf einen wehmütigen Blick auf die Gitarre. „Viel Erfolg mit Ihrer Musik."

Eleonore Schloms erwartete mit einer gewissen Spannung ihre nächste Klientin, eine Dame, die sich beim ersten Besuch als „Frau Müller“ vorgestellt hatte und die als Beruf stets „Hausfrau“ angab, obwohl sie dem allgemein gültigen Bild einer solchen in keiner Weise entsprach. „Frau Müller“ verfügte nicht nur über einen Gatten, der im Vorstand eines der größten Unternehmen des Landes saß, sondern auch über einen guten Teil des Geldes, das besagter Gatte verdiente. Sie beschäftigte mehrere Angestellte, die sich um vier eigentlich erwachsene Kinder, zwei Hunde und eine Villa mit zwölf Zimmern inklusive Hallenbad kümmerten, während die „Hausfrau“ abwesend war, und das war sie meistens. Was ihren wahren Namen anlangte, gehörte sie zu dem nicht unbeträchtlichen Teil von Eleonores Kundenkreis, der es vorzog, anonym zu bleiben, was allerdings Eleonore selbst nicht daran hinderte, die tatsächliche Identität der jeweiligen Person zu kennen. Dem Tarot haftete etwas Anrüchiges, Magisch-Hexenhaftes an, eine unausgesprochene Regel verurteilte ihn als nicht gesellschaftsfähig, während Praktiken wie Feng-Shui oder Aromatherapie als schick galten. Frau Müller jedenfalls hätte niemals öffentlich zugegeben, Besuche bei Madame Mercure zu machen, doch Eleonore störte dies wenig, entsprach es doch ihrer Absicht, kein Aufsehen zu erregen. Es war ein Spiel, Eleonore spielte es mit und verdiente gutes Geld dabei. Frau Müller verbrachte einen Großteil ihrer Zeit mit der Organisation wohltätiger, sportlicher oder kultureller Veranstaltungen; was sie aber am heutigen Tag für Eleonore besonders interessant machte, war die Tatsache, dass sie – wie auch Sven Zumbach – ein Mitglied des Stuttgarter Gemeinderates war. Sie traf ein wenig verspätet ein, wie immer eine Spur zu stark geschminkt und umnebelt von einem teuren Parfüm. Eleonore begann mit der Tageskarte, und Frau Müller zog den König der Münzen.

„Ein Mann mit Geld“, sagte Eleonore. „Ihr Gatte?“

Frau Müller klopfte mit einem sorgfältig manikürten, purpurroten Fingernagel auf die Karte, dachte nach und meinte:

„Nein. Ich glaube nicht, dass er gemeint ist. Es geht um einen anderen Mann.“

Sie zog vier weitere Karten, die Eleonore um den König herum gruppierte.

„Das sind ja fast nur Münzen“, sagte Frau Müller und schien nicht besonders angetan zu sein.

„Beschäftigen Sie sich denn gerade mit einer größeren Investition?"

Frau Müller sah aus, als wäre sie peinlich berührt. Eleonore kannte auch diese ungeschriebene Regel der sogenannten besseren Gesellschaft. *Über Geld redet man nicht, Geld hat man.* Und wenn nicht, dann tat man wenigstens so.

„Sie befinden sich noch im Anfangsstadium Ihrer Überlegungen." Eleonore wies auf die Zwei.

„Wie soll ich das erklären? Eine Freundin hat mir ein Haus zum Kauf angeboten." Frau Müller machte eine Pause und sah sich im Zimmer um, als bewerte sie die Qualität der Tapeten. „Ich will ehrlich zu Ihnen sein, Sie sagen mir ja immer, dass die Befragung der Karten nichts bringt, wenn man nicht ehrlich ist. Es handelt sich um dieses Haus."

Eleonore hielt die Luft an. Es gelang ihr, äußerlich ruhig zu bleiben.

„Was werden Sie tun?"

„Ich weiß es nicht. Ich brauche kein Haus. Aber meine Freundin, die Sie ja sicherlich auch kennen, benötigt das Geld. Dieses Gespräch bleibt jetzt aber wirklich unter uns."

„Das wissen Sie doch", sagte Eleonore, ihren Unmut im Zaum haltend. „Habe ich jemals ...?"

„Nein, nein, ich vertraue auf Ihre Diskretion. Sie braucht das Geld für unsere eigentliche Investition. Vermietete Wohnungen sind sehr schwer verkäuflich, wissen Sie. Und wir stehen unter einem gewissen ... ääh ... Zeitdruck. Wegen dieses Mannes hier." Frau Müller deutete auf den König.

„Wer ist er?"

„Haben Sie schon einmal von Senator Leopold Fritz gehört?" Ihre Klientin wartete Eleonores Antwort nicht ab und warf begeistert die Hände in die Höhe.

„Das ist ein Mann, sage ich Ihnen. Charmant, weltgewandt, weit gereist, sehr vermögend und ... ledig."

„Ich dachte, Sie wären glücklich verheiratet."

Frau Müller gab ein kieksendes Lachen von sich. „Natürlich, Sie Schäfchen. Aber meine Freundin nicht."

Die alte Schachtel ist verknallt, schoss es durch Eleonores Kopf, während sie an Christine Winklers verblühtes, immer ein wenig aufgequollenes Gesicht mit den gefärbten schwarzen Haaren dachte. *Will bloß wissen, was ein weltgewandter, charmanter Mann an der finden sollte.* Laut fragte Sie:

„Und was hat das mit Ihrer Investition zu tun?"

„Senator Fritz beabsichtigt, ein herrliches Projekt für ältere Bürger zu verwirklichen. Wenn wir uns schnell entscheiden, bekommen wir das schönste Grundstück dort. Mit einem direkten, privaten Zugang zum Tal der Rosen."

„Tal der Rosen", wiederholte Eleonore verblüfft. „Gehört das nicht zum öffentlichen Teil des Parkgeländes am Killesberg?"

Frau Müller lächelte verschwörerisch. „Das ist natürlich alles noch streng geheim. Aber wenn wir nicht zugreifen, tun es andere. Es ist völlig verständlich, wenn Senator Fritz für seine Zusage eine Anzahlung verlangt. Ein Schnäppchen wäre es obendrein." Ihre Stimme senkte sich zu einem Flüstern herab. „Für den Hausbau bekämen wir Fördergelder von der Europäischen Union."

„Aber das Gelände? Hat die Stadt es denn schon verkauft? Ich kann mir nicht vorstellen, dass der Gemeinderat solchen Plänen zustimmt."

„Pah." Frau Müller machte eine wegwerfende Handbewegung. „Wenn der Ausschuss für Bauen und Wohnen zustimmt, geht die Sache durch. Zufällig sitze ich da drin und ausnahmsweise haben wir auch die Opposition auf unserer Seite."

Nicht zu fassen, dachte Eleonore. *Eigentlich sollte ich sie rausschmeißen. Oder anzeigen. Oder beides.* Sie tat natürlich nichts dergleichen, doch in solchen Momenten hasste sie sich selbst.

„Sprechen Sie von Sven Zumbach?", fragte sie, ihre Wut unterdrückend.

„Sie kennen ihn?" Frau Müller zog die Brauen hoch. „Ach, richtig, er wohnt ja über Ihnen. Die Welt ist klein, nicht wahr?"

„Kennen wäre zu viel gesagt."

Frau Müller kicherte.

„Man hat ihm einen gut dotierten Job in der Betreibergesellschaft des künftigen Silver-Ager-Parks angeboten."

Eleonore war sich ziemlich sicher, dass ihr demnächst übel werden würde. „Könnten wir ... uns wieder Ihrer Frage zuwenden?", stieß sie mühsam hervor.

„Meine Frage, ach ja." Frau Müller nahm den König, betrachtete ihn nachdenklich und legte ihn zur Seite. „Soll ich dieses Haus nun kaufen, ja oder nein?"

Eleonore sah die Fünf der Münzen an, die klar und deutlich auf die negativen Auswirkungen eines solchen Kaufes hinwies.

„Ja", sagte sie entschlossen. „Sie wollen Ihre Freundin doch bestimmt nicht im Regen stehen lassen."

10

Ein Blick auf die Uhr und ein leichtes Grummeln im Magen hatten Emmerich überzeugt, dass es Zeit für seine Mittagspause war. Der Sinn stand ihm weder nach weiteren Croissants noch nach türkischen Spezialitäten, er wandte seine Schritte dem Café zu, in dem sich am Vortag das Damenkränzchen versammelt hatte. Eine mit Kreide beschriftete Tafel hatte dort darauf hingewiesen, dass Gänsebraten serviert wurde, und Gänsebraten liebte Emmerich ausnehmend. *Das hätte es früher nicht gegeben,* sinnierte er auf dem Weg, in den Cafés seiner Großmutter hatten winzige Pastetchen, gefüllt mit Ragout Fin, Russische Eier oder mikroskopisch kleine Forellenfilets auf Toast als vollwertige Mittagsmahlzeit zu gesalzenen Preisen gegolten, weswegen er sich stets an mehrere Stücke Apfelkuchen mit Sahne gehalten hatte. Was den Gänsebraten anbetraf, so war es seit mehr als zehn Jahren üblich gewesen, dass sich seine Skatrunde samt Ehefrauen in der ersten Novemberhälfte zum Gansessen in einem gemütlichen Lokal in Bad Cannstatt getroffen hatte – doch in diesem Jahr war kein Termin vereinbart worden. Wegen des Rauchverbots. Unwissend, wie sie waren, hatten die Skatspieler vorgeschlagen, das Essen, gleich dem Spiel, im privaten Kreis zu organisieren, sich sogar bereit erklärt, die notwendigen Einkäufe dafür zu übernehmen, doch sie mussten erfahren, dass keiner ihrer häuslichen Backöfen Platz für mehr als einen Vogel bot. Für acht Personen konnte das nicht ausreichen. Kein gemeinsames Gansessen also in diesem Jahr, sondern ein einsames und noch dazu während der Mittagspause, wo er sich das dazu passende Glas Rotwein aus Gründen der Vernunft versagen würde. Aber besser als nichts. Hinzu kam erfreulicherweise, dass ihm niemand ins Essen quatschte oder erwartete, dass er seine Nahrungsaufnahme durch überflüssiges Reden unterbrach. Emmerich wusste sich in seiner Wertschätzung einer ordentlichen Mahlzeit mit vielen seiner Geschlechtsgenossen einig. Essen gehörte zu den elementaren Dingen des Alltags, es verlangte nach einer gewissen Konzentration, einem Herunterfahren der Sinne auf das Wesentliche. Insofern war dieser Gänsebraten geradezu ein Erlebnis, denn beim gemeinsamen Essen mit den Gattinnen wurde natürlich erwartet, dass Konversation gemacht wurde, was ihm heute erspart blieb. Beinahe. Er hatte gerade sein Besteck zusammengelegt, den Kopf noch immer über den Teller gebeugt, als ihn jemand ansprach.

„Sie sind doch der Kommissar, gell?"

Emmerich sah auf. An seinem Tisch stand die kleine Frau, die gestern in Begleitung der Königin gekommen war. Er nickte stumm, die letzten Reste des Bratengeschmacks im Mund auskostend.

„Hätten Sie etwas dagegegen ...?", fragte die Frau ein wenig verschämt und deutete auf den freien Stuhl neben ihm.

„Aber nein." Emmerich fühlte sich aus alter Gewohnheit veranlasst, aufzustehen und eine Verbeugung anzudeuten. „Setzen Sie sich doch."

„Danke". Sie ließ sich nieder, klappte ihre Handtasche auf, holte ein Taschentuch heraus und schnäuzte sich. „Sind Sie dienstlich hier?"

„Mittagspause", erklärte Emmerich liebenswürdig. „Man isst gar nicht so schlecht hier, Frau ..."

„Kienle", sagte sie sonnig. „Ich weiß auch nicht mehr, wie Sie heißen."

„Emmerich."

„Ach ja." Frau Kienle stieß einen zufriedenen Seufzer aus und bestellte ein Kännchen Kaffee. „Wissen Sie, gestern ... da hab ich nicht so schwätzen können."

„Nicht?"

„Noi."

„Warum nicht?" Emmerich unterdrückte ein Grinsen. Frau Kienle gehörte zu der von ihm an und für sich sehr geschätzten Sorte alter Schwaben, denen man jede Information sorgfältig aus der Nase ziehen musste. In der heutigen Zeit mit ihrer allgegenwärtigen Geschwätzigkeit gehörten diese Leute zu einer aussterbenden Art, jüngere Kollegen wie Mirko Frenzel taten sich schwer mit ihnen, doch er war fest entschlossen, ihr die nötige Zeit zu widmen. Auch wenn man nicht wissen konnte, ob etwas dabei herauskommen würde. Sie rutschte auf ihrem Stuhl herum und sah ihn verlegen an.

„Wegen der Frau Konsul."

„Frau Konsul?"

„Eigentlich heißt sie auch bloß Mayer. Und Eva mit Vornamen. Aber sie war halt mit dem Konsul Mayer verheiratet. Der ist jetzt aber schon seit drei Jahren tot."

„Sie sprechen von der Dame mit dem Hut?", vergewisserte sich Emmerich.

„Freilich." Der Kaffee wurde serviert, und er bestellte sich ebenfalls eine Tasse.

„Er war kein richtiger Diplomat, wissen Sie, bloß Honorarkonsul. Von irgendwo in Südamerika. Aber es ist halt ein Titel und sie legt Wert darauf. Obwohl mir mit ihr in der Schule waren. Meine Gertrud ... die hat da immer drüber gelacht."

„Ihre Gertrud? Waren Sie eng mit ihr befreundet?"

Frau Kienle nahm einen Schluck Kaffee und räumte ein, Gertrud Diebold recht gut gekannt zu haben. Besser jedenfalls, als die Frau Konsul und die anderen Damen es getan hatten. Genau genommen hatten sie in den letzten Jahren, seit der Taugenichts gestorben war, recht häufig telefoniert, manchmal sogar mehrmals täglich.

„War sie geistig noch fit?"

„Na, hören Sie mal." Frau Kienle schien diese Frage als persönliche Beleidigung zu empfinden. „Bloß weil mir nicht mehr die Jüngsten sind, sind wir noch lange nicht dumm."

„Entschuldigen Sie, so habe ich das nicht gemeint." Emmerich machte ein hinreichend zerknirschtes Gesicht und ihm wurde vergeben. „Womit hat sich Frau Diebold denn in letzter Zeit so beschäftigt?"

Die kleine Frau sah nach links und nach rechts und rückte mit geheimnisvoller Miene ein wenig näher an Emmerich heran. „Sie war ja immer arg politisch, gell", flüsterte sie verschwörerisch. „Und diesmal, da war sie hinter etwas her, das hat mit der Frau Konsul zu tun."

„Nein." Emmerich heuchelte angemessenes Erstaunen. „Und Sie wissen, worum es dabei ging?"

„Auch nicht wirklich", musste die kleine Frau bedauernd zugeben. „Ich bin nur letztes Mal zu spät gekommen und habe gerade noch so gehört, wie die zwei sich gestritten haben."

„Würden Sie mir freundlicherweise auch sagen, was genau Sie gehört haben?"

„No nix Narrets."

Emmerich wartete geduldig, bis Frau Kienle sich ein weiteres Mal geschnäuzt und an ihrer Tasse genippt hatte. „Also, ich hörte, wie Gertrud sagte, es sei ein Skandal und sie bringt es an die Öffentlichkeit, und Eva sagte, dass sie das zu verhindern wisse. Aber ich weiß nicht, was für ein Skandal gemeint war. Leider. Weil, an dem Tag haben die beiden nicht mehr miteinander geschwätzt."

„Sie meinen, es handelte sich um ein ernsthaftes Zerwürfnis?"

„Um was?"

„Einen richtigen Streit."

„Ha, das möcht ich meinen." Frau Kienle nickte bekräftigend und schenkte sich nach.

„Und Frau Diebold hat nicht hinterher bei Ihnen angerufen, um zu erklären, worum es ging?"

„Ach, wissen Sie", seufzte die kleine Frau und rückte wieder ein wenig von Emmerich ab. „Sie hat doch gewusst, dass mich ihre Politik nicht interessiert."

„Worüber haben Sie denn gesprochen, wenn Sie so häufig mit ihr telefoniert haben?"

„Über die Kinder. Über früher oder über die Preise. Es wird doch alles so teuer gerade."

Emmerich war sich darüber im Klaren, dass eine Erörterung der aktuellen Preissteigerungen beispielsweise für Lebensmittel oder Strom ein uferloses Unterfangen sein und ihm keine neuen Erkenntnisse verschaffen würde. Er sagte daher liebenswürdig:

„Haben Sie vielen Dank, Frau Kienle. Ich muss dann wieder los zum Dienst. Auf Wiedersehen."

„Adele." Sie reichte ihm die Hand. „Vielleicht haben Sie ja ein andermal mehr Zeit."

„Vielleicht." Emmerich nickte nochmals freundlich und verließ das Café. Draußen hatte er keine zwei Schritte zurückgelegt, als sein Handy sich meldete. Die Nummer im Display kannte er nicht, er drückte den grünen Knopf und sagte „Ja, bitte?"

„Herr Kommissar?", flüsterte es zaghaft aus dem Hörer.

„Ja."

„Waren Sie vorhin bei uns in der Apotheke?"

„Ja."

„Ich kann nicht lange und vor allem nicht laut reden." Die Stimme klang hastig. „Über Frau Dr. Sorrentin gibt es Geschichten. Sie hat früher in der Innenstadt gearbeitet und soll einer Frau falsche oder zu viele Medikamente verschrieben haben. Die Frau ist daran gestorben, und sie hatte eine Weile ihre Zulassung los. Es gab irgendein Verfahren, danach durfte sie wieder praktizieren und hat hier am Hölderlinplatz aufgemacht. Das liegt allerdings schon ein paar Jahre zurück."

„Würden Sie mir das auch persönlich ...?"

Die Stimme wurde zu einem kaum verstehbaren Zischen. „Kann nicht ... muss aufhören ... Wiedersehen."

„Danke." Emmerich sprach ins Leere, die Verbindung war unterbrochen. *Egal,* entschied er für sich. Er würde diese Information an Frenzel weitergeben, und wenn es dazu etwas herauszufinden gab, dann würde Frenzel es tun. Hier offenbarten sich die Vorteile seines fortgeschrittenen Alters. Emmerich bildete sich ein, die Kunst des Delegierens mittlerweile in ausreichendem Maß zu beherrschen, was es ihm ermöglichte, sich auf das Wesentliche zu konzentrieren. Zwei uniformierte Beamte verließen soeben die Post, und er fragte, ob sie diejenigen waren, die sich nach der Person mit den Ordnern erkundigten. Die beiden bejahten, konnten aber noch keinen Erfolg vorweisen. Emmerich beschloss, in sein Büro zurückzukehren.

Kurz nach zwei traf er ein, begrüßte Seppl, indem er ihn durch die Gitterstäbe des Käfigs hindurch im Nacken kraulte, und rief Frenzel zu sich. Der kam schlecht gelaunt ins Zimmer, fläzte sich in der Manier eines bildungsfernen Straßengangsters auf einen der Stühle und erklärte mit bitterer Miene:

„Neun Anrufe. Alles Mumpitz, wenn du mich fragst. Der Erste hat behauptet, Gertrud Diebold sei pervers gewesen und hat mir mit einem Vortrag über sexuelle Praktiken im Alter unter Berücksichtigung von lädierten Bandscheiben und beginnender Arthrose den Morgen versüßt."

„War doch bestimmt spannend." Emmerich grinste verhalten. „Du weißt jetzt, worauf du dich einstellen musst."

„So nen Schweinkram mach ich noch nicht mal jetzt", sagte Frenzel verächtlich. „Ich will nicht hoffen, dass ich es dann mit siebzig nötig hab."

„Was noch?"

„Sechs Leute haben verdächtige Personen beobachtet. Wahlweise südländisch aussehend, farbig, mit verdächtigen Mänteln bekleidet oder einfach nur herumschleichend. Kannst du alles vergessen. Eine Frau ist überzeugt, dass es der Zeitungsausträger war. Seit einigen Wochen sei ein neuer unterwegs, der wäre ihr gleich unheimlich gewesen. Und dann gab es noch einen anonymen Anruf."

Frenzel blätterte in einem Schnellhefter, der Gesprächsnotizen enthielt.

„Männliche oder weibliche Stimme?"

„Verstellt. Nase zugehalten oder Taschentuch über dem Hörer."

„Was hat er gesagt? Oder sie?"

„Sagen wir mal, es war ein Mann. Er behauptet, am Donnerstagabend gegen halb acht von außen eine Person hinter Frau Diebolds Fenster gesehen zu haben, die zu einem Schlag ausgeholt hat."

„Mehr nicht?"

„Nein."

„Hast du die Nummer gesehen?"

„Der Vorwahl nach war's ein Handy. Die Kollegen sind dran."

„Halb acht." Emmerich rieb sich nachdenklich das Kinn. „Nach allem, was ich über alte Damen weiß, kommt mir das spät vor."

„Wie meinst du?" Frenzel klappte seinen Schnellhefter zu.

„Sie essen im Allgemeinen früh zu Abend, die alten Damen. Gertrud Diebold hat aber nicht mehr zu Abend gegessen, es war kein entsprechendes Geschirr im Abtropfgitter. Ich sollte wohl mit Ralph sprechen."

„Ich dachte, Gitti wäre ..."

„Für Ralph zuständig? Schon richtig, aber ich muss einfach mehr über seine Mutter erfahren. Hast du was über die Sorrentin herausbekommen?"

„Ich kann telefonieren *oder* Nachforschungen anstellen. Beides gleichzeitig ist schwierig."

„Sie soll vor ein paar Jahren Ärger wegen falscher Medikamente gehabt haben. Nur so als Tipp."

Frenzel wirkte verärgert. „Warum machst du's nicht gleich selbst?"

„Weil ich mir jetzt ein Taxi bestelle. Oder, besser gesagt, dessen Fahrer."

Ralph Diebold zeigte sich wenig erfreut, als Emmerich ihn telefonisch aufforderte, sich schnellstmöglich im Polizeipräsidium einzufinden.

„Wer ersetzt mir meinen Verdienstausfall?", fragte er als Erstes, kaum dass sich die Tür hinter ihm geschlossen hatte.

„Machen Sie mal halblang", sagte Emmerich väterlich. „Länger als eine Stunde wird es kaum dauern. Es geht schließlich um Ihre Mutter."

„Ja." Diebold seufzte und ließ sich auf einen Stuhl fallen. „Wissen Sie, ich kann das immer noch nicht fassen. Wenn ich arbeite, muss ich wenigstens nicht dauernd daran denken."

„Müssen Sie sich denn nicht um die Bestattung kümmern?"

„Das macht Karin. Herberts Frau."

„Aber die ist doch in Südafrika", staunte Emmerich.

„Und? Wozu gibt es Internet und Handy? Ich muss nur den Kranz besorgen."

Unglaublich. Emmerich stellte sich vor, wie Jule eines hoffentlich fernen Tages seine eigene Beisetzung von beispielsweise Timbuktu aus organisierte, und kam zu dem Schluss, dass ihm das weniger angenehm wäre. Es gab Dinge im Leben, die nach seiner Ansicht die persönliche Anwesenheit der Beteiligten erforderten, doch letzten Endes konnte das natürlich jeder halten, wie er wollte.

„Ich muss Ihnen ein paar Fragen stellen. Was für ein Mensch war Ihre Mutter?"

„Du liebe Güte." Diebold warf den Kopf in den Nacken, schob die Hände in die Taschen seiner Preisboxerjacke und streckte die Beine aus. „Sie war, wie Mütter eben sind. Besorgt und neugierig, lieb und manchmal ziemlich anstrengend."

„Hatte sie besondere Interessen?"

„Massenhaft. Ich war nur leider nicht der richtige Gesprächspartner für sie. Für Autos und Filme hat sie sich nämlich weniger interessiert."

„Wofür dann?"

„Politik, Bücher, Reisen. Letzteres konnte sie seit ein paar Jahren aber nicht mehr so."

„Was hat sie früher gemacht?"

„Reporterin. War dauernd unterwegs. Mit meinem Vater bin ich besser klargekommen."

„Wie war die Ehe?"

Diebold schien nachzudenken. „Nicht gut und nicht schlecht, würde ich sagen."

„Ihre Mutter soll das Geld verdient haben?"

„Kann sein. Darum hab ich mich nie so gekümmert. Ich bin früh ausgezogen und wollte mein eigenes Geld verdienen."

„Und das hat geklappt?"

Diebolds Miene verschloss sich. „Meistens", sagte er knapp. „Ich dachte, Sie wollen was über meine Mutter wissen."

„Natürlich. Um welche Zeit hat sie normalerweise zu Abend gegessen?"

„Früh. So gegen sechs. Damit sie zu den Heute-Nachrichten fertig war mit Spülen. Es musste immer alles sofort gespült werden. Und Nachrichten hat sie so oft wie möglich geschaut."

Emmerich machte sich Notizen. „Wozu hatte sie die vielen Zeitungen?"

„Fragen Sie mich nicht. Ich habe ihr mehrmals angeboten, das Zeug wegzuschaffen, aber das wollte sie nicht."

„Denken Sie, es war mehr eine Marotte oder hat sie vielleicht etwas Bestimmtes gesammelt?"

Diebold veränderte seine Position, indem er die Beine wieder anzog und sich vorbeugte.

„Meine Mutter hat sich ständig über irgendwas aufgeregt, was sie ohnehin nicht hätte ändern können. Ob ich wüsste, dass der und der das oder das gemacht hätte ... so ging das bei ihr. Und zu allem hat sie die passenden Artikel aufgehoben. Früher hat sie die halbe Welt damit genervt, in letzter Zeit nur noch die nähere Umgebung. Ihre Vermieterin hat sich deshalb bei mir beschwert. Sagte, meine Mutter belästige die Leute im Haus."

„Frau Winkler?"

„So heißt sie wohl. Aber was hätte ich tun sollen? So ist ... war meine Mutter eben."

„Wen hat sie denn belästigt?"

„Die Ärztin im zweiten Stock. Ich hab gesagt, dass ich nichts damit zu tun haben will."

„Wie lange ist es her, dass Frau Winkler Sie angerufen hat?"

„Ein paar Tage. So genau weiß ich das nicht mehr."

„Wann haben Sie Ihre Mutter das letzte Mal gesehen? War es nach diesem Anruf?"

Diebold dachte erneut nach und schüttelte den Kopf.

„Nein, früher. Vor etwa zwei Wochen hab ich ihr ne Kiste Wasser hochgetragen und bin noch auf nen Kaffee geblieben."

„Worüber haben Sie gesprochen?"

„Das Übliche. Ob ich schon wüsste, dass der und der das oder das und so weiter. Sie wollte, dass ich gegen Stuttgart 21 unterschreibe."

„Und? Haben Sie?", fragte Emmerich neugierig, obwohl ihn das genau genommen nichts anging.

„Nö." Diebold rutschte unbehaglich auf dem Besucherstuhl herum. „Ich weiß, dass alle dagegen sind, aber Baustellen bedeuten Umwege und Umwege bringen mir Geld."

So kann man's auch sehen, dachte Emmerich. *Des einen Leid, des anderen Freud.*

„Ich bin dann auch recht schnell wieder abgehauen", fuhr Diebold fort. „Sie konnte komisch werden, wenn man ihre politischen Ansichten nicht teilte."

„Hat sie auch den Killesberg erwähnt?"

„Jetzt, wo Sie es sagen ... ja, das hat sie. Hat sich wie üblich aufgeregt."

„Worüber genau?"

„Ich hab nicht aufgepasst. Irgendwas soll dort gebaut werden. Mir ist das wurscht, mir fehlen die Fahrten zwischen dem alten Messegelände und dem Flughafen. Die neue Messe liegt genau daneben, wer braucht da noch ein Taxi?"

„Tja", sagte Emmerich, „da müssen Sie dann wohl auf unsere baldige Großbaustelle am Hauptbahnhof warten."

„Genau", bestätigte Diebold und rieb sich die Hände. „Bis die fertig ist, bin ich in Rente."

„Glänzende Aussichten also", meinte Emmerich und stellte fest, dass seine Ironie an Ralph Diebold abprallte wie ein Gummiball vom Boden. Er blätterte in seinen Notizen.

„Kennen Sie eine Frau Eva Mayer? Auch Frau Konsul genannt?"

„Nie gehört." Diebold kratzte sich am Kopf und besah angelegentlich seine Fingernägel. „Wer soll das sein?"

„Sie gehört zum Damenkränzchen Ihrer Mutter."

„Die Kaffeeklatschweiber?" Diebold stieß ein kurzes Lachen aus. „Das ist eine ziemlich eingebildete Bande, glaube ich. Hab nie verstanden, was meine Mutter bei denen eigentlich gewollt hat."

„Sie kennen sie nicht persönlich?"

„Um Gottes Willen." Diebold rutschte auf seinem Stuhl herum und schlug die Beine übereinander. „Ich steh nicht so auf intellektuelle Frauen." Er grinste anzüglich. „Mehr auf solche mit Kurven an den richtigen Stellen. Und ein bisschen jünger dürfen sie auch sein."

„So wie die Dame, die wir neulich bei Ihnen angetroffen haben?" Auch Emmerich konnte anzüglich grinsen.

„Das geht Sie einen Scheißdreck an", schnappte Diebold und stand auf. „Kann ich jetzt gehen?"

Wenig später saß die kleine Ermittlungsgruppe wieder in Emmerichs Büro vor dem Flipchart. Selbst Frau Sonderbar hatte sich, auf Emmerichs persönliche Bitte hin, herabgelassen, an der Besprechung teilzunehmen, allerdings erst, nachdem er feierlich versichert hatte, dass Seppl währenddessen in keinem Fall seinen Käfig verlassen würde. Mit übereinandergeschlagenen Beinen und zusammengekniffenen Lippen saß sie sehr aufrecht auf dem Drehstuhl, den er ihr zuvorkommend aus ihrem Büro herübergeschoben hatte, zwei dünne Mappen, einen Block und einen Stift auf den Knien haltend. Frau Sonderbar beherrschte noch die aussterbende Kunst des Stenografierens, eine Fähigkeit, um die Emmerich sie schon vielmals beneidet hatte und die heute nicht mehr gefragt war. Kerner und Frenzel nahmen Frau Sonderbars Anwesenheit kommentarlos zur Kenntnis – falls ihnen etwas daran ungewöhnlich vorkam, so ließen sie sich zumindest nichts anmerken. Emmerich hatte die begonnene Zeichnung auf dem Flipchart um einige Elemente ergänzt. Neben dem Namen Eleonore Schloms war ein großes Fragezeichen gemalt, darunter stand in Klammern „Schuhe". Unter dem Kreis mit Gertrud Diebolds Initialen fand Sonja Sorrentin Erwähnung, ebenfalls mit einem Fragezeichen versehen. Rechts oben in der Ecke standen die Worte „Killesberg", „Ordner" und „Anonymer Anruf", links, durch einen Doppelpfeil mit dem Killesberg verbunden, der Name von Niklas Munz und ein Stück weiter unten „Frau Konsul Mayer." Während Emmerich seiner kleinen Mannschaft Zeit gab, um die Neuerungen zu studieren, bemerkte er aus dem Augenwinkel, dass sich Frau Sonderbars Aufmerksamkeit einem Punkt gegenüber dem Flipchart zuwandte, und ihr Gesicht einen missbilligenden Ausdruck annahm. Er kannte diesen Ausdruck und wurde nervös. Was konnte ihn hervorgerufen haben? Emmerich konnte nichts Außergewöhnliches entdecken, seine Fensterbank sah aus, wie immer, Seppls Käfig auf dem Magazinstapel stand weiter links, und als Gitti Kerner fragte: „Wer zum Kuckuck ist Frau Konsul Mayer?“, konzentrierte er sich wieder auf das Flipchart.

„Vom Damenkränzchen, jede Wette“, sagte Frenzel. „Die mit dem Hut.“

„Gut geraten, Mirko.“ Emmerich erzählte in knappen Worten, was er von der kleinen Frau erfahren hatte. Anschließend deutete er auf das Fragezeichen neben dem Namen Schloms.

„Ich war auch bei dieser Dame. Nicht besonders gesprächig, würde ich sagen. Sie hat zugegeben, mit Frau Sorrentin gestritten zu haben, aber sie versteht es meisterhaft, ausweichende Antworten auf konkrete Fragen zu geben. Kurzum, es ist mir nicht gelungen, herauszufinden, ob dieser Streit in unserem Fall eine Rolle spielt. Außerdem wäre da noch Frau Sonderbars Beobachtung hinsichtlich der Schuhe der Zeugin Schloms. Wenn Sie vielleicht kurz ...“

Frau Sonderbar nickte hoheitsvoll und wiederholte in dürren Worten, was sie Emmerich bereits am Telefon gesagt hatte.

„Das passt zu dem Bild, das ich mir inzwischen von Frau Schloms gemacht habe“, fuhr Emmerich fort. „Sie will etwas vor uns verbergen, doch ich vermag nicht zu beurteilen, ob dieses Etwas wichtig für uns ist oder nicht. Das Gleiche gilt übrigens für die Sorrentin. Die Geschichte mit dem Verfolgungswahn ist mit Sicherheit frei erfunden. Warum also tischt sie sie uns auf?“

„Um von etwas anderem abzulenken“, vermutete Kerner.

„Das liegt nahe“, stimmte Frenzel zu. „Zumal wir hier einen Anhaltspunkt haben. An der Geschichte von der Apothekerin ist tatsächlich was dran.“

„Vielleicht ist die Diebold dahintergekommen“, sagte Kerner und sah nun in dieselbe Richtung wie Frau Sonderbar. Emmerich beobachtete unbehaglich, wie die beiden Frauen einen kurzen Blick wechselten und sich mit einem simultanen, angedeuteten Kopfschütteln über etwas verständigten, das sich seiner Kenntnis entzog. Gabi hatte solch einen Blick für ihn reserviert, wenn sie beispielsweise eine alte Socke von ihm an einer Stelle fand, die nicht für alte Socken vorgesehen war. Man konnte diesen Blick mit dem Wort „Männer" übersetzen, vorgetragen mit jenem typischen Unterton, der alles beinhaltete, was Frauen am anderen Geschlecht auszusetzen hatten. Emmerich war sich allerdings sicher, dass keine alten Socken oder noch peinlichere Gegenstände in seinem Büro herumlagen, konnte sich Blick und Kopfschütteln nicht erklären und war irritiert.

„Die Sorrentin ist doch heil aus der Sache herausgekommen", sagte Frenzel gerade. Emmerich wandte sich wieder seiner Arbeit zu.

„Ralph Diebold sagt, sie hätte sich von seiner Mutter belästigt gefühlt. Er weiß das von der Vermieterin."

„Das ist trotzdem nicht gerade ein starkes Motiv für einen Mord." Auch Kerner sah wieder zum Flipchart.

„Nein", gab Emmerich zu. „Aber vielleicht wusste Gertrud Diebold etwas anderes über sie. Etwas, das nicht vor einigen Jahren geschehen ist, sondern eben jetzt passiert."

„Dann sollten wir ihr Alibi sehr sorgfältig überprüfen", meinte Kerner. „Damit wir sicher sein können, dass sie am Donnerstagnachmittag nicht zwischen zwei Patienten kurz nach oben gehen konnte. Die Liste von den Leuten haben wir ja, oder Mirko?"

Frenzel nickte. „Ich frage mich nur, ob wir uns auf das richtige Zeitfenster konzentrieren. Denkt an den anonymen Anruf."

„Ja, der Anruf", sagte Emmerich nachdenklich. „Wissen wir inzwischen, woher er kam?"

Frau Sonderbar holte ein Blatt Papier aus einer ihrer Mappen.

„Ein mobiles Telefon", sagte sie altjüngferlich. „Der Apparat gehört einem Herrn Moses Wanabe. Ich habe mir erlaubt, ihn anzurufen. Herr Wanabe spricht nur englisch und bestreitet ganz entschieden, diesen anonymen Anruf getätigt zu haben." Ihre zusammengepressten Lippen verzogen sich zu einem dünnen Lächeln, mit dem sie die Verblüffung der drei Kommissare befriedigt zur Kenntnis nahm. Frau Sonderbar lugte über den Rand ihrer Brille hinweg auf ihr Blatt Papier und sprach weiter:

„Bei Herrn Wanabe handelt es sich um einen Kraftfahrer afrikanischer Herkunft. Zu der Zeit, als der Anruf hier im Haus einging, hat er bei einem Drogeriemarkt am Hölderlinplatz Ware ausgeladen und ins Lager dieses Marktes gebracht. Das Telefon lag ungefähr fünfzehn Minuten lang unbeaufsichtigt im offenen Auto herum."

„Sie sind – wie stets – bemerkenswert gründlich", sagte Emmerich und deutete eine leichte Verbeugung an. „Unser anonymer Anrufer sprach aber doch deutsch."

„Akzentfrei", bestätigte Frenzel. „Was also sagt uns das?"

„Gelegenheit macht Anrufer. Schade, dass Herr Wanabe sein Handy in der Zwischenzeit wahrscheinlich schon wieder x-mal selbst benutzt hat. Sonst würden ich jetzt wetten, dass wir darauf dieselben Fingerabdrücke wie auf der Fernbedienung finden würden."

„Der Täter ist also noch in der Nähe", stellte Kerner mehr fest, als sie fragte. „Er versucht, uns von der richtigen Tatzeit abzulenken."

„Weil er für die falsche ein perfektes Alibi hat", nickte Emmerich. „So sehe ich das auch."

11

Die Homepage gehörte zu einer Zeitschrift, die ihre Leser in erster Linie durch große Bilder und wenig Text ansprach. Gertrud Diebold hatte eine Seite angesehen, die mit „Deutschlands bekannteste Architekten und Bauingenieure" überschrieben war. Eleonore scrollte die Liste der aufgeführten Namen hinunter und fand unter „Diebold, Herbert" eine kurze Biografie von Gertruds älterem Sohn. Sie nahm an, dass dieser Eintrag der Anlass für Frau Diebolds Besuch auf dieser Seite gewesen war und wollte sie gerade wieder schließen, als ihr der Name Leopold Fritz ins Auge stach. Ein Klick führte sie zum Bild eines gut aussehenden Mittvierzigers mit vollem Haar und graumelierten Schläfen. Eleonore stellte sich Christine Winklers Tränensäcke neben diesem gut geschnittenen, kantigen Gesicht vor und schüttelte den Kopf. Niemand, der bei klarem Verstand war, konnte der Idee verfallen, dass dies eine passende Kombination sein könnte. Neben dem Bild stand zu lesen, dass Leopold Fritz studierter Bauingenieur war, geboren – ohne Angabe eines Datums – auf einem herrschaftlichen Landgut in Niedersachsen, nach dem Studium maßgeblich beteiligt am Bau bedeutender Kulturstätten in den Vereinigten Staaten, jetzt Inhaber und Geschäftsführer der LF-Project Development Ltd., die sich mit der Konzeption und Entwicklung von Hotelkomplexen und Einkaufszentren vorwiegend im arabischen und asiatischen Raum befasste. Eleonore fragte sich, ob Gertrud Diebold diesen Eintrag wohl ebenfalls gesehen hatte und versuchte, sich zu erinnern, wann sie zuletzt mit ihr gesprochen hatte. Ein Samstag Mitte Oktober musste es gewesen sein, Eleonore nutzte die Samstage gelegentlich, um die Wohnung am Hölderlinplatz zu reinigen. Sie war gerade mit Staubwischen beschäftigt gewesen, als sie hörte, wie die Tür aufgeschlossen wurde. Gertrud – sie waren seit einiger Zeit per du – hatte nicht mit ihrer Anwesenheit gerechnet und sofort wieder gehen wollen, doch Eleonore hatte gesagt, dass sie den Computer gerade ohnehin nicht brauche und Gertrud sie nicht störe. Sie hatten beide etwa eine Stunde verbracht, Eleonore mit Putzen und Gertrud vor dem Bildschirm, gelegentlich etwas ausdruckend. Danach hatten sie noch Tee getrunken und geplaudert. Worüber? Nicht über Herbert Diebold oder Leopold Fritz, daran hätte Eleonore sich sofort erinnert. Sie zermarterte sich das Hirn, doch alles, was ihr einfiel, war, dass Gertrud von einem „unglaublichen Vorgang" gesprochen hatte. Leider war sie selbst mit ihren Gedanken anderswo gewesen und hatte nicht richtig zugehört. Erst als Gertrud nebenbei erwähnt hatte, dass der junge Munz von oben ein Neffe zweiten Grades einer ihrer Klientinnen war, deren Schwester Geld wie Heu habe, hatte sie wieder aufgepasst. Gertrud hatte sich dann noch recht allgemein über Leute ausgelassen, die vorgaben, mehr zu sein, als sie tatsächlich waren wie beispielsweise der bankrotte Baulöwe Schneider oder die betrügerischen Manager der Firma Flow-Tex. Anschließend war sie in ihre Wohnung zurückgekehrt, und Eleonore hatte sie nicht mehr wiedergesehen. Worum also war es Gertrud gegangen? Hatte womöglich die alte Winkler ihr von ihren Plänen erzählt? Den Verkauf des Hauses erwähnt? War das der „unglaubliche Vorgang"? Eleonore konnte sich des Gefühls nicht erwehren, dass es einen merkwürdigen, untergründigen Zusammenhang zwischen dem Mord an Gertrud Diebold, dem eventuell bevorstehenden Verkauf des Hauses und dem Bauvorhaben des Investors Leopold Fritz gab. Sie glaubte nicht an Zufälle, hier kam vieles zusammen, was eigentlich nicht zusammengehörte, nicht zuletzt die Tatsache, dass die Hausbewohner im vierten und fünften Stock ausgerechnet Niklas Munz und Sven Zumbach hießen. Stuttgart war in mancher Hinsicht nicht anders als ein Provinznest, in dem man immer wieder denselben Leuten begegnete. Diese Eigenschaft der Stadt hatte durchaus ihren Charme, eine – zumindest für Eleonore – logische Folge davon war, dass sowohl ein Wortführer der Gegner des Projektes am Killesberg als auch einer seiner wichtigsten Befürworter scheinbar wie selbstverständlich unter einem Dach wohnten. Einer Münze gleich hatte alles im Leben zwei nach außen sichtbare Seiten, die Wahrheit lag dazwischen, im Inneren der Münze verborgen. Wollte man sie sehen, musste man die Münze zerschlagen, was von außen wie Gold oder Silber aussah, entpuppte sich dann oft im übertragenen Sinne als billiger Nickel. Nicht nur die Münze verlor dabei ihren Wert, auch die Menschen, die die jeweilige Seite repräsentierten, konnten dabei Schaden nehmen, weshalb sie normalerweise versuchten, die Wahrheit hinter dem äußeren Schein zu verbergen. War der Nickel in diesem Fall Gertrud Diebolds Tod? Eleonore nahm ihr Tarotdeck und mischte die Karten.

* * *

„Wir suchen also den Mann oder die Frau mit dem perfekten Alibi“, konstatierte Frenzel trocken. „Für halb acht Uhr abends. Wie viele von der Sorte, schätzt ihr, werden wir finden?“

„Spar dir deine Ironie, ich meine es ernst.“ Emmerich deutete auf die stilisierte Zeichnung eines Fernsehgerätes. „Wir haben Grund zu der Annahme, dass der Täter seine Finger an der Fernbedienung hatte. Warum?“

Frenzel sah ihn ein wenig beleidigt, Kerner dagegen interessiert an. Es war jedoch, zur allgemeinen Überraschung, Frau Sonderbar, die antwortete:

„Er wird wohl etwas an dem Gerät verstellt haben. Das Programm vielleicht?“

„Fünfzig Punkte für Frau Sonderbar“, sagte Emmerich lehrerhaft. „Wobei ich annehme, dass es nicht das Programm war, sondern die Lautstärke. Wir haben zwei Zeugen dafür. Sophia Georgiadis sagte, der Fernseher wurde für die Fünf-Uhr-Nachrichten lauter gestellt. Ralph Diebold hat um siebzehn Uhr geklingelt, wurde nicht eingelassen und hat dasselbe gehört.“

„Sie glauben, das war nicht Frau Diebold selbst, sondern der Täter?“ Gitti Kerner sah nachdenklich drein. „Dann wäre es auch verständlich, dass sie ihrem Sohn nicht geöffnet hat. Nicht mehr öffnen konnte. Aber warum hat er das gemacht?“

„Das liegt doch auf der Hand.“ Emmerich sah sich suchend um, ergriff einen unschuldig auf seinem Schreibtisch stehenden Locher und holte damit zu einem imaginären Schlag aus.

„Stellen Sie sich vor, Sie stehen hinter einer alten Dame, die Sie soeben mithilfe eines schweren Gegenstandes ins Jenseits befördert haben. Vielleicht haben Sie die Waffe noch in der Hand und in eben diesem Moment klingelt es an der Tür. Wir wissen, dass unser Mörder nicht panisch reagiert, sondern überlegt gehandelt hat. Was ist die einfachste Erklärung, wenn eine alte Frau nicht öffnet? Sie hat die Klingel nicht gehört. Weil der Fernseher zu laut eingestellt ist. Und er hat sein Ziel erreicht. Ralph ist unverrichteter Dinge wieder verschwunden, ohne sich groß etwas dabei zu denken."

„Klingt logisch", meinte Frenzel. „Und würde bedeuten, dass die Tatzeit siebzehn Uhr war."

„Oder ein bisschen früher", entgegnete Emmerich und legte den Locher achtlos zurück auf einen Stapel Laufakten, von wo ihn Frau Sonderbar umgehend wieder entfernte, um ihn penibel zwischen einem Zettelklotz und einem Behälter für Stifte zu platzieren.

„Ralphs Alibi für die Zeit davor ist in Ordnung", meldete sich Kerner. „Die Taxizentrale sagt, er hätte um Viertel nach vier eine Fahrt von Vaihingen in die Silberburgstraße gehabt. Ich weiß nicht, ob Niklas Munz ihn tatsächlich als den Mann an der Tür erkennen würde, aber zeitlich kommt das hin."

„Scheint mir auch so", sagte Emmerich. „Dann kommen wir jetzt zu den fehlenden Ordnern. Ich habe ..., Verzeihung, Frau Sonderbar hat zwei Beamte losgeschickt, die überprüfen, ob eine Person mit Ordnern oder großen Taschen am Donnerstag nach siebzehn Uhr beim Verlassen des Hauses gesehen wurde. Wie steht es damit?"

„Noch keine Rückmeldung", kam es nüchtern aus Frau Sonderbars Mund. „Das muss aber nichts bedeuten. Sagten Sie nicht, es liege ein Supermarkt in der Nähe? Jemand mit großen Taschen würde dort wohl nicht besonders auffallen, oder?"

„Damit haben Sie natürlich bedauerlicherweise auch wieder recht." Emmerich sah im Geiste seine Sekretärin beim Ausfüllen eines jener Formulare vor sich, die Rechenschaft darüber abzulegen hatten, wenn Beamte unnötigerweise für Aufgaben angefordert wurden, die man von vorneherein als sinnlos betrachten durfte. „Man soll aber die Hoffnung nicht aufgeben, nicht wahr?"

„Suchet, so werdet ihr finden", sagte Frau Sonderbar in einem Ton, der keine Rückschlüsse darüber zuließ, ob sie Emmerichs Beauftragung der Beamten nun für notwendig oder überflüssig erachtete.

„Wie auch immer, niemand trägt sechs Ordner en passant durch die Gegend. Wenn wir nur einen Anhaltspunkt hätten, was sich darin befand!"

„Wir haben den Namen vom Zahnarzt", warf Frenzel ein. „Vielleicht gab's auch einen Ordner über Frau Sorrentin?"

„Reine Spekulation." Emmerich starrte auf das Flipchart. „Ich denke, wir fühlen der Frau Konsul mal auf den Zahn. Und ich bin sicher, dass es bei der Dame mehr Eindruck macht, wenn Sie den Termin vereinbaren, Frau Sonderbar."

„Ich hätte noch dies hier."

Die Sekretärin reichte Emmerich die beiden dünnen Mappen. Er schlug die erste auf, überflog den Inhalt und sagte:

„Wie ich mir's gedacht habe. Die Abdrücke auf der Fernbedienung sind von Dr. Zweigle und einer unbekannten Person. Dann gibt es ältere Abdrücke von Ralph Diebold sowie frische von Maria und noch welche von einer weiteren, unbekannten Person, die nicht mit denen auf der Fernbedienung identisch sind. Sie muss also vor kurzem noch einen anderen Besuch gehabt haben."

„Steht da, wo diese Abdrücke gefunden wurden?", fragte Kerner.

„Im Wohnzimmer und im Bad. Das benutzte Papiertaschentuch dort enthält weibliche DNA, die weder von Frau Diebold, noch von Maria stammt. Wie haben Sie die eigentlich überredet, dass wir sie erkennungsdienstlich behandeln dürfen?"

Kerner grinste. „Das war ganz einfach. Warum sollte Frau Diebold nicht eine liebe Freundin gehabt haben, die gelegentlich nach ihr gesehen hat und die nicht gerne mit dem Gesetz in Konflikt kommt?"

„Weil achtundsiebzigjährige Rentnerinnen normalerweise keine Freundinnen Ende zwanzig haben, die kaum deutsch sprechen. Aber mir soll's recht sein."

Emmerich schlug die zweite Mappe auf, machte ein verdutztes Gesicht und sagte:

„Was soll das denn, Frau Sonderbar?"

„Das kam aus der Pathologie", erklärte die Sekretärin spitz und stand auf. „Ich würde dann jetzt Ihren Termin vereinbaren. Vielleicht gestatten Sie auch, dass ich dies hier entferne." Sie deutete auf ein staubiges, vertrocknetes Blumengesteck, das sein Dasein in einer stockfleckigen Blechdose auf Emmerichs Fensterbank fristete und aussah, als würde es bei der geringsten Berührung zu Staub zerfallen. Emmerich kannte nun den Grund für Frau Sonderbars Blickwechsel mit Gitti Kerner, doch ein Entfernen dieses ihm seit Jahren so vertrauten Gegenstandes, dessen Anwesenheit er kaum mehr bewusst zur Kenntnis nahm, kam selbstverständlich nicht infrage.

„Nein“, antwortete er deshalb dezidiert. „Das gestatte ich nicht. Dieses Gesteck hat meine Tochter für mich gebastelt, als sie in der zweiten Klasse war.“

„Aber ...“

„Kein Aber. Es mag nicht mehr schön sein, dafür ist es umso wertvoller.“

„Wie Sie meinen.“ Frau Sonderbar gab ein Geräusch tiefster Resignation von sich und ging in ihr Vorzimmer.

„Was kam denn aus der Pathologie?“, fragte Frenzel neugierig. Emmerich hielt ein zartgrünes DIN-A4-Blatt in die Höhe.

„Einladung zur Buchvorstellung. In der Cafeteria des Robert-Bosch-Krankenhauses liest Dr. Stefan Zweigle aus seinem neuen Buch ‚Unentdeckte Morde‘. Heute Abend.“

Eine Sekunde lang starrten Kerner und Frenzel ihn mit offenen Mündern an, dann platzte Kerner heraus:

„Das ist doch Quatsch. Wenn sie nicht entdeckt wurden, woher weiß er denn dann, dass es Morde waren?“

„Ich nehme an, der Titel ‚Rätselhafte Todesfälle‘ war schon vergeben“, entgegnete Emmerich, knüllte das zartgrüne Blatt zusammen und beförderte es in den Papierkorb. „Oder wollte einer von euch hingehen?“

„Ich wüsste gerne, wem die unbekannte, weibliche DNA gehört“, sagte Frenzel, ohne auf Emmerichs Frage einzugehen. „Wenn niemand was dagegen hat, dann prüfe ich jetzt, ob es noch weitere Verwandte von Frau Diebold gibt.“

„Mach das“, nickte Emmerich. „Obwohl sie es uns sicherlich gesagt hätten, wenn die DNA von einer Verwandten wäre. Ja, bitte, Frau Sonderbar?“

Das bebrillte Gesicht der Sekretärin spähte durch die Tür.

„Die Frau Konsul kann Sie heute leider nicht mehr empfangen. Sie ist heute Nachmittag beim Friseur und heute Abend beim Empfang eines gewissen Senator Leopold Fritz auf dem Killesberg.“

„Heilix Blechle“, sagte Emmerich so laut, dass Kerner und Frenzel zusammenzuckten. „Schon wieder der Killesberg. Gitti, besorgen Sie mir eine Einladung für diese Veranstaltung. Und wenn Sie schon dabei sind, auch alles, was sie über diesen Fritz herausfinden können. Niklas Munz ist der Ansicht, dass man diesen Herrn bei Ihren ehemaligen Kollegen vom Dezernat drei bestens kennen müsste."

* * *

„Vertrauen Sie auf die Königin", sagte Eleonore Schloms zu dem glatzköpfigen, bedrückt dreinschauenden Männlein mit den sorgfältig polierten, teuer aussehenden Lackschuhen, das sie – wie es am Telefon erklärt hatte – in einer Angelegenheit von „höchster Dringlichkeit" aufgesucht hatte. Das Dilemma des Männleins, das nach Eleonores Schätzung eher Ende als Anfang fünfzig war, entpuppte sich allerdings als höchst durchschnittliches Problem. Es trug sich mit dem Gedanken, eine bestimmte Dame zu ehelichen, allerdings gegen den Willen seiner greisen Mutter, mit der es im selben Haus lebte. Eleonore sah auf den ersten Blick, dass diese Mutter die einzige Frau war, die im Leben des Männleins eine Rolle spielte. Die Königin der Schwerter dominierte das Kartenbild in einer Weise, die keinen Platz für andere ließ. Eleonore kannte diese Sorte herrischer alter Frauen, die noch vom Rollstuhl aus ganze Familien zu tyrannisieren vermochten und empfand ein wenig Mitleid mit ihrem akkurat gekleideten Kunden. Allerdings konnte es nicht ihre Aufgabe sein, einem Mann in seinem Alter bei etwas zu helfen, was er selbst schon vor dreißig Jahren hätte tun sollen. Das Männlein sah sie zweifelnd an.

„Sie meinen, ich sollte sie heiraten?"

„Lieben Sie sie?"

„Lieben?" Ihr Gegenüber richtete seinen Blick auf einen massiven, viereckigen Goldring mit einem grünen Stein, den es an seiner rechten Hand trug. „Ich ... ich dachte eigentlich mehr an ein praktisches Arrangement. Meine Mutter benötigt Pflege und ich kann nicht ... ich bin ... sie will nicht, dass jemand Fremdes im Haus ..."

„Kennt sie denn Ihre zukünftige Gattin?"

Bei dem Wort „Gattin" fuhr ein erschreckter Ruck durch das Männlein, und es machte einen ungelenken, kleinen Hopser auf Eleonores Ledersofa.

„Wo denken Sie hin? Ich habe meiner Mutter noch nie eine Frau vorgestellt."

„Aber dann wäre doch auch diese Dame für Ihre Mutter eine Fremde", sagte Eleonore behutsam. „Warum versuchen Sie es nicht zuerst einmal mit einer Pflegerin, die nur stundenweise kommt? Damit sich Ihre Mutter langsam daran gewöhnen kann?"

„Oh." Ihr Klient sah überrascht und gleichzeitig erleichtert aus. „Das ist eine gute Idee. Eine Pflegerin. Eine sehr gute Idee. Vielleicht eine ältere Dame. Eine, die kein Interesse mehr an einem Junggesellen wie mir hat. Eine Witwe, was halten Sie von einer Witwe?"

Eleonore glaubte nicht, dass Witwen grundsätzlich eine Abneigung gegenüber Junggesellen entwickelten, insbesondere dann nicht, wenn diese einen so begüterten Eindruck machten wie ihr Gegenüber, sah aber keinen Grund, diese Ansicht kundzutun.

„Sie werden bestimmt das Richtige finden", versicherte sie Mamas Sohn, der nun geradezu beschwingt wirkte. „Wenn Sie Zweifel haben, dürfen Sie gerne wieder zu mir kommen, und wir befragen die Karten."

„So mache ich es." Das Männlein sprang auf und schüttelte begeistert Eleonores Hand. „Genau so mache ich es. Mutter wird sehr glücklich sein. Was bin ich schuldig?"

„Was mein Rat Ihnen wert ist. Sie können Ihr Geschenk dort in das kleine Körbchen legen."

„Nun, dann ..." Ihr Kunde zückte eine Geldbörse und Eleonore sah diskret in eine andere Richtung. „Ich danke Ihnen vielmals. Auf ... äh ... Wiedersehen."

„Gern geschehen." Sie begleitete das Männlein hinaus und hob anschließend den Deckel des Körbchens. Zwei grüne Hunderter lachten sie an, Eleonore nickte befriedigt, schob das Geld ein und sah auf die Uhr. Bis zum Beginn des Empfangs blieben ihr noch gute drei Stunden, sie räumte ein wenig auf, verließ die Wohnung und machte sich auf den Heimweg. Im Appartement in der Birkenwaldstraße gönnte sie sich eine ausgiebige Dusche und wählte nach langem Überlegen ein dunkelgraues Kostüm, das sie selten trug. Die Haare schlang sie zu einem strengen Knoten und stülpte einen breitkrempigen Hut aus weichem Filz darüber. Stiefel mit halbhohen Absätzen machten sie ein paar Zentimeter größer. Eleonore betrachtete das Ergebnis ihrer Bemühungen in einem großen Spiegel im

Flur und kam zu dem Schluss, hinreichend anders auszusehen als gewöhnlich. Sie vermutete stark und völlig zu Recht, dass auf diesem Empfang nicht nur Frau Winkler oder „Frau Müller" zugegen sein würden, sondern auch weitere ihrer Klienten, die auf ein Zusammentreffen in der Öffentlichkeit wenig erpicht waren. Der Hut mochte etwas fehl am Platz sein, würde aber dafür sorgen, dass sie von möglichst wenigen Leuten erkannt wurde. Nach einem letzten, prüfenden Blick in den Spiegel steckte Eleonore die cremeweiße Einladung ein und machte sich auf den Weg. Ein Bus der Linie 44 brachte sie die wenigen Haltestellen bis zum Killesberg hinauf, und sie sah schon von weitem die Ansammlung von Menschen vor dem Congresszentrum B. Während der Bus daran vorbeifuhr und seine Haltestelle ansteuerte, registrierte sie verwundert, dass Transparente mit Aufschriften wie „Stoppt den Fritz-Tower" oder „Killesberg – Teufelswerk" aus der Ansammlung herausragten. Sie ging die kurze Strecke von der Bushaltestelle bis zum Congresszentrum zurück, ärgerte sich über den zu engen Rock, der sie in ihrer Bewegungsfreiheit behinderte und stand vor der merkwürdigsten Kombination von Leuten, die sie in ihrem Leben je gesehen hatte. Die Tore der Halle waren noch geschlossen, sie war ein wenig zu früh gekommen. Links, vor dem Eingang zum Park, hatte sich ein buntes Völkchen aus Punks, kampflustigen Senioren in altertümlicher Hippie-Kleidung und jüngeren Leuten, die eine Aura gutmenschlicher Sozialarbeiter ausstrahlten, eingefunden. Rechts davon, zur Straße hin, stand in kleinen Grüppchen und Mänteln aus Pelz oder Loden der versammelte Geldadel der baden-württembergischen Landeshauptstadt. Beide Parteien hielten einen angemessenen Abstand zueinander, beäugten sich gegenseitig misstrauisch und froren gleichermaßen. Eleonore, deren Herz für die linke Seite schlug, gesellte sich gleichwohl zur rechten und machte sich auf die Suche nach ihrer Vermieterin, als laute „Buh"-Rufe sie aufblicken ließen. An der Halle war eine Tür geöffnet worden, heraus kam Sven Zumbach, ihr Nachbar von oben und rief:

„Herzlich willkommen. Sie dürfen jetzt eintreten."

„Sie sollten eintreten", schrie einer der Punks, „für die Rechte der Bürger an ihrem Park."

Unter beifälligem Murmeln setzte sich das bunte Völkchen in Bewegung, schwenkte seine Transparente und stimmte einen rhythmischen Sprechgesang an. Eleonore glaubte, etwas zu verstehen, das wie „Der Fritze, der kriegt auf die Mütze" klang. Die ersten Pelz- und Lodenmätel verschwanden in der Halle und sie entdeckte Frau Winkler, die – ausgerechnet in Begleitung von „Frau Müller" – neben einem leeren Kassenhäuschen stand und sich suchend umblickte. Eleonore ging hinüber und sagte:

„Guten Abend. Da bin ich."

„Frau Schl ... Madame ... ich habe Sie gar nicht erkannt", stotterte ihre Vermieterin aufgeregt. „Darf ich bekannt machen? Dies ist ..."

„Danke. Ich glaube, wir sind uns schon begegnet", gab Eleonore hastig zurück, schob ihren Hut ein wenig nach oben und zwinkerte der argwöhnisch dreinschauenden Frau Müller heftig zu. Noch ein paar Hürden in dieser Art und sie würde den Abend als psychisches Wrack beenden. Frau Müller reagierte geistesgegenwärtig, aber unerwartet.

„Meine Liebe, das ist eine Überraschung. Wie viele Jahre ist es her, dass wir uns das letzte Mal gesehen haben?"

„Mindestens zehn", flunkerte Eleonore virtuos. „Wenn nicht länger. Wollen wir hineingehen? Es ist kalt geworden."

„Erst sehen Sie sich das an." Christine Winkler zupfte an ihrem Ärmel und deutete auf den Punk, der Sven Zumbach angeschrien hatte. Eleonores erstaunliche Bekanntschaft mit Frau Müller nahm sie, vom Geschehen vor der Halle völlig in Anspruch genommen, kommentarlos zur Kenntnis. „Ist das nicht dieser ... wie heißt er noch gleich ... aus dem fünften Stock?"

„Herr Munz?" Eleonore nahm den Wortführer des bunten Völkchens, der nun leidenschaftlich auf Zumbach einredete, in Augenschein. „Sieht so aus."

„Unglaublich", schnaubte ihre Vermieterin. „So ein Pack in meinem Haus."

„Munz?", fragte Frau Müller. „Doch nicht etwa Niklas Munz?"

„Doch, ich glaube, so heißt er."

„Aber meine liebe Christine. Das ist ein hoch interessanter, junger Lyriker. Du weißt doch, ich bin im Freundeskreis des Literaturhauses, wir hatten erst neulich eine Lesung ..."

„Warum steht er dann hier herum und demonstriert?"

„Nun ja, die Jugend", sagte Frau Müller nachsichtig. „Wir hatten doch auch unsere wilden Zeiten."

„Aber nicht so." Christine Winkler marschierte entschlossenen Schrittes in die Halle.

12

Emmerich traf einen Bus später ein. Für eine Einladung zum Empfang hatte die Zeit nicht mehr gereicht. Gitti Kerner hatte sein Kommen wohl avisiert, es aber abgelehnt, ihn zu begleiten.

„Geht nicht", hatte sie verlegen erklärt. „Ich habe eine wirklich wichtige Verabredung. Mit meiner Nichte. Wir spielen Memory, ihre Mama muss arbeiten."

Emmerich hatte Verständnis bekundet und sich auf die Suche nach Frenzel gemacht, doch der hatte mit der Voraussicht eines alten Hasen bereits zum offiziellen Dienstschluss das Weite gesucht.

Ich bin kein gutes Vorbild, rügte sich Emmerich mit einem Anflug von Schuldbewusstsein. *Wäre Gabi zu Hause, ich hätte auch was Besseres zu tun, als mich hier herumzudrücken.* Langsam schlenderte er auf das Häuflein Demonstranten zu, das seine Annäherung mit einem kaum merklichen Zusammenrücken und Zurückweichen quittierte. *Man sieht mir den Bullen schon auf hundert Meter Entfernung an,* dachte er verdrießlich und fragte sich, ob er diesen Umstand nun als gut, schlecht oder gar nicht bewerten sollte. Mäßig interessiert betrachtete er die Transparente und ließ sich von einer Frau mit einer inka-gemusterten Pudelmütze auf den grauen Locken ein Flugblatt in die Hand drücken, das er geistesabwesend in die Tasche schob.

„Was machen Sie denn hier?" Niklas Munz stand neben ihm. Zwei seiner punkigen Kollegen warfen ihm feindselige Blicke zu.

„Dürfen Sie überhaupt mit mir reden? Ihre Mitstreiter sehen nicht begeistert aus." Emmerich wies mit einer Bewegung seines Kinns auf Munzens Freunde.

„Ich bin nicht ganz so engstirnig gestrickt wie die", entgegnete Munz ein wenig herablassend.

„Sie meinen, auch Bullen sind Menschen?"

„Das haben Sie gesagt."

„Hm", machte Emmerich und beobachtete die Tür zum Congresszentrum, die gerade von zwei paramilitärisch gekleideten Wachleuten geschlossen wurde. „Ich dachte, ich gehe mal da rein und gucke mir das Ganze an. Einschließlich des Herrn Senators."

„Dann sehen Sie genau hin, und hören Sie vor allen Dingen gut zu", empfahl Niklas Munz. „Habe die Ehre, Herr Inspektor."

„Gleichfalls." Emmerich nickte und näherte sich den privaten Söldnern an der Hallentür.

„Geschlossene Gesellschaft", schnarrte der Größere der beiden. Emmerich zückte seinen Dienstausweis und hielt ihn dem Wachmann unter die Nase.

„Hier ist meine Einladung, ich bin angemeldet."

„Wenn das so ist ..."

Der Mann trat ein wenig zur Seite und ließ Emmerich durch. Das Foyer des Congresszentrums war gut besucht, Schwaden von Parfüm durchtränkten die rauchfreie Luft, Hostessen in langen, weißen Schürzen reichten Blätterteigteilchen und knapp bemessene Getränke herum. Vor dem Bar-Tresen waren Stehtischchen aufgebaut, auf den weißen Tischtüchern standen dünne Vasen mit grünen Stöcken darin, daneben lagen Faltblätter mit der Aufschrift „Killesberg and more." Emmerich verzog das Gesicht, nahm sich einen Fingerhut voll Rotwein von einem der Tabletts und entdeckte, dass es noch schlimmer kommen konnte.

„L & F Project Development Ltd.", las er auf einem Werbebanner, das vor der Glastür neben der Garderobe stand. „Our challenge is solutions."

Es wird alles immer blöder. Kopfschüttelnd passierte er die Glastür, die ebenfalls von zwei militärisch gewandeten Herren bewacht wurde, und gelangte in einen mittelgroßen, bestuhlten Saal.

„Test", schallte es ihm entgegen. „Test, eins, zwei ..."

Ein ohrenbetäubendes Kreischen verschluckte die Drei. Am Kopfende des Saales stand ein Tisch mit Namensschildern neben einem kleinen Rednerpult. Dahinter wackelte auf einer Leinwand das unscharfe Bild des verglasten Hochhauses, das Emmerich aus der Zeitung kannte. Das Pfeifen verebbte und machte einem unregelmäßigen Rauschen Platz. Am Rednerpult hantierten zwei Männer an einem Mikrofon herum, einer davon eilte auf Emmerich zu, als er seiner ansichtig wurde.

„Sie können hier noch nicht rein, der Vortrag beginnt erst in einer halben Stunde."

„Ach, Herr Zumbach", seufzte Emmerich. „Wenn Sie wüssten, wo ich überall rein kann, wenn ich nur will."

„Sie sind das." Das unnatürlich gebräunte Gesicht des jungen Mannes erschien Emmerich plötzlich ebenso unnatürlich fahl.

„Ja, ich bin das", bestätigte er liebenswürdig. „Haben Sie Schwierigkeiten mit der Technik?"

„Das ... das ist nur eine ... äh ... Kleinigkeit, das haben wir gleich." Zumbach starrte ihn unverwandt an. „Sind Sie ... äh ... aus einem bestimmten Grund hier?"

„Nur so", sagte Emmerich leichthin und fragte sich, warum sein Anblick Zumbach wohl derartig aus der Fassung brachte. „Lassen Sie sich nicht aufhalten."

„Nicht aufhalten? Nein, natürlich nicht. Sie können sich gerne vorab schon alles ansehen, wenn Sie wollen."

Zumbach schien sich wieder gefangen zu haben. Er machte eine einladende Geste und verließ hastig den Saal. Emmerich ging nachdenklich nach vorne und studierte die Namensschilder auf dem Tisch. Am Kopfende des Saales wurden Dr. Armbruster, Sven Zumbach, jemand namens Mayer-Baum und natürlich Senator Fritz erwartet.

„Test. Eins, zwei, drei. Test. Test." Der zweite Mann am Rednerpult, dessen Kleidung auf einen Saaltechniker schließen ließ, klopfte auf das Mikrofon, dann flammte ein Scheinwerfer auf. Emmerich schloss geblendet die Augen und ging wieder ins Foyer, wo er es gerade noch schaffte, Christine Winkler auszuweichen, die in Begleitung einer Frau mit einem breitkrempigen Filzhut um die Ecke bog. Die Frau kam Emmerich vage bekannt vor, doch es gelang ihm nicht, sie irgendwo einzuordnen. Er ließ sich zwei seltsam geformte Pastetchen und ein weiteres, winziges Glas Rotwein reichen und beobachtete die versammelten Gäste. Einige wenige kannte er persönlich oder aus der Zeitung. Zwei Bürgermeister waren gekommen, ein ehemaliger Bundesminister, einige Herren aus den oberen Etagen der Wirtschaft. Zu seinem Erstaunen entdeckte Emmerich auch einen stadtbekannten Fotografen, der sich in der Öffentlichkeit stets betont linksintellektuell zu geben pflegte sowie das hakennasige Gesicht eines bekannten Fernsehkochs, den er für einen ausgemachten Laffen hielt, obwohl Gabi bei seinen Sendungen stets ins Schwärmen geriet. Der überwiegende Teil des Publikums jedoch war weiblichen Geschlechts.

Frauen in mittlerem oder auch fortgeschrittenem Alter, aufgetakelt wie Kampffregatten und geschwätzig wie ein Schwarm Krähen. An einem Stehtisch etwas abseits vom Geschehen standen mit gelangweilten Gesichtern einige Männer in zerbeulten Jeans und gestrickten Pullovern. Auch ohne die dicken Objektive, die einige von ihnen umgehängt hatten, war unschwer zu erkennen, dass es sich dabei um die lokale Presse handelte. Die Tür zur Halle war wieder geöffnet worden, bepelzte Damen und Herren in feinem Tuch standen rauchend davor und nahmen in Kauf, von den Demonstranten in Gespräche verwickelt zu werden. Zehn Minuten später hatte ein armwedelnder Sven Zumbach seinen Auftritt.

„Meine Damen, meine Herren, wenn Sie mir nun folgen würden ... Hier entlang, bitte ... Senator Fritz erwartet Sie bereits."

Die Menge begab sich murmelnd in den Vortragssaal, Emmerich schloss sich an und nahm in einer der hinteren Reihen Platz. Das Rauschen und Pfeifen des Mikrofons hatte aufgehört und auch das vom Beamer an die Leinwand geworfene Bild wackelte nicht mehr. Hinter dem Tisch am Kopfende saßen ein Mann und eine Frau, ein distinguiert wirkender Herr im hellgrauen Anzug stand daneben und begrüßte einige Gäste persönlich. Weitere zehn Minuten vergingen, bis sich erwartungsvolle Stille über den Saal legte und Sven Zumbach ans Rednerpult trat. Nach einigen standardisierten Begrüßungsfloskeln wies er auf den Herrn in Hellgrau und sagte:

„Ich bitte Sie nun, mit mir den Mann zu begrüßen, der Ihren Traum von einem sorgenfreien, luxuriösen Lebensabend wahr machen möchte. Hier kommt Senator Leopold Fritz."

Verhaltener Applaus erklang, als Fritz sich mit einem Händedruck bei Zumbach bedankte, dann wurde es wieder still.

„Meine Damen und Herren, ich bin zu Ihnen gekommen, weil Sie vor einer wunderbaren Chance stehen. In unserem Alter ..." Fritz machte eine Pause und keckerte affektiert „... denken wir darüber nach, was wir schon alles im Leben geleistet haben, und ob uns noch etwas Zeit bleibt, um die Früchte dieser Arbeit zu genießen. Ich, Leopold Fritz, sage Ihnen: Sie alle haben Großartiges geleistet und ein Recht darauf, einen goldenen Herbst zu verbringen, auch wenn wir heutzutage Silver Ager genannt werden. Unser Projekt ist innovativ und umweltschonend, Sie werden mit allen Annehmlichkeiten bestens versorgt sein, die Finanzierung wird maßgeschneidert auf Ihre Bedürfnisse zugeschnitten, wir erwarten Zuschüsse in nicht unerheblicher Höhe und ich persönlich stehe selbstverständlich zu Ihrer Verfügung. Zuerst aber möchte ich das Wort an Herrn Dr. Armbruster übergeben, der Ihnen die Vorteile unseres Projektes erläutern wird."

Schwätzer, dachte Emmerich, während Armbruster an das Rednerpult trat und, begleitet von kräftigem Ploppen, das Mikrofonstativ seiner vergleichsweise geringen Körpergröße anzupassen versuchte. Dieser Mann redete wie ein Werbeprospekt, plötzlich wurde Emmerich klar, woher das Sprichwort „Der lügt wie gedruckt" kommen musste. Hätte man ihn gefragt, er hätte nicht zu erklären vermocht, was genau ihn – abgesehen von Niklas Munzens Vorwarnungen – an der Seriosität des Senators zweifeln ließ, aber seine Intuition sagte ihm, dass der junge Punk mit seiner Einschätzung des hellgrauen Herrn zumindest nicht völlig danebenlag.

Dr. Armbrusters Rede galt vorwiegend der Erklärung computeranimierter Bilder, die elegante Appartements, seniorengerechte Bäder in Tennisplatzgröße, ein Hallenbad mit goldenen Säulen und eine futuristisch anmutende Bühne unter freiem Himmel zeigten.

„Wir bieten alles", schloss Dr. Armbruster. „Exklusives Ambiente, luxuriöses Wohnen, Service auf höchstem Niveau, Wellness und Kultur. Frau Konsul Mayer-Baum, die als eine der Ersten für unser Projekt gezeichnet hat, wird Ihnen nun erzählen, warum sie davon überzeugt ist."

Emmerich, der des Doktors Vortrag schläfrig an sich hatte vorübergleiten lassen, nahm eine aufrechte Haltung ein. Die Dame, die nun ans Mikrofon trat, hatte sorgfältig onduliertes, weißes Haar und trug ein streng geschnittenes, kobaltblaues Kleid mit einer Brosche am Schulteransatz.

„Öch kann Öhnen versöchern", begann sie, „dass dös das Böste öst, was onserer schönen Stadt wöderfahren kann."

* * *

In der ersten Reihe, direkt gegenüber vom Rednerpult, saß Eleonore Schloms neben ihrer Vermieterin und fühlte sich unbehaglich. Dies lag nicht nur an der ungewohnten Enge ihrer Kleidung – normalerweise trug sie Hosen und weit geschnittene Oberteile – oder an der verbrauchten, nach zu vielen Menschen riechenden, warmen Luft im Saal. Vielmehr war es die Atmosphäre, die diese Menschen ausstrahlten. Schon im Foyer hatte sie das Gefühl gehabt, in einem Theater zu sein. All diese Leute mit ihrer schwer zu definierenden, aber unzweifelhaft vorhandenen Aura von Reichtum trugen Masken ihrer selbst, stellten Charaktere dar, die sie in Wahrheit nicht waren. Sie konnte nicht umhin, bei der Beobachtung der Männer, die zugeknöpft und steif neben ihren aufgebrezelten Gattinnen standen, daran zu denken, wie viele von ihnen wohl Stammkunden eines Domina-Studios waren, während sich ihre Damen bei Tennis-, Ski- oder Golflehrern Abwechslung verschafften. Eine nicht unbeträchtliche Anzahl Frauen war ohne männliche Begleitung erschienen, und alle ähnelten irgendwie Christine Winkler, die einen teuren, neuen Fummel trug und entschieden zu viel Make-up aufgelegt hatte. Mit einer gewissen Verachtung hatte Eleonore zugesehen, wie sich diese Frauen überschwänglich, Küsschen rechts, Küsschen links, begrüßt hatten, nur um kurz darauf Bemerkungen zu zischen wie „Hast du gesehen, das Aas hat das Kollier ihrer Schwiegermutter immer noch nicht rausgerückt, obwohl sie seit zwei Jahren geschieden sind" oder „Sie soll ihren Windhunden Rinderfilet geben, während ihr Alter nur noch Büchsenravioli bekommt, seit er im Rollstuhl sitzt". Natürlich, darüber war sich Eleonore im Klaren, durfte man auch hier, wie in jeder anderen gesellschaftlichen Gruppe, nicht alle Anwesenden über einen Kamm scheren, aber es fiel schwer, die Spreu vom Weizen zu trennen. Eleonore hatte auf Anhieb drei ihrer Kundinnen entdeckt, ihren Hut tiefer ins Gesicht gezogen und sich darauf beschränkt, Frau Winklers Geplapper mit einem gelegentlichen „Tatsächlich" oder „Was Sie nicht sagen" zu kommentieren, bis der junge Zumbach sie in den Saal gebeten hatte.

„Gleich ist es so weit. Wir sitzen ganz vorne." Ihre Vermieterin war zielstrebig dorthin gegangen, wo im hellen Scheinwerferlicht der Mann, dessen kantiges Gesicht Eleonore aus dem Internet kannte, seine Gäste begrüßte.

„Das ist er", hatte es neben ihr gewispert, dann hatte der Mann bereits Frau Winklers Hand geküsst und „Meine liebe, gnädige Frau", gesagt. Eleonore hatte die Szene über Frau Winklers Schulter hinweg beobachtet. Als Erstes war ihr aufgefallen, dass das Foto auf der Homepage bekannter Architekten und Bauingenieure mindestens zwanzig Jahre alt sein musste. Der Senator Fritz der Gegenwart war immer noch ein gut aussehender Mann, doch das Haar dieses Mannes war dünn und weiß, an seinem Kinn hatten sich kleine, faltige Säckchen gebildet, sein Lächeln wirkte verzerrt, woraus Eleonore schloss, dass Fritz sich liften ließ. Die Augen des Baulöwen waren zwar von einem zweifellos faszinierenden, intensiven Blau, wiesen aber eine beginnende Wässrigkeit auf. Diese Augen lächelten im Übrigen kein bisschen, ein Umstand, der sich auch nicht änderte, als Frau Winkler sie als „eine besonders liebe Freundin" vorstellte und der Senator ihr die Hand reichte. Sein Händedruck war flüchtig, und obwohl sein „Sehr erfreut" so klang, als wäre er dies tatsächlich, wusste Eleonore, dass er ihr gegenüber Vorsicht walten ließ. Es war nicht das erste Mal, dass sie einem solchen Mann begegnete, allerdings kannte sie diesen Typus bislang nur aus Urlaubsorten. Männer wie er wussten, wie man Frauen hereinlegte, indem man ihnen schmeichelte, ihnen das Gefühl vermittelte, etwas ganz Besonderes zu sein, nur um ihnen anschließend das Geld aus der Tasche zu ziehen. Und, nach Eleonores Erfahrung, entwickelten sie ein todsicheres Gespür dafür, den Frauen aus dem Weg zu gehen, die ihre Masche durchschauten.

Es war bei dieser kurzen Vorstellung geblieben, Senator Fritz hatte noch viele Hände zu schütteln. Eleonore lauschte seinem Vortrag und dem des nachfolgenden Dr. Armbruster, der ihr merkwürdig nervös zu sein schien, ohne große Aufmerksamkeit. Stattdessen beobachtete sie Sven Zumbach, der in lässiger Haltung am Tisch neben dem Rednerpult an der Seite einer imposant wirkenden, alten Dame Platz genommen hatte. Bevor sein Lümmeln allzu augenfällig werden konnte, zischte ihm diese Dame offensichtlich ein Rüge ins Ohr. Zumbach zischte etwas zurück, was die alte Dame sichtlich erboste und zu einer weiteren Bemerkung veranlasste, in deren Folge der junge Mann sich in einer unbeholfenen Art aufrecht setzte. Senator Fritz, der, dem Redner zugewandt, mit übereinandergeschlagenen Beinen an Sven Zumbachs anderer Seite saß, schien von dem Geplänkel hinter seinem Rücken nichts mitzubekommen, doch Eleonore saß nahe genug, um zu sehen, wie ein ärgerlicher Ausdruck über sein Gesicht huschte. Dieser verflog, als die alte Dame aufstand und ans Rednerpult trat. Sie sprach nur kurz, in einer bestimmten Art, die keinen Zweifel an der Richtigkeit ihrer Worte zuließ und setzte sich, von höflichem Applaus begleitet, wieder hin. Als nächster Redner sprach wieder Sven Zumbach. Der Silver-Ager-Park Killesberg sei auch aus städtischer Sicht eine rundum gelungene Konzeption, allerdings erwarte man, dass vor Genehmigung und Baubeginn mindestens für die Hälfte der Objekte Käufer gefunden sein mussten. Wer also an einer baldigen Realisierung Interesse habe, dürfe nicht zu lange zögern, entsprechende Exposés und Anträge lägen beim Verlassen des Saales vor der Tür bereit, Senator Fritz und er stünden nun für Fragen zur Verfügung. Christine Winklers Hand schoss in die Höhe. Ob der Verkauf bereits liefe, wie viel Zeit man habe, sich zu entscheiden, wann man bezahlen müsse? Eleonore entging weder Zumbachs unsicherer Blick in Richtung des Senators, noch dessen kaum merkliches Nicken.

„Nun", sagte Zumbach und räusperte sich, was das Mikrofon zu einem neuerlichen, leisen Pfeifen veranlasste. „Der Verkauf hat natürlich bereits begonnen und das Interesse ist groß, wie ich Ihnen versichern kann. Bedenken Sie bitte auch, dass nach dieser, exklusiv für Sie arrangierten Vorstellung unser Projekt ab morgen für jedermann zugänglich sein wird. Senator Fritz ist Geschäftsmann, er legt natürlich einerseits Wert auf ein gehobenes Publikum im Silver-Ager-Park, andererseits ..."

„Muss man eine Anzahlung leisten?", fragte eine Stimme von weiter hinten.

„Allerdings, gnädige Frau, wir erwarten fünfundzwanzig Prozent der Kaufsumme des jeweiligen Objektes für den Eintrag ins Bauregister. Die nächste Abschlagszahlung dann nach Fertigstellung des Rohbaus. Das ist eine völlig normale Vorgehensweise. Dagegen müssen Sie nicht mit Maklergebühren rechnen und darüber hinaus erwarten wir ja auch nicht unerhebliche Zuschüsse."

„Mit welcher Bauzeit rechnen Sie?" – „Wird das Hallenbad fertig sein, wenn man einziehen kann?" – Wie hoch ist das gesamte finanzielle Volumen des Projektes?"

Die Fragen prasselten nun in solcher Geschwindigkeit auf Zumbach nieder, dass dieser beschwichtigend die Hände hob.

„Meine Damen, meine Herren, das ist alles ein bisschen viel auf einmal. Wir haben für jeden von Ihnen eine personalisierte Mappe mit Unterlagen vorbereitet. Ich schlage vor, Sie holen sich diese Mappen bei den

Mitarbeiterinnen von Senator Fritz ab. Wir werden uns dann persönlich mit Ihnen in Verbindung setzen. Bitte sehr."

Die Saaltür wurde geöffnet und eine sehr blonde, junge Frau winkte. Die ersten Kaufinteressenten strömten hinaus.

„Ist er nicht großartig", schwärmte Frau Winkler. „Kommen Sie, meine Liebe, wir holen uns meine Mappe."

„Ich komme gleich nach." Eleonore gab vor, etwas in ihrer Handtasche zu suchen. Während ihre Vermieterin davoneilte, beobachtete sie im Schutz ihrer Hutkrempe, wie sich der Senator mit einem Handkuss von der eindrucksvollen alten Dame verabschiedete, Dr. Armbruster und Sven Zumbach links liegen ließ und durch eine unauffällige Tür am Kopfende des Saales verschwand. Die alte Dame hakte sich bei Zumbach unter und wurde zur Tür geleitet, Dr. Armbruster dagegen stand herum wie bestellt und nicht abgeholt, bis er sich schließlich ein wenig unschlüssig ebenfalls auf den Weg machte. Eleonore wartete, bis das Geschiebe und Geschubse an der Saaltür nachließ. Ehe sie hinausging, bemerkte sie in einer der hinteren Reihen Hauptkommissar Emmerich, mit dem sie vorher um ein Haar zusammengestoßen war und der nun aussah, als wäre er eingeschlafen. Sie wusste, dass dieser Schein ebenso trog, wie vieles andere an diesem Abend und zog sich instinktiv ihren Hut ein wenig tiefer ins Gesicht.

* * *

Auch Emmerich wartete, bis sich der Saal geleert hatte. Während er wartete, dachte er mit halbgeschlossenen Augen über das Gehörte nach. Dass ein Gemeinderat wie Sven Zumbach daran interessiert war, ein solches Projekt zügig in die Wege zu leiten, wunderte ihn angesichts der städtischen Vorgehensweise in Sachen Stuttgart 21 überhaupt nicht. Hier wie dort schienen die Großkopferten die Meinung der Bürger zu fürchten wie der Teufel das Weihwasser. Man schaffte vollendete Tatsachen und berief sich auf längst geschlossene Verträge. Wenn der Sturm der Entrüstung in der Öffentlichkeit einsetzte, waren die Entscheidungen längst getroffen und die nächste Kommunalwahl noch weit genug entfernt. Begründet wurde diese Angst vor dem Votum des Volkes stets damit, dass die Angehörigen desselben nicht über den Sachverstand und die Weitsicht seiner gewählten Vertreter verfügten. Emmerich betrachtete sich nicht als einen übermäßig politisch interessierten Menschen, doch die Sache mit Stuttgart 21 fuchste sogar ihn. Der amtierende Oberbürgermeister hatte seine Wiederwahl nur durch einen Kuhhandel mit dem Kandidaten einer anderen Partei erreicht, indem er zugestanden hatte, in dieser Sache einen Bürgerentscheid zuzulassen. Der Gegner hatte seine Kandidatur zurückgezogen, der OB, wie er im Amtsdeutsch hieß, jedoch so gerissen taktiert, dass die Gemeindeordnung diesen Bürgerentscheid gar nicht zuließ. Damals hatten viele Stuttgarter, auch Emmerich selbst, längst nicht mehr ernsthaft damit gerechnet, dass der Hauptbahnhof wirklich komplett unter die Erde verlegt werden würde, zu lange war dieses Vorhaben diskutiert und hinausgeschoben worden. Jetzt aber hatten sich Bund, Stadt, Land und Bahn endlich geeinigt, und nun gab es anscheinend keine rechtlich korrekte Möglichkeit mehr, das Ganze zu verhindern. Für die nächsten zwanzig Jahre würde die Stadt sich in eine Baustelle verwandeln, Emmerich würde zweiundsiebzig sein, falls er die Fertigstellung des Tiefbahnhofes überhaupt noch erlebte.

Der geplante Seniorenpark auf dem Killesberg, von dessen Quadratmeterpreisen Gabi und er nicht einmal zu träumen brauchten, beeinträchtigte ihn als Bewohner der Innenstadt weniger. Die Art allerdings, in der das Ganze geplant und abgewickelt wurde, ärgerte ihn nicht minder. Jule würde fuchsteufelswild werden, wenn sie hiervon erfuhr, sie besaß noch den Furor der Jugend, der ihm irgendwann abhanden gekommen war und den er sich als Beamter ohnehin nur schwer leisten konnte. Hinzu kam der sogenannte Senator Fritz. Was genau war eigentlich heutzutage ein Senator? Im alten Rom hatte ein Senat gewirkt, an Universitäten gab es welche, und hatten nicht die Vereinigten Staaten ebenfalls einen? Unwahrscheinlich, dass Leopold Fritz einem dieser Gremien angehörte, was also hatte der Titel zu bedeuten? Emmerich neigte zu der Ansicht, dass es sich dabei um ein höchst dubioses, an einer osteuropäischen Institution käuflich erworbenes Prädikat handelte, einzig dem Zweck dienend, Eindruck zu schinden. Der hellgraue Herr hatte einen recht zwiespältigen Eindruck auf ihn gemacht, genauer gesagt war es nicht einmal der Herr selbst, sondern die Art, in der der Silver-Ager-Park angepriesen worden war. Warum beispielsweise wählte ein Angehöriger des Stadtparlamentes Worte wie „Wir erwarten fünfundzwanzig Prozent der

Kaufsumme für den Eintrag ins Bauregister"? In Emmerichs Ohren klang dies, als wäre Sven Zumbach ein Angestellter der Firma Fritz Project Development Ltd. und nicht der unabhängige Volksvertreter, der er vorgab, zu sein. Und was, bitte schön, war ein Bauregister? Er kannte das Handelsregister oder das Baurechtsamt, von einem Bauregister hatte er noch nie etwas gehört. Nicht zuletzt galt es herauszufinden, welche Rolle der Frau Konsul Mayer-Baum in dieser Angelegenheit zukam.

Emmerich verließ den Saal als Letzter. Vor der Tür hatte man niedrige Tische aufgebaut, hinter denen Hostessen mit der Verteilung der angekündigten Mappen beschäftigt waren. Er stellte sich an.

„Auf welchen Namen bitte?", fragte ein blondes Fräuleinwunder, als er an die Reihe kam.

„Emmerich."

Sie schaute auf eine Liste, runzelte die Stirn, zeigte das Papier einer Kollegin, die es mit einer zweiten Liste verglich und schüttelte den Kopf.

„Es tut mir wirklich sehr leid, Herr Hämmerich, aber Sie sind hier nicht vorgemerkt. Wir haben nur personalisierte Exposés."

„Haben Sie keines übrig?" Emmerich zeigte seinen Dienstausweis und registrierte, wie die Blondine nervös wurde.

„Vielleicht n... n... nachher. Wenn nicht alle abgeholt werden."

„Dann komme ich später noch mal wieder."

Emmerich verspürte ein leichtes Drücken im Unterleib und beschloss, die Toilette aufzusuchen. Neben ihm verrichtete ein kleiner Mann in einem dunkelblauen Anzug sein Geschäft. Es gehörte nicht zu Emmerichs Gewohnheiten, auf der Herrentoilette unbekannte Männer anzusprechen, doch wenn die Pflicht es verlangte, mussten Ausnahmen möglich sein.

„Herr Dr. Armbruster?"

Der kleine Mann reagierte nicht. Emmerich schätzte ihn trotz einer bereits stark ausgeprägten Glatze auf Anfang vierzig. Er versuchte es lauter.

„Herr Dr. Armbruster? Mein Name ist Emmerich, ich bin Kriminalhauptkommissar und würde Ihnen gerne ..."

Seine Worte hatten zur Folge, dass der kleine Mann heftig zusammenzuckte und ein gelbes Rinnsal die weißen Kacheln an der Wand verunzierte.

„Bitte verhaften Sie mich nicht. Ich habe drei schulpflichtige Kinder."

„Wie kommen Sie denn darauf?" Emmerich entledigte sich der letzten Tropfen, zog den Reißverschluss hoch und nahm aus dem Augenwinkel zur Kenntnis, dass der kleine Mann dasselbe tat. Niemals wäre er auf die Idee verfallen, einen Mann beim Pinkeln zu verhaften.

„Ich hab gleich gewusst, dass es ein Fehler war", sagte der kleine Mann zerknirscht und schlich mit eingezogenen Schultern zum Waschbecken. „Aber es geht beim besten Willen nicht anders. Sehen Sie, ich brauche jeden Cent, ich weiß nicht, ob Sie wissen, was Kinder heutzutage kosten. Ganz zu schweigen von der Rechnung für die Heizung. Oder Butter. Wussten Sie, dass Butter sich in den letzten Wochen ungefähr um vierzig Prozent verteuert hat?"

„Nein, das wusste ich nicht." Emmerich trat an ein anderes Waschbecken. „Wovon sprechen Sie eigentlich, Herr Dr. Armbruster?"

„Ich bin nicht Dr. Armbruster."

„Sie sind nicht ...?" Verblüfft beobachtete Emmerich das Gesicht des kleinen Mannes im Spiegel und bemerkte, dass dieser mit den Tränen kämpfte. „Aber wer sind Sie dann?"

„Senkel. Walter Senkel." Eine feuchte Hand streckte sich ihm entgegen und wurde sofort verlegen wieder zurückgezogen. „Hier ... hier ist meine Karte." Die Hand fasste in die Brusttasche des dunkelblauen Anzugs, zog eine Visitenkarte heraus und reichte sie Emmerich.

„Redner für jeden Anlass", las er und fragte erstaunt: „Was soll das heißen?"

„Es heißt, dass ich für meinen Vortrag heute Abend engagiert wurde. Normalerweise spreche ich bei Beerdigungen, manchmal auch bei Firmenfeiern oder Vereinen. Und auch nicht unter einem anderen Namen."

„Potzblitz", murmelte Emmerich. „Hätten Sie was dagegen, wenn wir uns draußen weiter unterhalten?"

„Ich ... ich möchte nicht gesehen werden. Meine Anweisung lautet, sofort zu verschwinden. Ich soll immerhin fünfhundert Euro für diesen Abend bekommen."

„Dann rufe ich Sie morgen an."

„Bitte. Selbstverständlich. Ich habe ein einwandfreies Führungszeugnis, nicht, dass Sie denken ..."

„Ich denke gar nichts, bevor wir uns nicht ausführlich unterhalten haben. Bis morgen dann."

Emmerich verließ die Toilette und ging durch das sich leerende Foyer zurück zu der blonden Hostess.

„Und?", fragte er ein wenig barscher, als er es vorgehabt hatte. „Haben Sie noch so ein Ding für mich?"

„Ich hab Ihnen eines weggelegt, der betreffende Herr wollte es nicht haben. Aber bitte verraten Sie mich nicht, wir haben strikte Anweisungen." Sie reichte ihm einen schmalen, weißen Karton auf dem ein L und ein F prangten. Emmerich schlug ihn auf, entdeckte die Bilder, die er bereits von den Prospekten kannte und einige Grundrisszeichnungen.

„Seit wann arbeiten Sie denn für diese Firma?", wollte er wissen.

„Gar nicht." Die junge Frau sah verstohlen von rechts nach links. „Wir sind von ‚Staff for Fun', das ist eine Zeitarbeitsfirma. Mein Boss steht übrigens da drüben und beobachtet mich."

Emmerich folgte mit den Augen der Bewegung ihres Kinns und sah einen bulligen Mann mit gegelten Haaren und dunklem Anzug, dem ein Spiralkabel aus der Ohrmuschel wuchs.

„Das ist Ihr Chef? Der Stafford-Mann?"

„Staff for Fun", korrigierte ihn die Hostess. „Der da passt bloß heute Abend auf uns auf. Er ist nicht der Inhaber oder so was Ähnliches."

„Und wer ist der Inhaber?"

„Den kenne ich nicht, ich jobbe nur gelegentlich für die Firma. Eigentlich studiere ich Betriebswirtschaft."

„Wie sagten Sie noch mal, hieß diese Firma?"

Das blonde Mädchen lachte. „Hier, ich gebe Ihnen ein Kärtchen mit. Es ist ein ziemlich blöder Name. Finde ich zumindest."

„Saublöd", stimmte Emmerich zu und nahm das scheckkartengroße Stückchen Plastik entgegen. „Trotzdem danke."

„Keine Ursache."

Unter dem kritischen Blick des Gegelten verließ er zuerst den Tisch der Hostessen und kurz darauf auch das Congresszentrum.

13

Eleonore Schloms gehörte nicht zu den Leuten, die Allerheiligen auf einem oder womöglich sogar mehreren Friedhöfen verbrachten. Dies lag nicht an einem Mangel an Toten, deren Gräber sie hätte besuchen können, tatsächlich gab es davon zu ihrem Bedauern schon mehr als genug. Es war auch nicht so, dass Eleonore eine generelle Abneigung gegen Friedhöfe hatte. Ganz im Gegenteil schätzte sie zumindest den Pragfriedhof, den Waldfriedhof und den längst stillgelegten, historischen Hoppenlaufriedhof neben der Universität als Orte der Ruhe, wo man spazieren gehen und nachdenken konnte, ohne von Joggern, Radfahrern oder Inlineskatern gestört zu werden. An Allerheiligen jedoch konnte von eben dieser Ruhe durch das Vorhandensein entschieden zu vieler Menschen keine Rede sein. Nur ein einziges Mal, kurz nach dem Tod ihrer Mutter, hatte sie das Familiengrab an Allerheiligen aufgesucht, zwischen flötenden Kindern, disharmonisch schmetternden Familienchören und einem laut predigenden Gemeindevertreter, aber nicht die Voraussetzungen gefunden, die ihr für ein stilles Gedenken unerlässlich schienen.

Anstatt den Feiertag der Trauer zu widmen, besuchte sie daher eine Ausstellung ägyptischer Mumien und ärgerte sich über sich selbst. Frau Winkler, offensichtlich durch das sang- und klanglose Verschwinden des Senators am gestrigen Abend schwer in Rage gebracht, hatte ihr das Versprechen für ein Treffen am späten Nachmittag abgerungen. Eleonore hatte es zwar erfolgreich geschafft, eine Einladung in das Natursteinhaus am Honoldweg abzulehnen, hatte aber schließlich zugesagt, ihre Vermieterin am Hölderlinplatz zu erwarten. Nach der Ausstellung schlenderte sie deshalb langsam durch die novemberkühle Innenstadt, deren unverstellte Architektur sich eigentlich nur noch an solchen Tagen bewundern ließ. Normalerweise jagte hier eine Veranstaltung die andere, Bühnen wurden auf- und wieder abgebaut, einkaufende Menschenmassen schoben sich über den Schlossplatz, wo schon bald wieder eine

Eisbahn mit bayerisch anmutenden Würstl- und Glühweinbuden für Unterhaltung sorgen würde. Wenig später kam der Weihnachtsmarkt mit den zahllosen, liebenswert nikolausbemützten Touristen aus der Schweiz dazu, den viele Einheimische wegen der drangvollen Enge, die dort herrschte, längst nicht mehr besuchten. An Allerheiligen aber war die Stadt leer, wie ausgestorben lag die sonst so belebte Königstraße da, in der Klett-Passage sah Eleonore niemanden außer ein paar frierenden Obdachlosen. Vor dem Hauptbahnhof war der Bus zum Hölderlinplatz wie üblich gerade abgefahren, sie nahm den nächsten 42er, stieg am Rosenbergplatz aus und ging zu Fuß die Schwabstraße entlang, bis sie ihre Dienstwohnung erreichte.

Die Briefkästen im Flur hinter der Haustür quollen über vor Werbung und kostenlosen Zeitschriften. Auf dem ersten Treppenabsatz lag ein Stapel aus Wochenblättern und Prospekten einer Drogeriekette, die niemand haben wollte. Eleonore gedachte des Kehrwochenschildes neben ihrer Wohnungstür, leerte ihren Briefkasten, packte den Stapel, ging in den Hinterhof und öffnete die grüne Tonne für den Papiermüll. Die Tonne war fast voll. Wäre sie leer gewesen, Eleonore hätte Zeitungen und Prospekte achtlos hineingeworfen. So aber stach ihr etwas ins Auge, was sie den Stapel Papier auf ihrem Arm verwundert auf den Deckel der benachbarten Restmülltonne legen ließ.

Was ist das denn?, dachte sie ungläubig und nahm ein kartoniertes Blatt Papier aus der Tonne, das in einer akkuraten Handschrift mit „Schloms, Eleonore" überschrieben war. Es folgten ihr Geburtsdatum und Geburtsort, die Namen ihrer Eltern und Großeltern, ihre Telefonnummern und die Adresse des Appartements in der Birkenwaldstraße. Die Handschrift kam Eleonore vage bekannt vor, ratlos starrte sie auf das Blatt in ihrer Hand und wieder in die Tonne hinein, wo sie das nächste Blatt mit dem Titel „Schloms, E./Klienten" entdeckte. *Eine alphabetische Liste meiner Kunden,* stellte sie entsetzt fest. *In einer Tonne im Hinterhof.* Einigermaßen fassungslos nahm Eleonore auch dieses Papier heraus, nur um festzustellen, dass ihm noch weitere folgten. Viele weitere. Auf dem nächsten kartonierten Blatt stand der Name Sorrentin. Dann eines mit den Daten von Dr. Riesling. Mehrere, ihr unbekannte Namen. Und zwischen den Kartons kariertes Schreibblockpapier mit Notizen, mal älter, mal neuer aussehend. Eleonore wühlte sich hektisch tiefer in die

Tonne und gab erst auf, als die Menge des Papiers zu groß und die Länge ihrer Arme zu kurz wurde. Inzwischen wusste sie, wessen Handschrift das war. Diese Papiere durften nicht in der Tonne bleiben, überhaupt stellte sich die Frage, wie sie eigentlich dort hineingekommen waren. Eleonore nahm die obersten Blätter weg, eilte in ihre Wohnung und suchte ein paar große Plastiktüten heraus.

* * *

Emmerich nutzte den Feiertag und Gabis Abwesenheit auf seine Weise, indem er halb dösend, halb schlafend, volle zwei Stunden länger im Bett verbrachte, als er dies an einem gewöhnlichen Sonntag getan hätte. Nach dem Aufstehen legte er eine AC/DC-CD ein, trank Kaffee und fühlte sich zwanzig Jahre jünger, ein Zustand, der so lange anhielt, bis er sich zum Rasieren vor dem Badezimmerspiegel einfand. Dort kam er nicht umhin, sich einzugestehen, dass es mindestens dreißig Jahre her sein musste, als er – damals noch mit schulterlangen Haaren – „Whole lotta Rosie" zum Frühstück angehört hatte und dass seine Familie ihm nicht nur fehlte, sondern ihre Abwesenheit auch lästig wurde, denn er musste, verdammt noch mal, an einem Feiertag ins Büro fahren, um eine Ratte zu füttern. Emmerich fühlte sich ungerecht behandelt und außerstande, zuzugeben, dass er ohnehin mit diesem überaus trüben Tag kaum etwas Besseres anfangen konnte. Um sich wenigstens etwas Bewegung und frische Luft zu verschaffen, ging er zu Fuß zum Hauptbahnhof. Das Stückchen Park, durch das ihn sein Weg führte, verbreitete eine unwirtliche Tristesse, der große Biergarten, wo er im Sommer gerne ein Hefeweizen trank, lag abweisend und geschlossen da, Menschen waren kaum unterwegs. Stattdessen sah Emmerich Karnickel, die fröhlich über den reifbedeckten Rasen hopsten, Krähen, Eichhörnchen und eine Amsel mit einem fetten Wurm im Schnabel. Keines der Tiere erweckte den Eindruck, durch das Wetter irgendwie in seiner Laune beeinträchtigt zu sein. Emmerich ging langsam und sog die nach feuchten Blättern leicht modrig riechende Luft genüsslich ein. Das ständig präsente Rauschen des Verkehrs in der Stadt war heute feiertagsbedingt kaum zu hören – eigentlich war der Park ja auch um diese Jahreszeit recht schön. Die riesigen, alten Bäume, die im Sommer für schattige Plätze auf der Liegewiese sorgten, erschienen ihm nun, ihres Laubes beraubt, sogar eindrucks- und würdevoller als sonst. Sie waren Monumente der Natur, hatten Weltkriege überstanden und Generationen Stuttgarter Bürger überlebt. Das Herz blutete ihm beim Gedanken daran, wie viele von ihnen man fällen würde, wenn die Bauarbeiten für die Tieferlegung des Hauptbahnhofes begannen, er nahm sich vor, bald nochmals mit einem Fotoapparat wiederzukommen, um wenigstens eine Erinnerung an sie zu bewahren. Auch das Planetarium und der Landespavillon mit seiner kleinen Freilichtbühne würden bald Geschichte sein, ebenso wie Teile des Bahnhofs selbst. Bevor es Emmerich gelang, aus dieser Kombination von Melancholie und grauem Herbstwetter in die handfeste Depression eines verlassenen Ehemannes zu verfallen, erreichte er die Klettpassage. Die Welt, wenngleich immer noch menschenleer, wurde wieder bunt und beheizt, und als er im Schaufenster eines Bekleidungsgeschäftes ein Schild mit der Aufschrift „Winter-Sale“ entdeckte, war Emmerich in die Gegenwart zurückgekehrt. In der Straßenbahn fiel ihm ein, dass er ja Dr. Armbruster, der gar nicht Dr. Armbruster war, anrufen wollte, und die Aussicht darauf, an diesem Tag noch etwas Sinnvolles zu tun, heiterte ihn ebenfalls auf.

In seinem Büro roch es ein wenig wie in einem Zoofachgeschäft, zumindest glaubte Emmerich, dass es in solchen Geschäften so riechen mochte. Er stellte das Fenster schräg, nahm Seppl aus dem Käfig und sah kritisch hinein. Jule hatte ihm keine Instruktionen hinsichtlich der Reinigung dieses Käfigs erteilt, nicht jedenfalls, soweit er sich erinnern konnte. Seppl allerdings hatte nunmehr immerhin fünf Tage darin zugebracht. Auf dem Boden mussten sich folglich zwangsläufig gewisse Hinterlassenschaften angesammelt haben, von denen Emmerich annahm, dass sie für den Geruch im Büro verantwortlich waren. Seufzend nahm er sein Handy aus der Tasche, setzte die Lesehilfe auf die Nase, tippte „Rattenkäfig stinkt. Was tun?“ und schickte die Nachricht an Jules Nummer. Anschließend suchte er die Visitenkarte des „Redners für jeden Anlass“ heraus und wählte Walter Senkels Nummer. Er musste nicht lange warten, bis abgehoben wurde.

„Emmerich hier. Wir hatten uns gestern Abend ...“

„Ich weiß schon, wer Sie sind“, sagte Senkel. „Fragen Sie, was Sie wissen wollen.“

„Erzählen Sie mir einfach etwas über Ihren gestrigen Auftrag.“

„Ja, also", begann Senkel unschlüssig. „Das ist ... war alles ein bisschen mysteriös."

„Inwiefern?"

„Engagiert wurde ich über ‚Staff for Fun'. Das ist ..."

„Eine Zeitarbeitsfirma. So viel weiß ich bereits."

„Genau." Senkel atmete tief ein. „Ich bin da nicht fest angestellt, sie vermitteln mich nur gelegentlich. Bislang lief das auch immer alles korrekt ab."

„Und dieses Mal nicht?"

„Na, ja." Senkel ließ ein leises Seufzen hören. „Da war zuerst diese Sache mit dem falschen Namen. Eigentlich wollte ich den Auftrag ablehnen, aber dann haben sie mir so viel Geld geboten ..."

„Fünfhundert Euro?"

„Richtig. Woher wissen Sie das?"

„Sie waren so gütig, dies bereits bei unserem ersten Gespräch zu erwähnen."

„Hab ich das? Dann verstehen Sie sicherlich, warum ich ... Es ist nur leider so, dass ich das Geld noch nicht bekommen habe."

„Schreiben Sie keine Rechnung?"

„Normalerweise schon. Aber hier war ausgemacht, dass ich meine Rechnung direkt nach der Veranstaltung dem Auftraggeber überreiche und auch mein Geld gleich von ihm bekomme. Höchste Diskretionsstufe, so sagte man mir. Dummerweise war aber nach der Veranstaltung kein Vertreter von dieser Firma mehr da. Ich hab nicht mal eine Adresse von denen, auf den ganzen Prospekten war nirgendwo eine drauf und im Internet ist ebenfalls Fehlanzeige angesagt. Finden Sie das nicht ziemlich merkwürdig?"

Emmerich räumte ein, dass dies in der Tat eigenartig sei und fragte weiter:

„Die Zeitarbeitsfirma hat Sie also nur vermittelt? Von wem bekamen Sie denn Ihre Instruktionen? Jemand muss Ihnen doch erklärt haben, was Sie sagen sollen?"

„Das war der junge Mann, der gleich zu Anfang gesprochen hat."

„Herr Zumbach?"

„So heißt er wohl", bestätigte Senkel. „Er hat meine Rede geschrieben, wenn ich es richtig verstanden habe. Ich bekam sie ein paar Tage vorher mit der Post ohne Angabe eines Absenders. Ebenfalls ziemlich merkwürdig, heutzutage laufen solche Sachen eigentlich per Mail oder Fax."

„Hat Zumbach irgendwie begründet, warum Sie als Dr. Armbruster auftreten sollen?"

„Er sagte, der Name Senkel käme wegen des Marketings nicht infrage. Und dass der Dr. Sommer von der Bravo ja in Wirklichkeit auch nicht existiere. Nur habe ich inzwischen nicht mehr das Gefühl, dass es dabei wirklich ums Marketing ging."

„Worum dann?"

„Betrug", sagte Walter Senkel schlicht. „Die werden mich um mein Honorar bescheißen, und auch der ganze Rest ist alles andere als hasenrein."

„Betrug", wiederholte Emmerich nachdenklich. „Dieses Projekt war in allen Zeitungen. Es wird im Gemeinderat diskutiert. Bei dem Vortrag waren lauter hoch angesehene Leute. Leopold Fritz gilt als international renommierter Mann. Worin also soll der Betrug bestehen, wenn man mal von Ihrer Honorargeschichte absieht?"

„Das weiß ich nicht." Senkel machte eine kleine Pause und räusperte sich. „Aber bei diesem Laden ist irgendetwas oberfaul, auch wenn das nur meine persönliche Meinung ist."

Meine auch, dachte Emmerich, ohne seine Zustimmung laut zu äußern. „Vielen Dank, Herr Senkel. Falls Sie zufällig in den nächsten Tagen am Hölderlinplatz vorbeikommen sollten und Ihre Rechnung noch in der Tasche haben, dann sehen Sie sich doch die Häuser am Stadtbahngleis ein bisschen näher an."

„Sie meinen, die Firma Fritz hat dort ihr Büro?"

„Das dürfte ich Ihnen gar nicht sagen, selbst wenn ich es wüsste. Nein, ich meine, falls Ihnen ein gewisser Name an einer Klingel dort bekannt vorkommt, dann sind Sie an der richtigen Adresse. Auch wenn's nur für eine Anzeige reicht."

Emmerich würgte Senkels Dankesbezeugungen mit einem freundlichen „Gern geschehen" ab, beendete das Gespräch und dachte nach. Ermittlungen in Mordfällen brachten öfters Dinge ans Licht, die unter anderen Umständen im Verborgenen geblieben wären. So interessant diese Dinge sein mochten, gehörte es nicht zu Emmerichs Aufgaben, sie zu verfolgen, wenn sie nichts mit seinem Fall zu tun hatten. Bislang hatte er, abgesehen von ein paar Zeitungsartikeln, keinerlei Hinweise darauf, dass das Projekt des Silver-Ager-Parks in irgendeinem Zusammenhang mit Gertrud Diebold stand. Das Gespräch mit Senkel war ein Puzzleteilchen, von dem er nicht wusste, ob es im fertigen Bild überhaupt einen Platz finden würde.

Sein Handy gab Alarm und zeigte eine eingehende Nachricht an. „Streu wechseln, Ersatz in meinem Zimmer, Regal neben der Tür. Jule." Schön. Morgen würde er Seppl ohnehin wieder mit nach Hause nehmen, bis dahin musste der kleine Nager eben sehen, wie er klarkam. Emmerich füllte Futter und Wasser nach und beschloss, noch ein weiteres Gespräch zu führen.

* * *

In ihrem nie benutzten Schlafzimmer am Hölderlinplatz stand Eleonore Schloms und keuchte ein wenig. Drei Tüten hatte sie mit Papier gefüllt, das Gertrud Diebolds Handschrift trug. Karierte, sauber beschriebene Blätter, ausgedruckte Internetseiten, mit Kommentaren versehen, Zeitungsausschnitte und sogar einige Fotos. Alles ordentlich gelocht, als hätte jemand einfach den Inhalt mehrerer Ordner herausgenommen und in der Tonne entsorgt. Eleonore nahm die Papiere aus den Tüten, legte sie auf dem Bett aus und schüttelte den Kopf. Das musste Gertrud Diebolds persönliches Archiv sein, sie hatte Daten von Menschen gesammelt, die sie gekannt hatte. Das System war einfach, wenn auch ein wenig durcheinandergeraten. Zu jeder Person gab es ein Deckblatt mit persönlichen Daten, danach folgten mehr oder weniger viele Blätter mit Informationen unterschiedlichster Art. Eine Cordula Beerbaum beispielsweise war vor fünf Jahren verstorben, nachdem sie jahrelang in Behandlung zahlreicher, namentlich aufgeführter Ärzte und Kliniken gewesen war. Ein Thomas Metzger, gelernter Koch, war mit dem Wirtschaftskontrolldienst in Konflikt geraten. Eleonore nahm eine flüchtige Zählung vor und kam zu dem Schluss, dass es mindestens zweihundert von diesen Deckblättern geben musste. Für eine genauere Untersuchung blieb ihr im Moment keine Zeit, aber sie war sich sicher, dass sie das vom Schicksal ihr zugedachte Vermächtnis Gertrud Diebolds in den Händen hielt. Auch wenn sie weder Frau Beerbaum noch Herrn Metzger kannte, harrten in diesem Archiv Schätze ihrer Entdeckung. Sie suchte dort, wo sie den Anfangsbuchstaben „W“ vermutete und fand erwartungsgemäß das Blatt mit dem Namen „Winkler, Christine, geb. Beck“. Ihre Vermieterin war verheiratet gewesen, Kinder hatte sie keine gehabt, sich aber vergeblich um eine Adoption bemüht. Gertruds Aufzeichnungen vermerkten mehrere, alkoholbedingte Unfälle des Ehepaares, Aufenthalte in Entzugskliniken und Psychiatrien und schließlich Ewald Winklers Tod durch Selbstmord. Offenbar hatte er sich im Schwarzwildpark beim Bärenschlössle erschossen, ein kleiner Zeitungsausschnitt lag dabei, der aber offen ließ, ob es sich nicht auch um einen Jagdunfall gehandelt haben konnte.

Ewalds Witwe traf pünktlich auf die Minute ein, ließ sich Tee vorsetzen und fragte gespannt:

„Und? Was haben Sie mir zu sagen?“

„Über wen möchten Sie zuerst sprechen?“

„Die Reihenfolge überlasse ich Ihnen.“

„Dann möchte ich mit dem jungen Mann beginnen“, sagte Eleonore. „Er ist selbstständig in der Medienbranche und Mitglied im Gemeinderat. Besuch hat er in den letzten Tagen nicht bekommen, soweit ich das beurteilen kann, und bei der Veranstaltung gestern haben Sie ihn ja selbst gesehen.“

Christine Winklers Mundwinkel glitten nach unten. „Das ist alles nichts Neues für mich“, entgegnete sie kalt. „Sagen Sie mir lieber, was Sie von Senator Fritz halten.“

„Meine ehrliche Meinung?“

„Bitte.“

„Nichts.“

Frau Winkler nahm einen Schluck Tee, wandte den Kopf ab und sah zum Fenster hinaus. Verblüfft beobachtete Eleonore, wie sich eine Träne aus dem für sie sichtbaren Auge ihrer Vermieterin löste, die leise murmelte:

„Das habe ich befürchtet. Haben Ihre Karten Ihnen das gesagt?“

„Dafür brauche ich keine Karten. Ich hoffe, mein Eindruck trifft Sie nicht allzu hart.“

Frau Winkler schluckte heftig, gab sich einen Ruck und wandte sich wieder um. Ihre fast schwarzen Augen funkelten böse.

„Doch“, sagte sie. „Das tut es. Auch wenn ich es schon erwartet habe. Aber ohne diesen Zumbach wäre ich wohl nicht einmal misstrauisch geworden. Wie gut kannten Sie eigentlich Gertrud Diebold?“

„Frau Diebold? Was hat die damit zu tun?“

„Nun, sie wurde immerhin umgebracht“, entgegnete Christine Winkler zusammenhanglos. „In meinem Haus. Was sagen Ihre Karten denn dazu?“

Eleonore hatte den Eindruck, dass ihre Vermieterin dabei war, das Thema zu wechseln. Bevor sie antworten konnte, sprach Frau Winkler bereits weiter.

„Diese Sorrentin hat mir ihretwegen geschrieben. Soll nicht mehr zurechnungsfähig gewesen sein, die alte Diebold. Ich hätt´s ihr beinahe geglaubt. Was wissen Sie über Frau Sorrentin?“

„Nichts.“ Allmählich wurde Eleonore die Fragerei zu bunt.

„Das ist auch so ein schräges Weibstück.“ Christine Winkler hatte sich Tee nachgeschenkt und zerstieß wütend zwei Stückchen Zucker in ihrer Tasse. „Mal zahlt sie ihre Miete, dann wieder nicht. Mit so einem Haus hat man heutzutage nur noch Ärger. Dieser Munz zum Beispiel ... den hätte ich niemals einziehen lassen. Aber es sind einem ja die Hände gebunden.“

Eleonore befürchtete, dass sie kurz davorstand, in den Genuss eines Winkler´schen Lamentos über die Schlechtigkeit der Welt im Allgemeinen und der Unzulänglichkeiten von Mietern im Besonderen zu kommen, doch es fiel ihr auf die Schnelle nichts ein, um dies zu verhindern.

„Ich hatte diese Wohnung eigentlich an eine junge Frau vermietet“, fuhr Frau Winkler mit weinerlicher Stimme fort. „Kurz darauf ist er eingezogen und ein paar Wochen später sie wieder aus. Nur hereingelegt wird man. Früher hätt's das nicht gegeben, da waren die Leute noch ehrlich.“

Dies bezweifelte Eleonore zwar ernsthaft, warf aber dennoch mit teilnahmsvollem Unterton ein:

„Wenn er nicht bezahlt, dann können Sie doch sicherlich kündigen.“

„Sie verstehen überhaupt nichts“, klagte Frau Winkler und schnippte ärgerlich mit den Fingern. „Munz zahlt regelmäßig, deshalb habe ich doch keine Möglichkeit, ihn loszuwerden. Ich will bloß wissen, woher der überhaupt das Geld hat, so wie er aussieht.“

„Und Zumbach?", versuchte Eleonore zurück auf das eigentliche Thema des Zusammentreffens zu kommen, sah ihrer Vermieterin in die Augen und wusste, dass sie ins Schwarze getroffen hatte. Frau Winkler sank in sich zusammen wie eine schlaffe Stoffpuppe.

„Ich hab noch nicht einmal die Kaution von ihm. Dabei hat er so einen guten Eindruck auf mich gemacht. Und eine Empfehlung von Senator Fritz hatte er auch. Was soll ich denn jetzt bloß tun?"

Eleonore nahm das ihren Kunden vorbehaltene Tarotdeck aus seinem Kästchen. „Die Karten werden Ihnen helfen, eine Antwort auf diese Frage zu finden", sagte sie behutsam.

14

Auch im Rosensteinpark war es menschenleer, Emmerich bereute es nicht, seinen zweiten Spaziergang an diesem Tag angetreten zu haben. Wenn man ging, spürte man die Kälte kaum, der Weg durch den Park führte sanft bergab und stellte keine besonderen Anforderungen an seine Kondition. Emmerich war kein Freund regelmäßiger sportlicher Betätigung, schon gar nicht, wenn es dazu organisierter Gruppen bedurfte. Auch gab er ungern Geld für etwas aus, das umsonst zu haben war. Warum jemand beispielsweise in einem Fitnessstudio auf einem Laufband rennen wollte, wenn er dasselbe genauso gut im Wald tun konnte, war ihm unbegreiflich. Er selbst legte täglich, manchmal sogar mehrmals, die Stufen zu seiner Wohnung im vierten Stock zurück, verzichtete, wann immer es ihm möglich war, auf das Auto und ging gerne zu Fuß. In seinem Alter würde er ohnehin keine Rekorde mehr aufstellen, etwas, das noch nie in seiner Absicht gelegen hatte. Wettbewerbe jeder Art waren ihm ein Gräuel, denn wo es einen Sieger gab, standen dem zwangsläufig mehrere Verlierer gegenüber – und Emmerich war längst zu dem Schluss gekommen, dass es besser für eine Gesellschaft war, keine Verlierer hervorzubringen. Auch wenn man dafür auf strahlende Sieger verzichten musste. Ruhm war ein kurzfristiges, vergängliches Vergnügen, das Verlieren dagegen konnte an den Menschen nagen, sie zornig werden oder resignieren lassen, wenn es anhielt. Die meisten Menschen, mit denen Emmerich und seine Kollegen es zu tun bekamen, gehörten zu den Verlierern, auch wenn sich ihre Verluste in völlig unterschiedlicher Weise manifestierten und sich natürlich auch nicht jeder Frust in kriminellen Taten niederschlug. Nicht siegen zu wollen, war allerdings eine Einstellung, mit der man heutzutage, insbesondere in der freien Wirtschaft, keinen Fuß auf den Boden brachte. Emmerich war dies schon früh im Leben klar geworden, weshalb er sich für die Beamtenlaufbahn entschieden hatte. Die Polizei war ihm damals als die interessanteste Möglichkeit erschienen, allemal besser, als der Schuldienst oder eine Steuerbehörde, auch wenn ihn die meisten seiner Altersgenossen deshalb mit schiefen Blicken betrachtet hatten. Dass er ausgerechnet bei der Mordkommission, die eigentlich „Dezernat Tötungsdelikte“ hieß, gelandet war, schrieb Emmerich weniger irgendwelchen zielstrebigen Bemühungen seinerseits zu, sondern mehr einer Reihe von Zufällen, aber er war mit seiner Arbeit zufrieden. Sein Beruf war abwechslungsreich, sein Arbeitsplatz sicher. Beides war viel wert in der heutigen Zeit. Die Toten boten keinen schönen Anblick, aber alles im Leben hatte Vor- und Nachteile. Abgesehen von einigen belanglosen Kleinigkeiten, die es wohl an jedem Arbeitsplatz zu bemängeln gab, hatte Emmerich noch nie einen Grund gehabt, seine Berufswahl zu bereuen. Gelegentlich stieß er auch auf einen Fall, der mehr war als bloße Routine, Gertrud Diebolds Ermordung schien ein solcher Fall zu sein. Er versöhnte ihn sogar mit Gabis und Jules Kretaurlaub, dem er nur höchst widerstrebend zugestimmt hatte. Die Aussicht auf eine Woche Tiefkühlkost hatte Emmerichs Stimmung schon vor dem Abflug der beiden schwer beeinträchtigt, doch nun musste er nur noch wenige Abende alleine zubringen. Seine Fortschritte im Fall Diebold allerdings ließen zu wünschen übrig. Tatsächlich hatte er nicht einen konkreten Anhaltspunkt, nur ein paar wenige, zerfaserte Hinweise auf Personen, von denen er nicht wusste, in welcher Beziehung sie zu der Toten gestanden hatten. Sicher war es vorstellbar, dass Gertrud Diebold beispielsweise etwas Unvorteilhaftes über Sonja Sorrentin herausgefunden hatte und das auch herumerzählte. Emmerich neigte sehr zu dieser Ansicht und vermutete hier auch das Motiv für die fälschlich aufgestellten Behauptungen der Psychologin hinsichtlich der geistigen Zurechnungsfähigkeit ihrer Nachbarin. Falsche Behauptungen aufzustellen und einen Mord zu begehen, waren aber zwei völlig verschiedene Dinge.

Emmerichs zweites Telefonat mit Eva Mayer, die ihr konsulhaftes Getue innerhalb weniger Sätze abgelegt hatte, als er sich nach ihrem Streit mit Gertrud Diebold erkundigte, war wenig aufschlussreich gewesen. Sie erinnere sich nicht an einen Streit und was ihr Engagement für das Projekt von Senator Fritz betraf, so entsprang das ihrer persönlichen Überzeugung, dass es sich dabei um eine gute Sache handle. Und nein, ihr war nichts Nachteiliges über den Mann bekannt, ebenso wenig, wie über den jungen Zumbach oder Dr. Armbruster, der ihr an diesem Abend zum ersten Mal begegnet war. Es war am Telefon schwer zu beurteilen gewesen, ob die Frau die Wahrheit sagte, doch Emmerich sah beim jetzigen Stand der Dinge auch keinen Grund, warum sie es nicht getan haben sollte. Alte Menschen vergaßen Dinge oft schneller als junge. Der Streit, von dem Frau Kienle berichtet hatte, mochte vollkommen unwichtig gewesen sein, die Tatsache, dass Zumbach im selben Haus wie Gertrud Diebold wohnte, völlig belanglos. Emmerich hatte auch Frau Winklers Gesichtsausdruck nicht vergessen, als er sie vom Tod ihrer Mieterin unterrichtete. Womöglich kam ihr dieser Tod nicht ungelegen, er dachte an die leerstehende Wohnung im obersten Stock, vielleicht wollte sie verkaufen, doch auch das rechtfertigte keinen Mord. Senator Fritz war sicherlich ein Mann, bei dem Vorsicht angebracht war, Prospekte ohne Firmenadresse, dienstbare Geister und ein falscher Doktor, die von einer Zeitarbeitsfirma kamen, weckten unweigerlich Emmerichs Argwohn, waren aber wohl mehr ein Fall für die Kollegen des Wirtschaftsdezernates. Ihm blieben unbekannte Fingerabdrücke, fremde DNA-Spuren, fehlende Ordner und ein anonymer Anruf.

Dieser Anruf gab ihm Rätsel auf. Der Täter war damit ein Risiko eingegangen, das eigentlich unnötig war. Angenommen, der afrikanische Herr Wanabe wäre verfrüht zu seinem Lkw zurückgekehrt und hätte gesehen, wie jemand sein Handy benutzte? Emmerich stellte sich Frau Sonderbars Gesicht vor, wenn er sie morgen früh, gleich als Erstes, bitten würde, erneut zwei Beamte zum Hölderlinplatz zu schicken, die sich nach einer telefonierenden Person in der Nähe des Drogeriemarktes zu erkundigen hatten. Einer Person, die möglicherweise dadurch aufgefallen war, dass sie sich irgendwie versteckt hielt, um nicht Herrn Wanabes unerwünschte Aufmerksamkeit auf sich zu ziehen. Ebenso nachdenklich stimmte Emmerich das Problem der fehlenden Ordner. Die diesbezüglichen Nachforschungen der Kollegen hatten zu keinem Ergebnis geführt, kein Zeuge hatte jemanden beobachtet, der Ordner, Pakete oder Taschen aus dem Haus trug, weder gegen fünf Uhr nachmittags noch zu einer anderen Zeit. Die wahrscheinlichste Erklärung hierfür war, dass eben niemand auf etwas Derartiges geachtet hatte, doch half dies Emmerich nicht weiter, weshalb er auf eine andere, zugegebenermaßen unwahrscheinlichere Möglichkeit verfallen war. Was, wenn die Ordner das Haus gar nicht verlassen hatten? Dann würde er Durchsuchungsbefehle brauchen, eine mit einem solch vagen Verdacht kaum zu begründende Angelegenheit. Schon gar nicht am morgigen Freitag, der ein klassischer Brückentag war, und an dem sämtliche Amtsstuben in der Stadt erfahrungsgemäß mit maximal halber Besetzung arbeiteten. Sollte sich also nicht wider Erwarten ein besserer Anhaltspunkt ergeben, dann konnte er den Freitag damit zubringen, sich unter irgendwelchen fadenscheinigen Vorwänden Zugang zu den Mietern des Hauses am Hölderlinplatz zu verschaffen, eine Aussicht, die ihn wenig erfreute. Er würde Gitti Kerner mitnehmen müssen, denn Mirko, der sich vermutlich von einer rauschenden Halloweenparty erholen musste, hatte sich den Tag freigenommen.

Ein wenig frustriert machte sich Emmerich mit dem Gedanken vertraut, dass wenig Aussicht bestand, den Mord an Gertrud Diebold noch zum Ende der Woche hin aufzuklären. Er verließ den Park bei den Berger Sprudlern und ging weiter, am abgerissenen Parkhotel und den Gebäuden des Südwestrundfunks vorbei, die Neckarstraße entlang. Hier kam er sich bisweilen vor wie ein Fremder in der eigenen Stadt. Russische Namen an den Klingeln, türkische an den Läden, doch erstaunlicherweise gab es an einem dieser Läden ein Schild, das „Kaffee zum Mitnehmen" anbot und nicht etwa „Coffee to go", wie es sonst allerorten üblich geworden war. *Von den Türken kann man Deutsch lernen,* dachte Emmerich und befasste sich gedanklich mit seinem Abendessen. Heute würde er Hackfleischsoße auftauen und sich einen Teller Spaghetti dazu kochen, etwas, das seine Fähigkeiten am Herd nicht überstieg, doch alleine schmeckte das Essen nun mal nur halb so gut. Auch Fernsehen machte wenig Spaß, wenn man sich bei niemandem über die miese Qualität des Programmes oder die dummbeuteligen Aussagen von Politikern beschweren konnte. Also doch wieder Musik hören. *Oder lesen, eigentlich könnte ich auch mal wieder was lesen.* Das unerwartete Klingeln des Handys erschreckte Emmerich in einem Maß, das er für unmöglich gehalten hätte. Geradezu gierig griff er nach dem sonst so ungeliebten Gerät.

* * *

Ein Blick auf die kreuzförmig ausgelegten Karten überzeugte Eleonore Schloms, dass Frau Winklers Problem nicht in erster Linie darin bestand, sich über zahlungsunwillige Mieter zu echauffieren. Die Drei der Schwerter kündete von enttäuschten Erwartungen und vom Verstand zunichte gemachten Gefühlen, die Vier der Münzen warnte vor der unnötigen Verschwendung materieller Ressourcen. Christine Winkler machte einen etwas derangierten Eindruck. Einige fahrige Handbewegungen hatten dafür gesorgt, dass man vom Vorhandensein einer Frisur eigentlich nicht mehr sprechen konnte, schwarz verschmierte Wimperntusche ließ die Spuren getrockneter Tränen erkennen. Eleonore, die im Allgemeinen wenig Sympathie für ihre Vermieterin aufbrachte, empfand einen Anflug von Mitleid. Irgendetwas setzte ihr schwer zu, doch es war nicht ihre Sache, den Finger in die Wunde zu legen, wenn Frau Winkler nicht von selbst die Sprache darauf bringen wollte.

„Sie sollten Ihr Geld zusammenhalten“, empfahl Eleonore daher praktisch. „Bleiben Sie bei sich selbst, keine unnötigen Ausgaben.“

Bedauerlicherweise zeitigte dieser praktische Ansatz eine verheerende Wirkung. Anstatt, wie gewohnt, wenn vom Geld die Rede war, einen lauernden Ausdruck anzunehmen, verzog sich Frau Winklers Gesicht zu einer jammervollen Fratze, ihre Mundwinkel zuckten und es flossen weitere Tränen. Hicksend und glucksend hockte Eleonores Vermieterin auf dem Ledersofa, unfähig, ein Wort zu sprechen, während ihre Hände sich in ihrem Schoß verkrampften.

„Soll ich ein Taschentuch holen?“, fragte Eleonore sachlich.

„Nrrrgh.“

Eleonore fasste dies als Zustimmung auf, ging ins Bad und kam mit einer Packung Papiertaschentücher zurück.

„Hier, bitte. Wenn ich irgendwie helfen kann ...“

Frau Winkler schnäuzte sich geräuschvoll, wischte schwarze Farbe aus den Augenwinkeln über die welken Wangen und schwenkte anklagend das Tuch.

„Mir kann niemand helfen.“

„Natürlich nicht“, stimmte Eleonore zu. „Insbesondere dann nicht, wenn man nicht weiß, worum es geht.“

„Das kann ich gar nicht erzählen. Sie werden denken, ich sei ein dumme Gans.“

„Nicht doch“, sagte Eleonore, die eben dieser Ansicht war, tröstend. „Niemand von uns ist perfekt.“

„Wie wahr", seufzte Frau Winkler. „Das stammt aus diesem Film mit Marylin Monroe. Die gute, alte Zeit. Als Männer noch Kavaliere waren."

„Männer wie Munz oder Zumbach?"

„Ach die." Christine Winkler machte eine wegwerfende Handbewegung und ließ ihr Taschentuch achtlos fallen. „Ich meine natürlich Männer wie Poldi."

„Poldi?"

„Mein Gott, sind Sie schwer von Begriff." Die Hausbesitzerin schien zu ihrer gewohnten Form zurückzufinden. „Leopold Fritz. Der Senator. Er spielt nur mit mir. Er nützt mich aus."

„Ich fürchte, ich kann Ihnen jetzt nicht ganz folgen."

„Herrje." Frau Winkler fummelte ein frisches Papiertaschentuch aus der Packung. „Wo soll ich da anfangen? Ich habe Poldi im Sommer kennengelernt. Auf Ibiza. Sicher, ich war in Urlaubsstimmung, normalerweise bin ich nämlich nicht so, aber er ist wirklich ein charmanter Mann. Wir sind uns näher gekommen, als ich das beabsichtigt hatte, Sie wissen ja bestimmt, wie das ist."

„Nein."

„Nein?"

„Ich weiß nicht, wie das ist", sagte Eleonore entschieden. „Wenn ich nicht will, dass mir ein Kerl zu nahe tritt, dann wird er es auch nicht tun."

„Meinen Sie?" Christine Winkler legte den Kopf auf die Seite und ähnelte für den Bruchteil einer Sekunde der Elster, die gelegentlich Eleonores Balkon besuchte. „Ich denke, man hat das nicht immer so einfach im Griff. Jedenfalls hat er herausgefunden, dass ich aus Stuttgart komme und gemeint, ich könnte ihm vielleicht behilflich sein. Und dass für mich auch etwas dabei herausspringen könnte."

Eleonore verneigte sich in stummem Respekt vor den psychologischen Fähigkeiten des Senators. Zweifellos kannte er sich nicht nur mit den emotionalen Bedürfnissen vereinsamter Damen aus, sondern erkannte auch materielle Habgier, wenn sie ihm begegnete, und wusste beides für seine Zwecke zu nutzen.

„Er hat da gerade mit den Planungen für das Projekt am Killesberg begonnen und für seinen Vertreter vor Ort eine Wohnung gesucht", plapperte Christine Winkler weiter. „Ich sagte, ich hätte eine solche Wohnung. Und die ganzen Adressen von den Leuten, die gestern da waren, die hat er auch von mir. Nach der Veranstaltung wollten wir ... dachte ich ... sagte er ..." Das Taschentuch trat in Aktion. Eleonore wartete geduldig, schenkte Tee nach und fragte schließlich behutsam:

„Was war nach der Veranstaltung?"

„Ich dachte, wir würden noch zu mir gehen. Alles war hergerichtet, ein Imbiss, Champagner, wie auf Ibiza. Und dann hab ich gesehen, wie er weggefahren ist. Mit einem ganz jungen Ding im Auto, das seine Tochter sein könnte."

„Vielleicht war sie's?"

„Papperlapp. Ich hab doch deutlich gesehen, wie sie ihn von oben bis unten abgeknutscht hat. Geschmacklos ist das. Und dieser Mensch, der noch nicht einmal seine Kaution bezahlt hat, besaß die Stirn, mir auszurichten, dass Poldi leider verhindert sei und sich in den nächsten Tagen bei mir melden würde. Ha." Frau Winkler musterte grimmig die Drei der Schwerter. „Aber das lasse ich mir nicht gefallen."

„Was denn?", fragte Eleonore ein wenig irritiert. „Die unbezahlte Kaution oder das geschmacklose Benehmen von ... äh ... Poldi?"

„Nennen Sie ihn nicht Poldi", fuhr Frau Winkler sie barsch an. „Die beiden werden merken, was es heißt, sich mit mir anzulegen. Danke für Ihren Rat, Geld sehen diese Herrschaften von mir jedenfalls keines. Schade um die arme, alte Diebold, wirklich schade."

* * *

„Ich bin's, Gitti", sagte die Stimme am anderen Ende der Leitung. „Haben Sie einen Moment Zeit?"

„Ich gehe gerade spazieren."

„Es ist Feiertag, ich weiß. Ich will Sie auch nicht stören."

„Sie stören mich nicht. Was gibt's denn?" Emmerich blieb stehen, denn konzentriertes Telefonieren und gleichzeitiges Gehen überforderte seine motorischen Fähigkeiten.

„Wir haben doch über diese Psychologin gesprochen. Ich sehe mir gerade noch mal die Aussagen der Leute im Wartezimmer durch."

„Sagten Sie nicht, es sei Feiertag?"

Kerner kicherte verlegen. „Sie finden das sicher komisch, aber ich habe nichts Besseres zu tun."

„Ich finde schon lange nichts mehr komisch." Emmerich hatte in der Tat schon vor geraumer Zeit aufgehört, sich zu fragen, warum attraktive, junge Menschen in den Dreißigern, wie Mirko und jetzt auch Gitti Kerner, es nicht zu einem Lebenspartner brachten, mit dem man beispielsweise einen Feiertag verbringen konnte, ohne an den Job zu denken. Er hoffte, dass es Jule eines Tages in dieser Hinsicht besser ergehen würde, obwohl er insgeheim, wie viele andere Väter auch, den Tag fürchtete, an dem ihm ein zukünftiger Schwiegersohn vorgestellt werden würde. Das Privatleben der Kollegen allerdings war deren Sache.

„Bestimmt haben Sie was Interessantes, sonst würden Sie mich ja wohl kaum anrufen", ermunterte er Kerner.

„Vielleicht. Eine Patientin, die auf Viertel nach vier bestellt war, ist zu früh gekommen. Sie hat ausgesagt, dass die Sorrentin um vier Uhr abgehetzt von draußen in die Praxis kam. Merkwürdig dabei ist, dass die Sprechstundenhilfe sagt, ihre Chefin habe das Behandlungszimmer den ganzen Nachmittag nicht verlassen."

„Tatsächlich? Dann denke ich, dass wir beide das morgen überprüfen sollten. Falls die Praxis geöffnet hat. Und jetzt machen Sie sich einen schönen Abend."

„Mal sehen, was ich tun kann. Soll ich Sie morgen früh abholen?"

„Nein, danke. Wir treffen uns im Büro."

Morgen, da blieb ihm nichts anderes übrig, würde Emmerich seinen sorgsam gehüteten Parkplatz aufgeben und selbst das Auto nehmen müssen, denn morgen stand Seppls Heimkunft bevor, und er beabsichtigte nicht, den Rattenkäfig in der Straßenbahn zu transportieren. Diesen Fehler hatte er gemacht, als er Seppl am Montag mit ins Büro genommen hatte. Neben neugierigen, missbilligenden und teilweise auch angewiderten Blicken hatte ihm das zahlreiche ungebetene Ratschläge in Sachen Heimtierhaltung, verbunden mit einer Menge uninteressanter Anekdoten über die vierbeinigen Hausgenossen seiner Mitreisenden eingebracht. Diese Erfahrung wollte Emmerich nicht wiederholen, zumal dann nicht, wenn er an den Geruch dachte, der inzwischen von dem armen Seppl ausging. Er ging weiter die Neckarstraße entlang bis er sein Zuhause erreichte, das in einer kleinen, bergaufführenden Seitenstraße lag. Dort angekommen, veranlasste ihn ein unerwarteter Anfall häuslichen Heldentums dazu, den Inhalt des Wäschekorbes der Maschine zu überantworten und den Staubsauger in Betrieb zu nehmen. Am Samstag, so nahm er sich vor, würde er Bad und Küche reinigen und gegen Abend noch Blumen besorgen. Wie lange war es her, dass er Gabi – abgesehen vom jährlichen Strauß am Hochzeitstag – frische Blumen geschenkt hatte? Fünf Jahre? Wahrscheinlich sogar länger. *Kein Wunder, dass sie ohne mich in den Urlaub fahren,* dachte Emmerich beschämt, während der Sauger surrte und seinen charakteristischen Geruch nach ungewaschenen Socken entfaltete. *Ich nehme viel zu viel als selbstverständlich hin. Man merkt halt erst, was man hat, wenn's plötzlich fehlt.*

Was machte er schon Besonderes außer arbeiten, essen und fernsehen? War es nicht eigentlich ein Wunder, dass seine Familie überhaupt noch mit ihm leben wollte? Emmerich schwor sich Besserung und saugte verbissen auch die Stellen, die er sonst gerne übersah. Was, wenn Gabi nun einem attraktiven, gut gebauten Griechen begegnet war, der keine Strickjacke und einen alten Schlafanzug trug, sondern ein modernes Muscleshirt und zeitgemäße Boxershorts? Einem, der sie anschmachtete und mit ihr tanzte? Emmerich war kein Tänzer, noch nie gewesen, auch wenn er in seiner frühen Jugend gelegentlich, der Mädels wegen, vorgegeben hatte, einer zu sein. Gabi zuliebe hatte er einst sogar einen Kurs mit ihr besucht, doch nichts war peinlicher gewesen, als seine vergeblichen Bemühungen, beim Walzer den richtigen Rhythmus oder beim Rumba die korrekte Reihenfolge der Schritte einzuhalten. Er war ein hoffnungsloser Fall, und irgendwann hatte Gabi es aufgegeben. Säuerlich zerrte Emmerich den Sauger um die Sitzgruppe herum. Wellness und Gesundheit, ha, das behaupteten sie alle, diese Weiber, die ohne ihre Männer urlaubten, in Wirklichkeit suchten sie nur ihr Vergnügen, doch halt! Emmerich rief sich zur Ordnung. Nicht seine Gabi. Was aber war mit Jule? Junge Mädchen waren empfänglich für die Avancen von Barkeepern oder Tretbootvermietern.

„Sie ist siebzehn, Reiner. SIEBZEHN", sagte Gabis Stimme in seinem Kopf. Der Sauger gab ein würgendes Geräusch von sich und Emmerich betätigte den Ausschalter. Vor der Düse wehrte sich einer seiner Hausschuhe gegen den Schlund des Schlauches. Emmerich stellte ihn grummelnd zurück neben sein Pedant und schalt sich einen Trottel. Er führte eine glückliche Ehe, die zwar gelegentliche Auseinandersetzungen beinhaltete, aber nicht wirklich von diesen beeinträchtigt wurde. Jule war weder ein missratenes, noch ein schwer erziehbares und schon gar kein dummes Mädchen, es gab absolut keinen Grund für ihn, sich irgendwelche Sorgen zu machen. Gabi hockte sicherlich auch nicht in einem ihrer Schlammbäder und dachte darüber nach, ob er eventuell einer Kollegin zu nahe kam. Gestern Abend hatte sie versucht ihn anzurufen, doch da war er auf dem Empfang gewesen. Sie hatte eine Nachricht auf dem Anrufbeantworter hinterlassen, dass sie es heute nochmals versuchen wollte. In versöhnlicher Stimmung räumte Emmerich den Staubsauger auf, legte eine „Best of Queen"-Scheibe in den CD-Player und suchte im Gefrierfach nach der Hackfleischsoße.

Sein Handy klingelte nach dem Essen, doch es war nicht Gabis Nummer, die im Display angezeigt wurde, sondern eine unbekannte. Emmerich zögerte, nahm dann aber trotzdem ab.

„Herr Kommissar?", krächzte eine flüsternde Stimme.

„Ja. Wer spricht denn da?"

„Georgiadis, Panagiotis. Ich will eine Mitteilung machen."

„Hat das nicht Zeit bis morgen?"

„Ich weiß nicht. Sophia sagt, es ist jemand in Frau Diebolds Wohnung."

„Jetzt? Bitte sprechen Sie doch etwas lauter, ich verstehe Sie kaum."

Emmerich vernahm ein zweistimmiges, griechisches Wortgefecht, dann war es Sophia gelungen, sich des Hörers zu bemächtigen

„Ich gehen unten auf Straße. Komme von Besuch bei meine Sohn. Ich sehe Licht in große Zimmer von Frau Diebold. Gehe Treppe hoch und halte Ohr an Tür. Ich höre ... höre ..."

„Geräusche?", half Emmerich aus.

„Ne", sagte Sophia. „Geräusche. Jemand dort."

„Herrgottsdonnerwetter", fluchte Emmerich. „Das hat mir gerade noch gefehlt. Hören Sie, ich kann jetzt nicht so schnell zum Hölderlinplatz kommen, könnten Sie vielleicht ...?"

„Then katalaveno."

„Wie bitte? Ich verstehe Sie nicht."

„Das ich sagen."

„Was?" Emmerich glaubte, den Anstieg seines Adrenalinspiegels körperlich spüren zu können. „Geben Sie mir bitte Ihren Mann."

„Panagiotis?“

„Ja, verdammt no... wenn Sie so freundlich sein könnten.“ Wieder hörte Emmerich einen kurzen Wortwechsel, dann krächzte ein „Hallo“ durch den Hörer.

„Herr Georgiadis? Ich schicke Ihnen so schnell wie möglich einen Streifenwagen vorbei. Könnte Ihre Frau bis dahin ein bisschen achtgeben, ob jemand aus der Wohnung herauskommt? Sie soll aber vorsichtig sein.“

„Sie kann auch nachsehen gehen“, flüsterte der alte Grieche kooperativ.

„Nein, auf keinen Fall. Nur achtgeben. Und mit niemandem sprechen. Haben Sie mich verstanden?“

„Nicht sprechen, ja, ja. Meinen Sie, es ist der Mörder?“

„Das weiß ich nicht“, sagte Emmerich nervös. „Ich muss jetzt die Kollegen rufen.“

Hastig forderte er über die Zentrale einen Streifenwagen an und instruierte die Besatzung. Anschließend wählte er Frenzels Nummer.

„Mirko, wo bist du gerade?“

„Beim Abendessen.“

„Zu Hause?“

„Nein, bei meiner Oma.“

„Ist das weit weg vom Hölderlinplatz?“

„Warum?“

„Jemand treibt sich in Frau Diebolds Wohnung herum.“

„Ich kann in zehn Minuten dort sein. Oder sagen wir, in einer Viertelstunde.“

„Dann mach dich auf die Hufe.“ Emmerich sah auf seine Armbanduhr. „Ein Streifenwagen ist unterwegs. Gib mir sofort Bescheid, wenn ihr jemanden antrefft. Spätestens in einer halben Stunde erwarte ich deinen Anruf. Und Mirko ...“

„Was denn noch?“

„Pass auf dich auf.“

15

Eleonore Schloms hatte vergeblich versucht, herauszufinden, was Frau Winkler mit ihrer letzten Bemerkung über Gertrud Diebold genau gemeint haben könnte.

„Das braucht Sie nicht zu interessieren", hatte ihre Vermieterin resolut erklärt und sich verabschiedet, selbstredend, ohne einen angemessenen Obolus für Eleonores Dienste im Weidenkörbchen zu hinterlegen. Eleonore hatte ihren Ärger hinuntergeschluckt und sich stattdessen der weitaus spannenderen Aufgabe gewidmet, Ordnung in Gertruds Nachlass zu bringen. Es war dunkel geworden, als sie die „Dossiers", wie sie die Akten jetzt nannte, in drei verschiedene Stapel aufgeteilt hatte. Der erste enthielt die ihr unbekannten Namen, Eleonore schob ihn zur Seite, damit konnte sie sich später befassen. Der zweite war der bei weitem umfangreichste, hier waren Gertruds Anmerkungen zu mehr oder weniger prominenten Persönlichkeiten versammelt, angereichert mit einem großen Teil der Zeitungsausschnitte und Fotos. Sicherlich interessant, aber auch diesen Stapel hob sich Eleonore für später auf. Am viel versprechendsten erschien ihr der dritte Stapel, eine wahre Fundgrube mit Informationen über Menschen, die zu Gertruds und Eleonores gemeinsamem Bekanntenkreis zählten. Hier fand sich das Dossier über jene Gisela, der sie Gertruds Bekanntschaft verdankt hatte ebenso, wie das über Frau Winkler oder eines über Dr. Riesling vom Erdgeschoss. Sie packte diesen dritten Stapel in einen Aktenkoffer, verließ die Wohnung und schätzte sich glücklich, am nahe gelegenen Taxiplatz einen wartenden Wagen vorzufinden. Eleonore setzte sich hinein, nannte ihr Fahrtziel und beobachtete müßig die rote Ampel, vor der das Taxi warten musste, als ein Streifenwagen mit eingeschaltetem Blaulicht über die Kreuzung schoss und auf einer kleinen Verkehrsinsel zum Stehen kam. Zwei Polizisten stiegen aus und sahen nach oben. Eleonore folgte ihrem Blick, konnte aber nicht sofort etwas Außergewöhnliches entdecken. Die Ampel schaltete auf Grün, das Taxi fuhr an und just in diesem Moment bemerkte sie, dass in Gertrud Diebolds Wohnzimmer das Licht ausgeschaltet wurde. Eleonore wunderte sich ein bisschen, nahm dann aber an, dass Ralph damit begonnen hatte, die Wohnung seiner Mutter zu räumen. Damit hatte sie auch eine Erklärung für das Vorhandensein der Dossiers in der grünen Tonne und darüber hinaus ein gutes Gewissen, denn wenn Ralph Gertruds Akten wegwarf, konnte auch niemand etwas dagegen haben, dass sie sie an sich genommen hatte. Zufrieden ließ sie sich in die Birkenwaldstraße fahren und gab dem Fahrer ein großzügig bemessenes Trinkgeld.

* * *

„I want to break free", schmetterte Freddie Mercury, Gott hab ihn selig, durch Emmerichs Wohnung, dessen versöhnliche Stimmung einer gewissen Anspannung gewichen war. Unruhig ließ er heißes Wasser über das schmutzige Geschirr laufen und wischte es notdürftig ab. Auf sein Bier verzichtete er vorerst, sah dafür aber ständig auf die Uhr. Es dauerte quälende zwanzig Minuten, bis endlich sein Telefon klingelte. Emmerich riss den Hörer ans Ohr und bellte:

„Wer war's?"

„Ich bin's", hörte er eine erstaunte Stimme antworten.

„Oh ... ah ... hallo Spatz. Wie ... äh ... geht's denn so?" Emmerich hatte Gabis angekündigten Anruf völlig verdrängt, doch das musste er ja nicht unbedingt zugeben.

„Prima. Schade, dass du nicht hier sein kannst. Heute ist Barbecue am Strand mit Ouzo-Probe."

„Ouzo-Probe? Tatsächlich?" Er sah auf die Uhr und behielt sein Handy im Auge.

„Stimmt etwas nicht? Du klingst so komisch."

„Alles bestens. Mir geht's gut."

„Gestern haben wir Knossos besichtigt, vorhin waren wir in Heraklion", berichtete Gabi. „Ich hab uns ein neues Tischtuch gekauft."

„Viel Vergnügen damit."

„Wie bitte? Hörst du mir überhaupt zu?"

„Was?"

„Ich fragte, ob du mir zuhörst?"

„Koloss, Herakles, Taschentuch", intonierte Emmerich stakkatoartig. „Natürlich höre ich dir zu, Spatz."

Gabi schien sich über irgendetwas zu amüsieren, denn sie lachte schallend.

„Weißt du was, ich erzähl dir's, wenn wir wieder zu Hause sind. Jule sagt, du hättest einen neuen Fall."

„Hab ich."

„Aber am Samstag kommst du uns trotzdem am Flughafen abholen?"

„Warum Samstag? Ich dachte, ihr kommt am Sonntag zurück."

„Hasi." Er konnte Gabis Gesicht mit den in gespielter Verzweiflung himmelwärts blickenden Augen vor sich sehen, obwohl es sich gerade in einigen tausend Kilometern Entfernung befand. „Ich hab's dir aufgeschrieben. Der Zettel liegt ..."

„Ich weiß, wo der Zettel liegt", sagte Emmerich hastig.

„Wenn du nicht da bist, nehmen wir ein Taxi."

„Ein Taxi vom Flughafen kostet fünfzig Euro. Mindestens."

„Eben", gab Emmerichs Gattin trocken zurück. „Also streng dich an. Was machst du gerade?"

„Mirko wollte noch anrufen, wir haben vielleicht eine neue Spur."

„Dann will ich nicht länger stören. Wir gehen jetzt essen."

„Guten Appetit."

„Danke. Wolltest du mir nicht noch was sagen?"

„Was denn?"

„Ich liebe dich."

Emmerich antwortete pflichtschuldig „Ich dich auch", musste aber feststellen, dass Gabi das Gespräch beendet hatte. Die halbe Stunde, die er Frenzel zugestanden hatte, war um. Er griff sich das Handy im selben Moment, als dessen Nummer im Display angezeigt wurde.

„Und?"

„Wir sind zu spät gekommen, es war niemand mehr da. Nur die alte Griechin vom vierten Stock. Sie hat im Treppenhaus gewartet."

„Hat sie jemanden gesehen?"

„Hat sie. Wir haben sie nur um ein paar Minuten verpasst."

„Wen? Hör auf, die Sache spannend zu machen."

„Frau Winkler."

„Allerhand", empörte sich Emmerich. „Was denkt die sich, ein polizeiliches Siegel zu ignorieren und einfach so mir nichts, dir nichts ..."

„Reiner", unterbrach ihn Frenzel. „Da war kein Siegel mehr. Du hast nicht gesagt, dass ich noch mal eines anbringen sollte."

„Sakrament, muss ich denn alles ...", explodierte Emmerich und hielt jäh inne, als ihm einfiel, dass er derjenige war, der Gertrud Diebolds Wohnung als Letzter betreten hatte. „Was kann sie da gewollt haben?"

„Sie ist die Vermieterin. Vielleicht wollte sie nur die Heizung abstellen oder etwas in der Art."

„Das werden wir morgen herausfinden."

„Nicht wir", sagte Frenzel trocken. „Ich hab morgen frei."

„Stimmt. Und du bist sicher, dass du das durchziehen willst? Wo der Fall gerade anfängt, spannend zu werden?"

„Weißt du, wann ich den Urlaub eingereicht habe? Im April. Weißt du, was ich tun werde? Ich fahre mit meiner Oma in den Schwarzwald. Familientreffen. Und jetzt, wenn's recht ist, gehe ich wieder zu ihr zurück und esse zu Ende."

„War nur ne Frage."

„Aber keine gute. Gitti wird dir bestimmt eine echte Stütze sein."

„Das wird man sehen. Viel Vergnügen."

„Du mich auch."

In Schlafanzug und Strickjacke machte es sich Emmerich wenig später auf dem Sofa bequem. Aus dem Regal hatte er sich das Buch eines finnischen Autors genommen, das Gabi erst kürzlich gelesen hatte und das den viel versprechenden Titel „Der wunderbare Massenselbstmord" trug. Als musikalische Begleitung hatte er Eric Clapton gewählt und sich außerdem ein Bier geöffnet. Das Buch entsprach Emmerichs Sinn fürs Absurde, trotzdem dauerte es nicht lange, bis die gefühlvollen Klänge der Stratocaster seine Gedanken abschweifen ließen. Keine Viertelstunde später atmete Emmerich tief und regelmäßig, was den Kater dazu veranlasste, sich sein Plätzchen auf dessen Brustkorb zu suchen, wo er sich behaglich zusammenrollte und bald ebenso fest schlief wie sein Herrchen.

* * *

In der Birkenwaldstraße saß an ihrem großen Esstisch Eleonore Schloms beim Vesper, bestehend aus Kernbeißerbrot, Quark mit Kümmel, frischen Radieschen und einer Geflügelsülze. Dazu trank sie ungesüßten Schwarztee und las nebenher Gertruds Dossiers. Sie hatte mit den Blättern begonnen, die sich mit ihrer Person beschäftigten und festgestellt, dass die alte Journalistin eigentlich fast alles über sie herausgefunden hatte, was es herauszufinden gab. Nicht nur, dass nahezu ihr gesamter Klientenstamm, versehen mit Bemerkungen und Querverweisen zu anderen Dossiers, hier aufgelistet war, nein, auch die Namen von Ex-Freunden oder -Partnern waren vermerkt, ebenso wie ihre früheren Arbeitgeber. Auch die Tatsache, dass der letzte sich nicht ohne Grund von ihr getrennt hatte, fehlte nicht. Es war schon beinahe zehn Jahre her, als Eleonore ein an und für sich durchdachtes System entwickelt hatte, wie man Haftpflichtschäden zum Vorteil des Kunden regulierte und selbst auch noch einen bescheidenen Profit erzielte. Sie hatte es nicht übertrieben und sich mehr als ein halbes Jahr auf der sicheren Seite gewähnt. Bis heute war ihr nicht ganz klar gewesen, warum ihr damaliger Chef ihr dennoch auf die Schliche gekommen war. Aus Gertruds Akten erfuhr sie endlich, dass die Versicherung einen Privatdetektiv auf sie angesetzt hatte. Ihre Nachbarin selbst aber hatte nie auch nur ein Wort darüber fallen lassen, dass sie all dies gewusst hatte, ebenso wenig, wie sie sich jemals über einen der übrigen Hausbewohner geäußert hatte. Sonja Sorrentins Akte beispielsweise erwies sich als recht aufschlussreich und bot mehr als genug Stoff für eine gemütliche Klatsch- und Tratschrunde, dennoch hatte es nie eine solche gegeben. Gertrud hatte all diese Informationen einfach nur gesammelt, so wie andere alte Damen Porzellantassen, Puppen oder Katzenfiguren sammelten. Eleonore stellte sich vor, wie sie abends in dieser Sammlung wie in einem Fotoalbum geblättert hatte, gelegentlich hier und da etwas hinzugefügt oder ein neues Dossier angelegt und sich an ihrem gesammelten Wissen klammheimlich erfreut hatte. So etwas passte zu der Gertrud Diebold, die sie gekannt hatte, sie war keine Frau gewesen, die viel Wind um eine Kleinigkeit machte, sondern eher eine zwar aufgeschlossene, aber dennoch ruhige Persönlichkeit. Wenn sie eine Meinung vertrat, hatte sie das deutlich und resolut gekonnt, ohne dabei laut oder unsachlich zu werden, über Kinkerlitzchen wie Regine Hüblers Kinderwagen im Flur, der Anlass für immer wiederkehrende Diskussionen im Haus bildete, sah sie großzügig hinweg. Eleonore wusste, dass sie einige Male mit der Sorrentin aneinandergeraten war, nun konnte sie sich auch denken, warum. Durfte man dem entsprechenden Dossier glauben, dann hatte die Frau Doktor nicht nur in der Vergangenheit tablettensüchtige Menschen mit Medikamenten versorgt und dafür kräftig kassiert, sondern verdiente sich auch heute noch ein hübsches Nebeneinkommen in Form von satten Provisionen einer Privatklinik, an die sie regelmäßig Patienten überwies, deren Gesundheitszustand einen Klinikaufenthalt eigentlich nicht erforderte. Eleonore überlegte, ob Gertrud wohl so weit gegangen war, die Psychologin mit ihrem Wissen zu erpressen, nahm aber wieder Abstand von dieser Idee. Der Lebensstil ihrer Nachbarin war ein bescheidener gewesen, die Dossiers dagegen boten genug Material, um eine potenzielle Erpresserin bis ans Ende ihrer Tage zu versorgen. Nein, wahrscheinlich hatte Gertrud Sonja Sorrentin lediglich darauf angesprochen, vielleicht verbunden mit dem Hinweis, dass dies kein korrektes Vorgehen war und sie etwas dagegen unternehmen würde. Etwas in dieser Art musste wohl der Anlass für die Behauptungen der Psychologin gewesen sein, Gertrud wäre nicht mehr ganz richtig im Kopf. Eine Unverschämtheit, wenn man es genau bedachte, doch Gertrud selbst hatte diese Behauptungen in keiner Weise ernst genommen. Eleonore beschloss, sich diese Sichtweise der Dinge ebenfalls zu eigen zu machen und blätterte weiter. Auch Dr. Rieslings Akte barg Erstaunliches. Der Zahnarzt war nicht nur Mitglied eines Dentisten-Kabaretts und einer akademischen Verbindung, sondern auch mehrerer Saunaklubs. Letztere pflegte er mit seiner Arzthelferin aufzusuchen, während seine Gattin zu Hause mit der Aufzucht der Kinder beschäftigt war. Eleonore konnte sich nur wundern über die Fülle der vor ihr ausgebreiteten Informationen und noch viel mehr darüber, wie um alles in der Welt Gertrud Diebold sich all diese Details beschafft hatte. Darüber jedoch gaben die Akten keine Auskunft, hier waren nur Ergebnisse notiert, nicht aber die Wege, die zu denselben geführt hatten.

Insgesamt gab es neunzehn Dossiers, die Eleonore mit nach Hause genommen hatte, Lesestoff für gute zwei Stunden und noch eine dritte, in der sie über das Gelesene nachdachte, als ihr plötzlich und ohne besonderen Grund Frau Winklers Bemerkung wieder in den Sinn kam.

Schade um die alte Diebold, wirklich schade. Worüber hatten sie gesprochen? Über Senator Fritz, genannt „Poldi“. Warum war die Winkler von ihm auf Gertrud gekommen? Eleonore trank ihren letzten Schluck Tee, blätterte sich nochmals durch den Stapel und suchte Christine Winklers Dossier heraus. Sorgfältig las sie alle Stichworte durch und kam zu dem Schluss, etwas übersehen zu haben. Etwas, das sich noch in einem der beiden Stapel befinden musste, die sie am Hölderlinplatz zurückgelassen hatte.

16

„Ich wusste, dass die Ratte gefährlich ist", sagte Frau Sonderbar und beugte den Kopf über sein Gesicht. „Sie drückt Ihnen das Blut ab, Ihre Füße werden erfrieren."

„Rufen Sie einen Arzt."

Emmerich spürte tatsächlich etwas Warmes, viel zu Großes auf seiner Brust, während seine Füße eiskalt waren.

„Dr. Zweigle ist mit Ihrer Frau auf Kreta. Er verprobt ihre Ouzo-Werte. Aber der Notarzt ist unterwegs, er wird sicher gleich amputieren."

„Nein."

Mit einem gequälten Schrei fuhr Emmerich auf, „Der wunderbare Massenselbstmord" fiel geräuschvoll zu Boden und der Kater verdrückte sich mit einem unwilligen Maunzen in die Küche. Ohne Decke auf dem Sofa einzuschlafen, war keine besonders gute Idee gewesen. Schlotternd lauschte Emmerich dem verhallenden Martinshorn nach, das ihn geweckt hatte und sah auf die Uhr. Viertel vor fünf. Unter normalen Umständen sorgte Gabi dafür, dass er zu gegebener Zeit das eheliche Schlafzimmer aufsuchte, doch die Umstände waren eben nicht normal. Wenn man es genau nahm, standen ihm noch weitere zwei Stunden Schlaf zu, was er jetzt aber um einiges dringender benötigte, war eine heiße Dusche. Das bedeutete, dass er sich über die geltende Hausordnung hinwegsetzen musste, die das Duschen zwischen 22.00 Uhr und 6.00 Uhr verbot, was ihm ein schlechtes Gewissen verschaffte, ihn aber nicht von seinem Vorhaben abhielt. Die Extremitäten eines amtierenden Kriminalhauptkommissars waren zweifellos zu wertvoll um dauerhaften Kälteschäden ausgesetzt zu werden und letzten Endes war ja auch Gabi schuld, was musste sie nach Kreta fahren und ihn seinem Schicksal überlassen, nur damit Dr. Zweigle ihre Ouzo-Werte verproben konnte. Jetzt hatte er das unbestimmte Gefühl, etwas durcheinanderzubringen, schlaftrunken stand Emmerich auf, wackelte auf unsicheren Beinen durchs Zimmer, um den CD-Spieler auszuschalten und schüttete mit einem Anflug von Bedauern den Rest des angebrochenen Bieres ins Klo. Das heiße Wasser der Dusche belebte und erwärmte ihn gleichermaßen, er genoss es ausgiebig, seifte sich hingebungsvoll ein und rubbelte sich mit einem Handtuch in Übergröße ab, dessen Anschaffung alles andere als billig gewesen war. Anschließend putzte er das Bad, wie er es sich vorgenommen hatte und suchte in Jules Zimmer die Streu für Seppls Käfig heraus. Als vorbildlicher Vater und Ehemann würde er diesen Käfig heute Abend noch reinigen, außerdem den Inhalt des Katzenklos erneuern und, falls die Zeit noch reichte, auch die Betten frisch beziehen. Jetzt hatte er jedenfalls noch eine gute Stunde für ein gemütliches Frühstück mit dem Kater, der in den letzten Monaten des Öfteren durch Seppls Anwesenheit von seinem angestammten Platz am Tisch verdrängt worden war. Emmerich hielt dies insgeheim für nicht besonders fair, schließlich hatte Mohrle die älteren Rechte. Jule dagegen war der nicht gänzlich unzutreffenden Ansicht, dass der Kater zu dick war und es ihm auf die Dauer nicht bekam, von ihrem Vater mit Salamistückchen und Käsewürfelchen vollgestopft zu werden. Der heutige Tag bildete daher eine Ausnahme, Herrchen und Kater genossen sie in stiller Übereinkunft.

„Wir machen das morgen noch mal", versprach Emmerich, während er die Arbeitsflächen in der Küche nass abwischte. „Sollst ja schließlich nicht leben wie ein Hund."

Mohrle gab ein zustimmendes Schnurren von sich, schlabberte etwas Wasser und suchte mit einem anmutigen Satz die Höhle des Kratzbaumes auf, wo er, wie Emmerich wusste, nur darauf wartete, die Wohnung für sich zu haben. Den Rest des Tages verbrachte er, je nach Laune, auf dem Sofa oder in Gabis Bett.

Er verabschiedete sich artig von seinem vierbeinigen Freund und ging zum Auto. Stadtauswärts hielt sich der Stau um diese Tageszeit in Grenzen, dennoch benötigte er nur einige Minuten weniger zu seinem Büro als mit der Straßenbahn. Er war seit vierunddreißig Jahren im Besitz eines Führerscheins, doch der Spaß am Fahren war ihm irgendwann abhanden gekommen. Das lag zum einen daran, dass es heutzutage keine schönen Autos mehr gab. Seine, oder besser gesagt Gabis, sechs Jahre alte Mercedes A-Klasse mochte praktisch sein, windschlüpfriger, sicherer und Sprit sparender als ihre Vorgänger, schön war sie nicht. Schön war der Opel Kapitän seines Großvaters mit den Weißwandreifen gewesen, der VW-Variant-Kombi seiner Eltern hatte wenigstens noch so etwas wie Charakter gehabt. Selbst seine eigenen, ersten Fahrzeuge, eine rostige, grüne Ente und danach ein ockerfarbener Ford Capri erschienen ihm im Rückblick wie ein automobiler Traum angesichts des heutigen Einerleis von entweder knubbeligen Kleinwagen oder bulligen Limousinen, von denen die Hälfte silbergrau zu sein hatte. Das einzige Auto, das Emmerich noch gefiel, wurde in Stuttgart-Zuffenhausen gebaut, doch einen Porsche 911 würde er sich wahrscheinlich in diesem Leben nicht leisten können.

Der andere Grund, weshalb er nicht mehr gerne fuhr, war die Verkehrsdichte. Staus im Berufsverkehr hatte es auch früher schon gegeben, heute jedoch genügte der Ausfall einer einzigen Ampelanlage irgendwo im Stadtgebiet oder ein Unfall auf einer der umliegenden Bundesstraßen, und das Chaos schlängelte sich dominoartig durch den gesamten Stuttgarter Talkessel. Parkplätze waren ein rares Gut geworden, wer einen ergatterte, gab ihn, wie Emmerich, nur in dringenden Fällen wieder auf. Die Zeit, die man durch die Fahrt mit dem Auto sparte, benötigte man anschließend für die Suche nach einem Stellplatz.

Im Büro erwartete ihn bereits Frau Sonderbar und verkündete mit kryptischer Stimme:

„Der Chef will Sie sprechen."

Emmerichs friedliche Morgenstimmung schwand dahin.

„Warum?"

„Das entzieht sich meiner Kenntnis."

Er öffnete die Tür zu seinem Büro und sog prüfend die Luft ein. „Soll ich zu ihm?"

„Ein Anruf genügt", entgegnete Frau Sonderbar mit gerümpfter Nase. „Dieses Tier, wenn ich mir erlauben darf, das zu sagen, ist recht deutlich zu riechen."

„Dürfen Sie, dürfen Sie", sagte Emmerich leutselig. „Ich nehme ihn heute Abend auch wieder mit heim."

„Freut mich zu hören." Frau Sonderbar wandte ihre Aufmerksamkeit dem Bildschirm zu. Emmerich kratzte sich hinter dem Ohr.

„Ich hätte da noch einen kleinen Auftrag für Sie."

„Bitte."

„Zwei Kollegen zum Hölderlinplatz. Ich müsste wissen, ob in der Nähe des Drogeriemarktes jemand beim Telefonieren gesehen wurde. Die fragliche Zeit kennen Sie ja."

„Wenn Sie meinen." Frau Sonderbar griff mit einer Hand zum Hörer und mit der anderen in die Schublade mit den Formularen. Emmerich trat die Flucht an. Das schräg gestellte Fenster zeigte etwas Wirkung, wie er fand. In seinem Büro war es wohl empfindlich kalt, der Geruch erschien ihm jedoch weitaus weniger streng als am Vortag. Er schloss das Fenster, behielt die Jacke an, setzte sich an seinen Schreibtisch und wählte die Nummer seines Vorgesetzten.

„Ah, Sie sind's", sagte der jovial nach dem ersten Klingeln. „Wie kommen Sie voran? Gibt es etwas Neues für die Presse?"

„Noch nicht. Der Fall ist kompliziert und die Personaldecke dünn. Frenzel hat heute frei."

„Sie wissen doch, wie es ist. Millionen für Kunst und Kultur, aber bei der Polizei wird gespart."

„Kunst und Kultur sind auch nötig. Man nennt es, glaube ich, Zivilisation."

„Sehr witzig, Emmerich, wirklich", schnaubte der Chef. „Ich jedenfalls will keine ungelösten Mordfälle zum Jahresende. Das ist schlecht für die Statistik."

„Das Jahr dauert meines Wissens nach noch zwei Monate."

„Und Sie kriegen das bis dahin so weit?"

„Wir tun, was wir können", erklärte Emmerich lapidar. Versprechen, von denen er nicht wusste, ob sie einlösbar waren, machte er schon lange nicht mehr.

„Nächste Woche will ich Ihren vorläufigen Bericht. Wie kommen Sie mit der neuen Kollegin klar?"

Daher also wehte der Wind. Es kam selten vor, dass der Chef sich im Anfangsstadium eines so wenig öffentlichkeitswirksamen Falles, wie es der Mord an einer alten Frau war, bereits persönlich einmischte. Normalerweise ließ er sich durch Frau Sonderbar auf dem Laufenden halten, die jetzt durch die Tür lugte und Zeichen machte.

„Bestens", sagte Emmerich deshalb knapp. Der Chef schniefte vernehmlich.

„Falls es Schwierigkeiten gibt, sagen Sie es mir."

„Schwierigkeiten welcher Art?"

„Was weiß ich ... vielleicht, weil ... na, irgendwelche Schwierigkeiten eben. Kann man ja nie wissen."

„Nein", stimmte Emmerich höflich zu. „Sonst noch etwas?"

„Danke. Denken Sie an den Bericht. Schönes Wochenende."

Emmerich legte auf und sah zu Frau Sonderbar.

„Was gibt es?"

„Ich habe draußen ein Gespräch für Sie. Eine Frau Kienle."

„Stellen Sie's durch."

Er wartete, bis der Summton erklang und nahm erneut den Hörer zur Hand.

„Frau Kienle, Sie sind früh auf den Beinen."

„Morgenstund hat Gold im Mund, nicht wahr?", sagte Frau Kienle. „Sie haben doch gesagt, ich soll anläuten, wenn mir noch etwas einfällt."

„Das ist richtig. Ihnen ist also noch etwas eingefallen?"

„So kann man das nicht sagen."

„Wie dann?"

„Also, mir ist nicht direkt etwas eingefallen, ich habe mehr etwas herausbekommen."

„Frau Kienle?", fragte Emmerich streng. „Sie spielen doch nicht etwa Detektiv?"

„Aber nein, was denken Sie denn? Ich habe nur ein wenig telefoniert."

„Bitte mischen Sie sich in nichts ein, wodurch Sie in Gefahr geraten könnten. Ihre Freundin wurde umgebracht."

„Mir passiert schon nix", erklärte Frau Kienle mit Inbrunst. „Ich mache das schlau."

„Das hat Gertrud Diebold sicherlich auch gedacht."

„Wollen Sie jetzt wissen, was ich weiß oder nicht?"

„Schießen Sie los."

„Also, die Eva, die ist seit zwei Wochen ziemlich aus der Spur. Es hat etwas mit ihrem Enkel zu tun." Frau Kienle sagte nicht wirklich „Enkel", sondern hängte den schwäbischen Diminutiv an und machte ein „Enkele" daraus.

„Und weiter?"

„Nichts weiter. Deshalb haben die sich gestritten."

„Wegen eines Enkelkindes von Frau Mayer? Das ist alles?"

„Ich meine ja nur ... Sie sagten, ich soll anläuten, wenn ..."

„Liebe Frau Kienle, ich danke Ihnen vielmals für diese überaus interessante Mitteilung", sagte Emmerich unter konzentrierter Anspannung sämtlicher, ihm zur Verfügung stehender Geduldsfäden. „Einen schönen Tag noch und alles Gute."

Er legte auf und wollte gerade Frau Sonderbar davon unterrichten, dass er derzeit keine weiteren Anrufe entgegennehmen könne, als Gitti Kerner das Büro betrat.

„Morgen", sagte sie gähnend, setzte sich und wies mit dem Kinn auf den Karton Zuffenhäuser Berg, Trollinger trocken. „Haben Sie eigentlich nicht vor, diesen Wein da zu trinken?"

„Heute nehme ich ihn mit, ich bin mit dem Auto da."

Tatsächlich fristete dieser Karton sein Dasein schon seit geraumer Zeit in Emmerichs Büro. Irgendwie hatte er sich an sein Vorhandensein gewöhnt, nachdem er ihn zum Abschluss einer Ermittlung von einem Nebenerwerbswinzer aufgedrängt bekommen hatte. Er war sich nicht ganz sicher gewesen, ob er den Wein überhaupt annehmen durfte und hatte eigentlich vorgehabt, ihn bei einer betrieblichen Feier zu spendieren. Nur hatte sich seither kein derartiger Anlass ergeben, und jetzt gedachte er, Gabi mit einem Willkommenstrunk zu überraschen. Um im Dezernat nicht als Raffzahn dazustehen, nahm er eine der Flaschen aus dem Sechser-Karton heraus, stellte sie vor Gitti hin und trug eine zweite ins Sekretariat.

„Haben wir was zu feiern?", fragte Frau Sonderbar mit hochgezogenen Brauen.

„Novemberbeginn", schlug Emmerich vor und ging zurück in sein Büro, wo er auf einer dritten Flasche einen gelben Zettel mit der Aufschrift „Frenzel" anbrachte.

„Danke sehr", sagte Gitti. „Wie war es auf dem Killesberg?"

„Eigenartig", entgegnete Emmerich, erzählte vom falschen Dr. Armbruster und zeigte Gitti die Mappe mit den Exposés. „Haben Sie sich bei Ihren ehemaligen Kollegen erkundigen können?"

„Mmh", machte Gitti. „Die haben einiges über diesen Fritz, aber nichts wirklich Handfestes."

„Das bedeutet was?"

„Erstens mal heißt er nicht Leopold, sondern Bertram mit Vornamen. Es ist aber nicht strafbar, sich einen anderen Namen zuzulegen, sofern man ihn nicht im Verkehr mit Behörden, Banken oder Ähnlichem benutzt. Leopold ist sozusagen sein Künstlername."

„Schöner Künstler. Was aber ist mit seiner Firma, darin kommt der Name doch auch vor?"

„Das spielt in diesem Fall keine Rolle. Die Firma ist eine sogenannte ‚Limited', das ist das angelsächsische Äquivalent zu unserer GmbH. Viel leichter zu gründen, aber ebenfalls eine juristische Person. Juristische Personen können sich Fantasienamen zulegen, das ist kein Problem."

„Aber ist er nicht der Geschäftsführer oder der Inhaber?"

„Muss nicht sein." Gitti fasste in ihre vielfarbig gemusterte Umhängetasche, holte ein Blatt Papier hervor und legte es vor Emmerich hin. „Dies ist eine Liste von Firmen, mit denen Bertram Fritz in den letzten Jahren hausieren ging. Nicht eine davon hat ihm gehört, zumindest auf dem Papier nicht. Er hat immer einen Strohmann, häufiger noch eine Strohfrau gefunden."

Ungläubig starrte Emmerich auf die Liste. *Leopold Consulting Ltd., L & F Management Ltd., Fritz Buildings Ltd.* und so weiter.

„Verstehe ich nicht. Was ist aus den Firmen geworden?"

„Man muss dazu wissen, dass bei diesen ausländischen Limiteds meist viel weniger Kapital vorhanden ist, als man es bei uns für eine Firmengründung benötigt. Diese hier jedenfalls sind alle insolvent. Immer nach demselben Muster."

„Erklären Sie mir das."

„Ich versuche es mal." Gitti Kerner legte die Stirn in Falten und dachte nach. „Nehmen wir an, Firma X plant ein Bauprojekt, zum Beispiel in den neuen Bundesländern. Dafür gibt es Zuschüsse und Subventionen. Von den Kommunen, den Ländern, vom Staat und, je nach Lage der Dinge, auch von der Europäischen Union. Außerdem Kredite von diversen Banken, richtig dickes Geld. Können Sie mir folgen?"

„Bis jetzt schon."

„Dann nehmen wir weiter an, der Firma X gelingt es, all diese Institutionen von der Notwendigkeit ihres Vorhabens zu überzeugen. Ein paar hübsche Präsentationen hier, aufwändige Geschäftsessen mit den Entscheidungsträgern dort und vielleicht noch ein paar diskrete Geldumschläge erweisen sich dabei im Allgemeinen als ungeheuer hilfreich."

„Es ist weit gekommen mit unserem Land."

„Globalisierung bedeutet eben auch Anpassung an internationale Spielregeln."

Emmerich kritzelte Kringel und Schlangenlinien auf das Papier vor ihm.

„Ich glaube kaum, dass wir heute noch fertig werden, wenn wir dieses Thema jetzt ausdiskutieren."

„Da haben Sie sicher recht." Gitti grinste schief. „Gehen wir also davon aus, dass das Projekt genehmigt ist, die ersten Gelder fließen, der Bau beginnt. Nun sorgen widrige Umstände für Probleme und Verzögerungen. Das Ganze verteuert sich, man braucht mehr Geld. Oft dauert es zwei oder drei Jahre, bis irgendjemand von offizieller Seite feststellt, dass sich das Projekt nicht so entwickelt, wie es geplant war."

„Was geschieht dann?"

„Dann geht plötzlich alles ganz schnell. Firma X gerät in Zahlungsschwierigkeiten, die Mitarbeiter warten auf ihre Gehälter, die Krankenkassen auf die Beiträge zur Sozialversicherung, die Handwerker auf die Bezahlung ihrer Rechnungen und die Banken auf die Raten für die Kredite. Die Geschäftsführerin ist völlig überfordert, der Steuerberater meldet den Konkurs an. So weit alles klar?"

„Nicht ganz." Emmerich rauchte der Kopf. „Wo ist das Geld geblieben?"

„Weg", sagte Gitti schlicht. „Damit werden schon in der Anfangsphase horrende Berater- und Dienstleistungshonorare bezahlt. Zum Beispiel an freie Ingenieur- oder Planungsbüros. Von dem, was übrig bleibt, wird zum Schein der Betrieb noch eine Weile aufrechterhalten, aber irgendwann ist damit Schluss."

„Um welche Summen geht es da?"

„Millionen. Das Traurige daran ist, dass der Trick immer wieder funktioniert, weil diejenigen, die über die Vergabe der Gelder entscheiden, sich von den falschen Leuten beeindrucken lassen und selbst zu wenig von der Materie verstehen. Vor zwanzig Jahren wurden so Fabriken in Schwellenländern geplant, die nie gebaut wurden. Bis jemand gemerkt hat, dass in irgendeiner Wüstenregion etwas schieflief, waren die Verantwortlichen und ihre einheimischen Helfer längst über alle Berge. Das ist heute ein bisschen anders, die Welt ist vernetzter und damit kleiner geworden, aber nach der Wende herrschte eine ähnliche Goldgräberstimmung im deutschen Osten."

„Heißt es nicht, man werde aus Erfahrung klug?", sagte Emmerich kopfschüttelnd. „Solche Sachen müssten doch in der Zeitung stehen."

„Manchmal tun sie das auch", erwiderte Gitti ungerührt. „Aber im Allgemeinen sind sie zu kompliziert, um eine breite Öffentlichkeit zu interessieren. Normalerweise wird einfach eine andere Firma mit der Fertigstellung des Projektes beauftragt, und der Mantel des Schweigens über die Sache gebreitet. Niemand gibt gerne zu, dass er hereingelegt wurde, schon gar nicht Leute, die von der Gunst der Wähler abhängig sind."

„Sapperlott." Emmerich betrachtete Gitti beeindruckt. „Senator Fritz ist also einer von denen, die die horrenden Beraterhonorare kassieren, richtig?"

„Der Senator ist ebenso falsch, wie der Bauingenieur. Bertram Fritz hatte gerade mal drei Semester Jura hinter sich, als er das Studium abgebrochen hat."

„Und man kann ihm wirklich nicht an die Gurgel? Sein Name, auch wenn's der falsche ist, taucht doch überall auf."

„Keine Chance." Gitti verzog geringschätzig den Mund und zuckte die Achseln. „Solche Leute wissen, wie sie sich absichern müssen. Solange er eine Marionette findet, die den Kopf für ihn hinhält, geht da gar nichts. Fritz hat gelegentlich ein bisschen Ärger mit dem Berufsverband, weil er sich mit einem nicht vorhandenen Diplom schmückt, aber das war's auch schon. Peanuts, sozusagen."

„Nicht zu fassen." Emmerich benötigte ein paar Minuten um das Gehörte zu verdauen. Frau Sonderbar spähte durch die Tür.

„Zweimal Kaffee?"

„Bitte."

„Fritz hat hier in der Gegend noch einen Wohnsitz", fuhr Gitti Kerner fort. „Irgendein denkmalgeschütztes Gemäuer. Außerdem ein Haus auf Ibiza, eine Wohnung in Davos und einen Erstwohnsitz in Liechtenstein, der vermutlich die Größe eines Briefkastens hat."

„Steuern zahlt er also auch nicht."

„I wo."

„Schade." Emmerich beobachtete Seppl, der auf das Dach seines Häuschens geklettert war, und die Nasenspitze durch die Gitterstäbe des Käfigs reckte.

„Wieso schade?"

„Schade, dass er's nicht war. Unser Täter, meine ich. Dann hätten wir ihn im Sack."

„Milch und Zucker, Frau Kerner?", fragte Frau Sonderbar von draußen.

„Nur Milch, bitte", sagte Gitti zerstreut. „Das wäre wohl etwas weit hergeholt. Warum sind Sie eigentlich zu diesem Empfang gegangen?"

„Vermutlich, weil ich nichts Besseres zu tun hatte. Es war ja auch ganz interessant. Nur geholfen hat es nicht viel."

Frau Sonderbar brachte zwei Tassen mit GdP-Stern und stellte sie auf den Schreibtisch.

„Bleiben Sie heute im Büro?", wollte sie wissen.

„Nein." Emmerich pustete und schlürfte vorsichtig. Der Kaffee seiner Sekretärin war erfahrungsgemäß heiß. „Genau genommen sind wir bereits weg."

„Und das Tier holen Sie heute Abend ab?"

„Ebenfalls nein. Seppl nehme ich gleich mit, wer weiß, ob ich heute noch mal hereinkomme."

„Aha", sagte Frau Sonderbar und ging ohne einen weiteren Kommentar hinaus.

„Wo sind wir denn, wenn wir nicht mehr hier sind?", fragte Gitti Kerner neugierig.

„Am Hölderlinplatz."

„Und was machen wir da?"

„Wir überprüfen Frau Dr. Sorrentins Aussage oder besser gesagt, die ihrer Sprechstundenhilfe. Danach entwickeln wir etwas Fantasie." Emmerich erklärte seine wenig fundierte Theorie über den möglichen Verbleib der fehlenden Ordner. An Kerners gerunzelter Stirn konnte er ablesen, dass sie dieser Theorie skeptisch gegenüberstand.

„Sie dürfen jederzeit einen besseren Vorschlag machen", ermunterte er die Kollegin. „Mir fällt, abgesehen von ein paar Fragen an Frau Winkler, die sich gestern Abend in Frau Diebolds Wohnung herumgetrieben hat, im Moment nicht mehr viel ein."

„Gestern Abend? Woher wissen Sie das?"

Emmerich berichtete von seinen Gesprächen mit dem Ehepaar Georgiadis und Mirko Frenzel, trank seinen Kaffee aus und deutete auf den Rattenkäfig und den Karton.

„Ich denke, wir können das vorab erledigen, sie wohnt nicht weit weg vom Hölderlinplatz. Würden Sie mir eventuell beim Tragen helfen? Der Käfig wird wohl leichter sein."

„Kein Problem. Ich nehme aber lieber den Wein."

Sie hatten gerade samt ihren Lasten Frau Sonderbars Zimmer mit den besten Wünschen für ein schönes Wochenende verlassen, als das Telefon dort klingelte.

„Herr Emmerich", rief die Sekretärin.

„Keine Zeit", knurrte der Hauptkommissar und drückte die Tür mit der Ferse zu.

17

Eleonore Schloms hatte eine unruhige Nacht verbracht. Nachdem ihr Interesse an dem von Gertrud Diebold zusammengetragenen Wissen erlahmt war, hatte sie sich noch ein Glas Wein genehmigt und war zeitig zu Bett gegangen, ohne wirklich müde zu sein. Dies hatte sich als Fehler entpuppt. Im Dunkeln war ihr die erste Frage, die sich ihr angesichts der Papiere gestellt hatte, wieder in den Sinn gekommen. Gertrud war nun seit einer Woche tot. Am Dienstag, als Eleonore ihren eigenen Müll entsorgt hatte, waren diese Papiere noch nicht in der Tonne gelegen. Würde Ralph Diebold als Erstes das Archiv seiner Mutter wegwerfen? Jetzt, nachdem sie darin gelesen hatte, erschien Eleonore dies plötzlich schwer vorstellbar. Was aber, wenn es nicht Ralph gewesen war, der die Akten in die Mülltonne befördert hatte? Wer hatte es dann getan? Eleonore hatte sich von einer Seite auf die andere und wieder zurück gewälzt, war zur Toilette gegangen und hatte ein Glas Milch getrunken, Schlaf hatte sie dennoch nicht gefunden. Je länger sie darüber nachdachte, umso mehr drängte sich ihr eine Antwort auf diese Frage auf, die ihr gar nicht behagte. Gegen drei Uhr früh hatte sie es schließlich aufgegeben und das Tarotdeck, das sie in ihrem Nachttisch aufbewahrte, herausgenommen. Es waren andere, kunstvoller gestaltete Karten, als die, welche sie normalerweise am Hölderlinplatz benutzte, sie tat sich ein bisschen schwer mit den ungewohnten Symbolen. Dennoch war die Antwort auf ihre stumm formulierte Frage mehr als verständlich. Sie hatte – As der Stäbe – aus einem Impuls heraus gehandelt und das war – Acht der Münzen – ein Fehler gewesen, der obendrein – Neun der Schwerter – auch noch überaus peinliche Folgen haben konnte.

Eleonore mischte neu und stellte ihre zweite Frage. Hier fiel das Ergebnis weniger eindeutig aus, doch sie fand sich in ihren Befürchtungen bestätigt. Die Wahrscheinlichkeit, dass es Gertruds Mörder gewesen war, der die Dossiers der Mülltonne überantwortet hatte, war groß und sie, Eleonore Schloms, hatte dieses Beweismaterial entfernt. Möglicherweise befanden sich ihre Fingerabdrücke nun in trauter Eintracht mit denen des Täters auf den kartonierten Deckblättern. Die logische Fortsetzung dieses Gedankens versetzte sie endgültig in ein Stadium nervöser Aufmerksamkeit. Gertruds Mörder war zurückgekehrt, um diese Papiere an Ort und Stelle wieder loszuwerden. Was, wenn er nun herausfand, dass sie sie genommen hatte?

Wie soll er das denn herausfinden?, beruhigte sie sich selbst. *Es hat doch niemand gesehen, dass du an der Tonne warst.* Aber konnte sie dessen sicher sein? Korrekt wäre es gewesen, die Polizei von ihrem Fund in Kenntnis zu setzen. Dass sie es nicht sofort getan hatte, war nicht mehr zu ändern, aber hatte sie nicht die Pflicht, diesen Fehler baldmöglichst zu korrigieren? Das aber bedeutete mit größter Wahrscheinlichkeit, dass sie sich von Gertruds Archiv verabschieden konnte. Widerstrebend gelangte Eleonore zu der Erkenntnis, dass dieser Schritt unumgänglich war. Für einen Moment spielte sie mit dem Gedanken, Ralph Diebold anzurufen und ihn zu fragen, ob er etwas von den Papieren wisse, verwarf ihn aber augenblicklich wieder. Am Ende weckte sie so noch schlafende Hunde und es war Ralph selbst gewesen, der seine Mutter ... Nein, sie hatte kein Interesse daran, sich selbst in Gefahr zu bringen, das war nicht eine dieser Akten wert. Das Wichtigste daraus kannte sie nun, sie würde sich noch ein paar Notizen machen und das Archiv, wie es sich gehörte, bei der Polizei abliefern.

Eleonore war nun endgültig wach, sie nutzte die gewonnene Zeit für ein ausgiebiges Yoga-Programm und ein darauffolgendes, opulentes Frühstück. Anschließend fuhr sie zum Hölderlinplatz, stellte ihren Wagen auf den kleinen Parkplatz vor dem Drogeriemarkt und wurde von zwei Polizisten angesprochen. Ob sie am Dienstagvormittag jemanden in der Nähe beim Telefonieren mit einem Handy gesehen habe? Eleonore verneinte und ging weiter, während die Polizisten eine andere Frau ansprachen, die offenbar mehr zu sagen hatte. Im Treppenhaus begegnete sie dem tätowierten Punk vom fünften Stock, von dem sie jetzt wusste, dass er ein talentierter Dichter war, der seine Miete regelmäßig bezahlte. Das Leben hielt eben stets Überraschungen bereit, sie grüßte freundlich und wurde mit einem charmanten Grinsen belohnt.

„Ich hab Sie auf dem Killesberg gesehen", sagte Niklas Munz. „Sehr schick, der Hut. Will Frau Winkler sich da oben einkaufen?"

„Dazu kann ich Ihnen nichts sagen", entgegnete Eleonore und fand, dass der Junge auch sonst recht aufgeweckt zu sein schien.

„Aber vielleicht ihr. Richten sie ihr einen schönen Gruß von mir aus, der Mann ist ein Betrüger."

„Was wissen Sie denn darüber?"

„Ein anderes Mal. Jetzt habe ich keine Zeit."

Munz eilte die Treppe hinunter, und Eleonore sperrte verdrießlich ihre Tür auf. Sie hoffte, dass außer dem jungen Mann niemand sie erkannt hatte, doch auch hier kamen Zweifel auf. Sie war im Allgemeinen eine Frau, die ihr Leben in Ordnung hielt und es ganz und gar nicht schätzte, den Tag mit einer solchen Ansammlung von Unsicherheitsfaktoren beginnen zu müssen. Einen davon würde sie demnächst beseitigt haben, sie benötigte eine gute Stunde, dann griff sie zum Hörer und wählte die Nummer des Kommissars. Alles, was sie von der altjüngferlichen Sekretärin erfuhr, war die Tatsache, dass dieser sein Büro gerade verlassen hatte. Eleonore bat um Rückruf, verstaute Gertruds Papiere mit einem Anflug von Bedauern wieder in den Plastiktüten, setzte Tee auf und wartete auf die Klientin, deren Besuch sie am Dienstag hatte verschieben müssen.

* * *

Wein und Seppl hatten auf dem Rücksitz Platz gefunden, Emmerich und Kerner fuhren die Kräherwaldstraße entlang.

„Was ist das hier?", fragte Gitti und deutete auf übergroße Buchstaben, die den Asphalt verunzierten. „Eine neue Form von Straßengraffiti?"

Emmerich lachte. „Das sind die Überbleibsel der Rad-Weltmeisterschaft im September. Wahre Fans machen das so, die schreiben die Namen ihrer Favoriten auf die Straße."

„Sie meinen dieses Doping-Spektakel? Das hätte sich Stuttgart nach meiner Meinung echt sparen können."

„Was wollen Sie? Unsere Sportbürgermeisterin hat es immerhin bis ins Erste Deutsche Fernsehen gebracht."

„Ist es das, worum es dabei geht?"

„Ich vermute mal." Emmerich drosselte das Tempo, um der Radarfalle zu entgehen. „Warum reißen sich Städte für teures Geld um die Ausrichtung solcher Veranstaltungen?"

„Imagegewinn und Medienpräsenz. Der Sport bleibt dabei auf der Strecke."

„Mögen Sie Sport?"

Sie passierten den Reit- und Fahrverein, Emmerich ordnete sich links ein.

„Ich weiß nicht", sagte Gitti Kerner nachdenklich. „Es gibt ihn eben. Man ist daran gewöhnt. Die Stimmung bei der Fußball-Weltmeisterschaft war ja auch wirklich toll. Wollten wir nicht zu Frau Winkler? Dann ist das hier die falsche Spur."

„Diesmal weiß ich es besser. Man erreicht den Honoldweg genauso gut über die Hauptmannsreute."

Einige Minuten später parkte Emmerich den kleinen Mercedes, sie stiegen die Treppen zu dem Natursteinhaus empor und klingelten.

„Sie kommen mir gerade recht", begrüßte sie Frau Winkler. „Ich möchte eine Anzeige erstatten. Bitte hier entlang."

„Eine Anzeige", wiederholte Emmerich, während sie zu einer Sitzgruppe geleitet wurden. „Ich glaube nicht, dass wir da die geeigneten Ansprechpartner sind."

„Sie sind doch von der Polizei, oder?"

„Das schon, aber ..."

„Hier haben Sie Papier und einen Stift. Und jetzt hören Sie mir zu."

„Falsch, Frau Winkler." Emmerich lehnte sich zurück und schlug die Beine übereinander. „Bitte setzen Sie sich, und dann hören Sie *mir* zu. Was wollten Sie gestern Abend in Gertrud Diebolds Wohnung?"

„Gestern Abend? Woher wissen Sie das überhaupt?"

„Sie bestreiten also nicht, dass Sie dort waren?"

„Bestreiten, dass ich ...?" Frau Winkler sah entgeistert drein. „Warum sollte ich das bestreiten? Das ist meine Wohnung, mein Haus, ich kann da doch wohl ein- und ausgehen, wie es mir passt."

Emmerich bemerkte, wie Gitti Kerner sich neben ihm auf dem Sofa anspannte, versetzte ihr einen leisen Knuff mit dem Ellbogen und räusperte sich.

„Frau Winkler, ich habe Ihnen doch gesagt, dass wir Ihnen Bescheid geben, wenn Sie in die Wohnung können. Haben Sie einen solchen Bescheid bekommen?"

„Das brauche ich nicht. Es war kein Siegel mehr an der Tür."

„Wäre möglich, dass Sie da falsch liegen."

„Was soll das?" Christine Winkler baute sich vor der Sitzgruppe auf und stemmte einen Arm in die Hüfte. „Hab ich mich jetzt strafbar gemacht?"

„Wir können über alles reden", sagte Emmerich beschwichtigend. „Wenn Sie mir ehrlich sagen, was Sie in der Wohnung gesucht haben."

„Woher wollen Sie denn wissen, dass ich etwas gesucht habe?"

„Wir wissen ja auch, dass Sie dort waren."

Christine Winklers Arm sank herab und sie wirkte verunsichert. „Und Sie drehen mir ganz bestimmt keinen Strick daraus?", vergewisserte sie sich argwöhnisch.

„Das kommt darauf an. Wenn Sie absichtlich Beweismaterial vernichtet oder entfernt haben ..."

„Ich habe nichts dergleichen getan. Nur eine Information, mehr wollte ich nicht."

„Sie haben also nichts mitgenommen?"

„Selbstverständlich nicht", entgegnete Frau Winkler steif. Emmerich wies auf einen etwas überdimensionierten Sessel.

„Wollen Sie sich nicht setzen? Ich schließe daraus, dass Sie die gesuchte Information nicht gefunden haben."

„Ja." Frau Winkler glitt in den Sessel und zündete sich eine Zigarette an. „Das ganze Archiv ist weg. Frau Diebolds Archiv, meine ich. Wahrscheinlich haben ja Sie es."

„Ein Archiv?", fragte Emmerich. „Was hat man sich darunter vorzustellen?"

„Sie haben es nicht, sonst wüssten Sie, wovon ich spreche." Frau Winkler blies Rauch in die Luft und wirkte entspannter. Im Zimmer war es so still, dass man das Ticken einer altertümlichen Schrankuhr hören konnte, die auf einem antiken Intarsienmöbel thronte. Emmerich sagte nichts, setzte aber ein erwartungsvolles Lächeln auf. Gitti Kerner sagte ebenfalls nichts, weil sie sich keinen Rüffel einhandeln wollte. Die Sekunden verstrichen. Von draußen hörte man das Rauschen eines auf dem nahen Bahndamm vorbeifahrenden Zuges.

„Worauf warten Sie denn noch?", unterbrach Frau Winkler schließlich das Schweigen.

„Sie könnten uns etwas erzählen", schlug Emmerich vor. „Über das

Archiv zum Beispiel oder über die Art der Information, die Sie suchten. Oder warum Sie überhaupt wussten, dass Frau Diebold ein solches Archiv besaß. Es liegt mir wirklich fern, Ihnen Unannehmlichkeiten bereiten zu wollen, dafür erwarte ich aber Kooperation."

„Also schön." Frau Winkler drückte ihre Zigarette in einem schwer aussehenden, zinnernen Aschenbecher aus. „Ich muss allerdings etwas ausholen."

„Tun Sie das. Wir haben Zeit."

„Was ich Ihnen neulich gesagt habe, wegen der Heizung, das war nicht ganz richtig. Tatsächlich habe ich Frau Diebold später noch einmal gesehen."

„Wann war das?"

„Am Donnerstag letzter Woche. Wir haben zusammen in ihrer Wohnung Kaffee getrunken."

Die überzähligen Tassen, dachte Emmerich. *Die fremde, weibliche DNA.* Laut sagte er:

„Um wie viel Uhr?"

„Ich kam gegen drei und bin etwa eine Stunde später wieder gegangen."

„Das heißt, Sie sind vermutlich die letzte Person, die Frau Diebold lebend gesehen hat, abgesehen vom Täter natürlich."

„So sieht es aus", sagte Frau Winkler kläglich.

„Was war der Anlass Ihres Besuches?"

Die Gastgeberin bedachte Emmerich mit einem schwer zu deutenden Blick und ging zu einem spindelbeinigen Sekretär an der gegenüberliegenden Seite des Raumes.

„Dies hier", sagte sie, öffnete eine Schublade und nahm ein Blatt heraus, das sie Emmerich reichte.

Sehr geehrte Frau Winkler, las er und hielt das Blatt so, dass auch Gitti mitlesen konnte. *Ich wende mich an Sie mit einem dringenden Anliegen, Ihre Mieterin Gertrud Diebold betreffend. Frau Diebold spioniert mir nach, schädigt meinen guten Ruf in der Umgebung durch unlautere Behauptungen und konspiriert mit Frau Schloms. Mehrere persönliche Begegnungen lassen mich zu dem Schluss kommen, dass Frau Diebold unter einer altersbedingten Psychose leidet und nicht mehr alleine leben kann. Ich denke, Sie sollten dies wissen und entsprechende Maßnahmen einleiten. Mit einem entsprechenden Gut-*

achten bin ich Ihnen gerne behilflich. Mit freundlichen Grüßen, Dr. Sonja Sorrentin.

„Konspiriert mit Frau Schloms", zitierte Gitti Kerner stirnrunzelnd. „Eine seltsame Wortwahl."

„Durchaus", stimmte Emmerich zu und wandte sich wieder an Frau Winkler.

„Sie sind also hingegangen, um ... äh ... geeignete Maßnahmen zu ergreifen?"

„Das musste ich tun. Mein Onkel und ich können es uns nicht leisten, dass jemand in einer unserer Wohnungen verwahrlost. Haben Sie eine Vorstellung davon, wie eine solche Wohnung am Ende aussehen kann?"

„Leider ja", sagte Emmerich, der etwas in dieser Art erwartet hatte, als man ihn am Montag zum Hölderlinplatz gerufen hatte. Küchen voller schimmeliger Essensreste, altmodische Öfen mit von der Flamme angekokelten Papierbergen darum herum, Schlafzimmer, die diesen Namen nicht mehr verdienten, weil die Matratzen mit Körperflüssigkeiten durchtränkt waren – doch, Emmerich wusste, in welch erbärmlichem Zustand sich menschliche Behausungen inmitten einer eigentlich zivilisierten Großstadt befinden konnten. Und er kannte auch die Schwierigkeiten der Vermieter, die die Bewohner derartiger Behausungen loswerden wollten und in den meisten Fällen auf den Kosten für die Renovierung sitzen blieben.

„Ich bin also hingegangen und habe mich mit ihr unterhalten", fuhr Frau Winkler fort. „Wie hätte ich ahnen sollen, dass sie kurz darauf ... dass jemand ihr einfach so ..."

„Den Schädel einschlägt", ergänzte Emmerich mit absichtlicher Brutalität. „Deshalb haben Sie diesen Besuch mir gegenüber sicherheitshalber nicht erwähnt."

„Ich dachte, es ist vielleicht nicht so wichtig", sagte Frau Winkler lahm und setzte sich wieder in den Sessel.

„Bitte schildern Sie mir Ihr Gespräch mit Frau Diebold. Was für einen Eindruck hat sie auf Sie gemacht?"

„Völlig normal. Es ist mir schleierhaft, wie diese Sorrentin auf die Idee mit der Psychose verfallen konnte. Frau Diebold war eine intelligente Frau. Sie hat sofort bemerkt, dass ich sie nur unter einem Vorwand aufgesucht habe und wollte wissen, weshalb ich wirklich kam."

„Und Sie haben es ihr gesagt?"

„Ich habe ein paar Andeutungen gemacht. Daraufhin ging sie zu ihrer Schrankwand und nahm einen Ordner heraus. So etwas haben Sie noch nicht gesehen, ich schwöre es Ihnen. Aber sie war ja auch früher mal Journalistin, nicht wahr?"

Frau Winkler zündetet sich eine neue Zigarette an, und zu Emmerichs Überraschung fragte Gitti Kerner neben ihm, ob sie auch eine haben könne. Packung, Feuerzeug und der schwere Aschenbecher wurden über den Tisch geschoben, Gitti nahm sich einen Glimmstängel und unterdrückte mühsam ein Husten. Frau Winkler beäugte sie erstaunt, enthielt sich aber eines Kommentars.

„Was habe ich noch nicht gesehen?", fragte Emmerich.

„Sie hatte eine enorme Sammlung, die alte Diebold. Ein ganzes – wie soll ich sagen – Kapitel nur über diese Sorrentin. Wo sie geboren wurde, wo sie studiert hat, wo sie gearbeitet hat. Es muss eine Art Hobby von ihr gewesen sein. Der ganze Ordner war voll mit Informationen über irgendwelche Leute. Nicht nur über Frau Dr. Sorrentin."

„Was hat Frau Diebold zu den Vorwürfen gesagt?"

„Gelacht hat sie. Die Frau Doktor hat wohl selbst einen Haufen Probleme. Berufliche, psychische und finanzielle. Letztere bekomme ich immer dann zu spüren, wenn sie ihre Miete nicht bezahlt. Unser Gespräch war jedenfalls recht aufschlussreich."

„War Frau Diebold vielleicht irgendwie nervös? Aufgeregt?"

Frau Winkler dachte nach und schüttelte den Kopf. „Wie ich schon sagte, mir kam sie völlig normal vor. So wie immer. Darf ich Ihnen etwas zu trinken anbieten?"

„Nein, danke", sagte Emmerich und „Ja, bitte", Gitti Kerner. Frau Winkler erhob sich, lächelte maliziös, nahm drei Gläser aus dem Schrank und verließ das Zimmer.

„Der Aschenbecher", würgte Gitti, drückte ihre Zigarette aus und hob das zinnerne Ungetüm an. „Da ist grüner Filz unten dran."

Christine Winkler kam mit einer Flasche Mineralwasser zurück und schenkte ein. Emmerich nahm einen Schluck.

„Warum waren Sie denn nun gestern Abend dort? In Frau Diebolds Wohnung?"

„Ja, das", sagte Frau Winkler gedehnt, trank ebenfalls und zog den Aschenbecher auf ihre Seite des Tisches zurück. „Ich dachte, ich finde in diesem Archiv vielleicht noch andere Dinge. Über die ... anderen Mieter, wenn Sie verstehen, was ich meine. Das war möglicherweise nicht ganz richtig von mir, aber ich wollte die Gelegenheit wahrnehmen, bevor es weg ist. Irgendwer wird die Sachen ja wohl erben, nehme ich an."

„Das war absolut nicht richtig", bestätigte Emmerich streng und stand auf. „Trotzdem danke für die Information. Diesen Aschenbecher nehmen wir übrigens jetzt samt Inhalt mit."

„Meinen Aschenbecher? Das ist ein Erbstück von meinem Urgroßvater, den können Sie nicht einfach ..."

„Sie bekommen ihn zurück, wenn wir ihn nicht mehr benötigen. Gitti!"

Kerner zog eine Plastiktüte aus ihrer Tasche und hievte den Aschenbecher hinein.

„Allerhand." Frau Winkler pumpte ihren ohnehin nicht gerade schmalen Brustkorb auf.

„Sie hören von mir", sagte Emmerich und ging zur Tür, wo er sich umdrehte und sich dabei vorkam wie Inspektor Columbo. „Bevor ich's vergesse, gegen wen wollten Sie eigentlich Anzeige erstatten?"

„Ich denke, das lasse ich doch lieber bleiben", entgegnete Frau Winkler mit rotem Kopf.

„Gut beobachtet", meinte Emmerich, als sie zurück zum Wagen gingen und wies mit dem Kinn auf die Plastiktüte. „Nur rauchen können Sie nicht. Warum haben Sie es überhaupt versucht?"

„Ich hielt es für eine unauffällige Methode, den Ascher genauer zu inspizieren."

„Das ist Ihnen gelungen, aber unauffällig war es nicht."

„Ich werd's mir merken. Was die Leute an dem Qualm nur finden?"

„Die Geschmäcker sind verschieden", sagte Emmerich, sperrte den kleinen Mercedes auf, setzte sich hinein und wartete, bis Gitti Kerner auf dem Beifahrersitz Platz genommen hatte.

„Ich nehme an, die Zigarettenkippen werden für den DNA-Abgleich ausreichen. Dann ist wenigstens ein Rätsel gelöst. Wie sieht der Boden des Aschers aus?"

„Grün." Kerner drehte die Tüte samt Inhalt und hielt sie gegen das Licht.

„Wir überlassen ihn der Spurensicherung." Emmerich startete den Wagen. „Allzu große Hoffnung, dass er die Tatwaffe ist, mache ich mir nicht."

„Dafür wissen wir jetzt, was es mit den fehlenden Ordnern auf sich hat."

„So sieht es aus."

„Frau Dr. Sorrentin scheint es außerdem ziemlich wichtig gehabt zu haben, Gertrud Diebold loszuwerden."

„Auch das."

Sie hatten den Hölderlinplatz nach einigen hundert Metern erreicht.

„Hier gibt es tatsächlich noch weniger Parkplätze als bei mir im Stuttgarter Osten", stellte Emmerich missmutig fest. „Nicht mal im Halteverbot ist Platz."

„Da vorne wird was frei."

Kerner deutete auf eine gebrechlich wirkende Frau mit einem Mops im Schlepptau, die einen schweren Geländewagen ansteuerte. Mops und Frau stiegen in das Fahrzeug und begannen ein Ausparkmanöver, das mehrere Minuten in Anspruch nahm. Emmerich setzte den Blinker und wartete.

„Laufen geht nicht mehr, aber fahren noch gut", brummelte er vor sich hin. „Hauptsach, an fetta Karra onterm Arsch."

„Entschuldigung, ich habe Sie nicht verstanden", sagte Gitti an seiner Seite.

„Das macht rein gar nichts."

Der Geländewagen entfernte sich im Schritttempo und Emmerich fuhr in die frei gewordene Lücke.

„Als Nächstes würde ich mich gerne mit Frau Dr. Sorrentins Sprechstundenhilfe unterhalten, möglichst nicht gerade unter den Augen ihrer Chefin." Er zückte sein Handy und schaltete es ein. „Haben Sie mal die Nummer der Praxis?"

Während Kerner in der Umhängetasche nach ihrem Notizbuch suchte, zeigte das Handy durch eine melodische Tonfolge in bemerkenswert schlechter Klangqualität den Eingang einer Nachricht an.

„Frau Sonderbar", stellte Emmerich fest und wählte die Nummer seines Büros. „Ich bin's. Was gibt es denn?"

„Zwei Anrufe", verkündete die Sekretärin kühl. „Der erste kam vor eineinhalb Stunden, als Sie gerade weggegangen sind. Vielleicht hätten Sie ihn doch besser noch entgegengenommen, er scheint wichtig zu sein."

„Wer hat angerufen?"

„Die Hellseherin vom Hölderlinplatz. Sie möchten sich dringend mit ihr in Verbindung setzen."

„Weshalb?"

„Das wollte sie mir nicht sagen. Nur, dass sie Ihnen etwas zeigen müsse."

„Woraus schließen Sie, dass das wichtig ist?"

Emmerich vernahm ein leises Hüsteln.

„Wie lange arbeite ich nun schon in diesem Büro?", fragte Frau Sonderbar statt einer Antwort.

„Länger als ich", gab Emmerich zu. „Von wem kam der zweite Anruf?"

„Von Ihrer Tochter. Sie möchten bitte eine Portion Schinkenwurst, Fleischsalat und Schwarzbrot besorgen. Außerdem ... ähem ... eine Packung Damenbinden, Größe normal, ohne Flügel."

„Ohne Flügel?"

Emmerich war gerne bereit, seinen heimkehrenden Damen jeden Wunsch zu erfüllen, doch jetzt fühlte er sich überfordert.

„Ich gebe Ihnen die Kollegin Kerner."

Er reichte das Handy weiter und beobachtete angewidert, wie sich Gittis Gesicht während des kurzen Gesprächs zu einem amüsierten Grinsen verzog. Im Leben von Frauen gab es Geheimnisse, die ein Mann nie verstehen würde, auch wenn er sich noch so sehr bemühte.

„Da gibt es überhaupt nichts zu lachen", sagte er barsch, nachdem Kerner die Verbindung unterbrochen hatte. „Und damit wir uns richtig verstehen: Dieses Zeug werden Sie für mich einkaufen."

18

„Madame Mercure", rief Eleonores Klientin, stürmte in den kleinen Flur und warf einen Pelzmantel, von dem Eleonore wusste, dass er ein kleines Vermögen gekostet hatte, auf den dafür vorgesehenen Haken.

„Madame Madeleine", grüßte sie ein wenig gedämpfter, ließ es aber dennoch zu, auf beide Wangen einen flüchtigen Kuss gedrückt zu bekommen. Im Allgemeinen schätzte sie die allgegenwärtige Küsschenverteilerei überhaupt nicht, doch hier wusste sie wenigstens, dass die Geste ehrlich gemeint war. Ihre Klientin war eine Frau in den Vierzigern, die man früher „rassig" genannt hätte. Zu einer wallenden, roten Mähne trug sie ein tief ausgeschnittenes Kleid und eine schwere, goldene Kette im tief gebräunten Dekolleté. Für sich selbst hätte Eleonore ein derartiges Auftreten als vollkommen unangebracht empfunden, zu Madeleine jedoch passte es. Beide Madames benutzten diese Anrede stets ein wenig scherzhaft, jede war sich darüber im Klaren, dass der wahre Name der anderen in ihren Gesprächen nichts zu suchen hatte. Instinktiv wahrten sie eine gewisse Distanz zueinander, dennoch konnte man ihr Verhältnis herzlich nennen.

Madeleine, in hochhackigen, schwarzen Stiefeln einen guten Kopf größer als Eleonore, stolzierte ins Wohnzimmer und sank dekorativ auf das Sofa.

„Ich brauche dringend deinen Rat, Madame. Wirklich dringend."

„Wo drückt der Schuh?"

Madeleine schlug die blickdicht bestrumpften, perfekt geformten Beine übereinander.

„Du weißt, dass ich in meinem Etablissement Wert auf gehobenes Publikum lege?"

„Sicher weiß ich das."

Eleonore hatte dieses Etablissement, das sich hinter einer unscheinbaren Bürofassade an der Bundesstraße 10 im Stadtteil Wangen verbarg, einmal besucht. Es gab dort nichts Kitschiges, sie erinnerte sich an marmorne Bäder, exotische Pflanzen und eine elegante Bar. Auf die Besichtigung der Zimmer hatte sie verzichtet, doch glaubte sie Madeleines Versicherungen, dass auch dort alles vom Feinsten war. Entsprechend gesalzen waren die Preise, die gewährleisteten, dass sich keine verschwitzten Händler vom nahen Großmarkt oder übermüdete Fernfahrer dort einfanden.

„Nun", sagte Madeleine und nahm eine Zigarettenspitze samt Zigarette aus einem schwarzen Lackledertäschchen, „du weißt auch, dass einige unserer Herren in der hiesigen Öffentlichkeit bekannt sind, obwohl die meisten von weiter weg kommen. Das Publikum schätzt unsere Diskretion, sie macht mindestens die Hälfte unseres guten Rufes aus."

Eleonore schob ihrer Klientin einen Ascher hin und nickte zustimmend.

„Seit einigen Wochen haben wir einen neuen Besucher, einen sehr eleganten Herrn. Anzüge vom Schneider, italienische Schuhe, Taschenuhr aus der Schweiz. Kein Protzer, ein vornehmer Mann. Zumindest machte er diesen Eindruck."

„Machte?"

„Lass mich zu Ende erzählen."

Madeleine gab sich Feuer und rauchte in der Art einer Filmdiva aus den schwarz-weißen Zeiten des Fernsehens.

„Dieser Herr kam ein- oder zweimal alleine, doch dann nur noch in Begleitung. Und in was für einer. Der reinste Stuttgarter Honoratiorenstammtisch, nur dass wir eben keine Besenwirtschaft sind, sondern ein Puff. Er hat sie alle freigehalten, die schönsten Mädchen, der beste Champagner, alles bar bezahlt."

„Donnerwetter", sagte Eleonore, „muss ja ein Krösus sein."

„So außergewöhnlich ist das auch wieder nicht. Wobei, das muss ich leider sagen, das Geschäft mit den betrieblich veranlassten Feiern etwas nachgelassen hat. Die Herrschaften sind vorsichtiger geworden, seit die Sache bei VW aufgeflogen ist. Aber darüber wollte ich nicht sprechen."

„Betrieblich veranlasste Feiern", wiederholte Eleonore. „Gestatte, dass ich staune."

„Ich könnte dir noch viel mehr Sachen zum Staunen erzählen. Letzte Woche jedenfalls waren sie wieder da, alle miteinander, elf Gäste insgesamt. Das übliche Spiel, nur mit erheblich mehr Aufwand. Besondere

Wünsche, Sonderausstattung auf den Zimmern und alles bis drei Uhr morgens. Meine Mädels waren fix und fertig."

„Kann ich mir vorstellen."

Madeleine lachte herzlich. „Nein, kannst du nicht, und das ist auch gut so. Du hast keine Ahnung, wie es in unserem Geschäft manchmal zugeht."

„Dann eben nicht. Wo ist nun das Problem?"

„Das Problem ist mein Umsatz, es ging um ein Vielfaches mehr als an den Abenden zuvor."

„Darf man fragen, um wie viel?"

„So um die fünfzigtausend Euro."

Eleonore starrte stumm ihr Gegenüber an. Ihr war stets klar gewesen, dass es in Madeleines Klub um mehr als Taschengeld ging, diese Summe jedoch überstieg ihre Vorstellungskraft.

„Nur fürs Vögeln?", fragte sie ungläubig.

„Zuzüglich Büfett, Getränke, Special-Service und Mehrwertsteuer. Da kommt schnell was zusammen."

„N... n... natürlich", stotterte Eleonore beeindruckt. „Die ... äh ... Mehrwertsteuer hatte ich völlig vergessen. Verstehe ich es richtig, dass er dieses Mal nicht bezahlt hat?"

„Du hast es erfasst, meine Gute. Die Fete war zu Ende, da hat er behauptet, sein Chauffeur sei irrtümlich schon nach Hause gefahren und sein Geld noch im Auto."

„Was hast du gemacht?"

„Ein blödes Gesicht, vermutlich. Ich hab ihn gefragt, wie er sich das vorstellt."

„Und was hat er gesagt?"

„Sich tausendmal entschuldigt. Wie peinlich das alles wäre. Wo doch der Service so exzellent gewesen sei. Und er ja auch wiederkommen wolle, als Stammkunde sozusagen. Zugesülzt hat er mich nach Strich und Faden. Und ich dumme Kuh war zu müde, was er sicher genau gewusst hat. Das letzte Mal, dass ich auf einen Mann hereingefallen bin, liegt immerhin zwanzig Jahre zurück." Madeleine ballte die Hände zu Fäusten.

„Das heißt, du hast ihn gehen lassen?"

„Er hat mir seine Kreditkarten als Pfand angeboten. Ich dürfe sie aber nicht benutzen, er wollte am nächsten Abend zurück sein und die Summe bezahlen. In bar, wie immer. Auch das ist kein völlig unübliches Vorgehen, es kommt gelegentlich vor, dass einer unserer Gäste nicht genug dabei hat. Wer aber am nächsten Tag nicht kam, war dieser Mann."

„Du hast die Kreditkarten benutzt?"

„Ich wollte es. Aber dann ... leck mich am Arsch ... alle falsch."

Madeleine nahm eine Brieftasche aus weichem Leder aus ihrer Handtasche und warf sie wütend auf den Couchtisch. „Sieh dir das an."

„Schicke Börse, immerhin."

Eleonore langte nach der Brieftasche, klappte sie auf, zog silberne und goldene Plastikkärtchen heraus und legte die Stirn in Falten.

„Außen hui und innen pfui", schnaubte Madeleine. „Was glotzt du so dämlich?"

„Dieser Name", sagte Eleonore langsam. „Dr. Reginald Armbruster. Der kommt mir bekannt vor. Warte mal." Sie stand auf, fand nach kurzem Suchen die Tageszeitung und blätterte darin.

„Sag bloß nicht, dass du ihn kennst." Madeleine riss die sorgfältig geschminkten Augen auf.

Eleonore hatte gefunden, was sie gesucht hatte und legte die Zeitung aufgeschlagen vor ihrer Klientin auf den Tisch.

„Ist er das?", fragte sie und deutete auf das Bild eines kleinen Mannes mit beginnender Glatze, der hinter einem Rednerpult stand.

„Nee", sagte Madeleine entschieden. „Unser Gockelchen sieht völlig anders aus." Ihr Blick wanderte die Seite hinab und wurde groß. „Aber das hier, das ist er." Eine beringte Hand mit überlangen Fingernägeln zeigte auf ein Brustbild von Senator Leopold Fritz. „Das muss ein älteres Foto von ihm sein, er sieht heute anders aus, aber er ist es, ich bin sicher. Ist dir nicht gut?"

„Hrmpf", gluckste Eleonore. „Gockelchen. Hihi."

Madeleine sah ihre Beinahe-Freundin streng an.

„Gockelchen ist noch verhältnismäßig harmlos. Was glaubst du wohl, wie wir die Herrschaften sonst noch so nennen dürfen?"

„Keine Ahnung."

„Besser so. Jetzt hör auf zu lachen und sag mir, wer das ist."

„Ein gewisser ... hrmpf ... Senator Leopold Fritz."

„Und wo finde ich den?"

Eleonore zog die Schultern hoch und unterdrückte ihr Lachen.

„Das kann ich dir leider nicht sagen. Warum kommt er mit den Kreditkarten von Dr. Armbruster zu dir?"

„Frag mich was Leichteres." Madeleine studierte den Artikel über die Veranstaltung im Congresszentrum B. „Sauhund", murmelte sie leise, aber vernehmbar. „Hat wohl gedacht, ich finde ihn nicht, weil ich bloß ne dumme, kleine Hure bin. Aber die Welt ist klein."

Sie deutete auf Sven Zumbach, der am Tisch neben dem Rednerpult saß und Dr. Armbrusters Worten zu lauschen schien.

„Der da", sagte sie triumphierend, „der war auch dabei. Und über den weiß ich was, das mir helfen wird, mein Geld zu bekommen. Gib mir die Tarotkarten, ich will wissen, ob mein Plan gut ist."

* * *

Emmerich wählte die Nummer der Praxis Dr. Sorrentin und hatte Glück. Die Sprechstundenhilfe erklärte, dass eigentlich geschlossen, sie aber mit der Ablage beschäftigt sei. Die Psychologin selbst wurde frühestens in einer Stunde erwartet. Er kündigte sein und Gitti Kerners Kommen in den nächsten Minuten an und lenkte dann seine Schritte in Richtung des Drogeriemarktes. Auf dem Parkplatz davor hielt ein Streifenwagen, dessen Besatzung mit frischen Laugenbrezeln in der Hand neben dem Fahrzeug stand. Emmerich nahm zehn Euro aus seinem Geldbeutel und reichte sie Gitti.

„Bitte. Seien Sie so lieb und holen Sie mir da drin dieses Zeug ohne Flügel. Und lassen Sie sich eine Tüte dazu geben."

„Eine undurchsichtige Tüte?" Gitti zwinkerte und nahm das Geld. „Kostet wahrscheinlich extra."

„Egal."

Auch wenn Emmerich unnötige Ausgaben in klassischer, schwäbische Manier gewöhnlich vermied, so ging seine Sparsamkeit doch nicht so weit, dass er mit einer, für jedermann sichtbaren Packung Damenbinden unter dem Arm, ob nun flügellos oder nicht, Zeugen zu befragen gedachte. Er wartete, bis Gitti im Drogeriemarkt verschwunden war, und wandte sich an die kauenden Streifenbeamten.

„Emmerich, Dezernat eins. Schon was rausgefunden?"

Der Jüngere der beiden schluckte hektisch, während der Ältere seelenruhig den Rest seiner Brezel in den Mund schob und nickte.

„Mmmmh."

„Lassen Sie sich Zeit", empfahl Emmerich. „Zu schnelles Essen geht auf den Magen."

„Wir haben mehrere Zeugen, die zum fraglichen Zeitpunkt Personen beim Telefonieren mit einem Handy beobachtet haben," sagte der jüngere Mann eifrig. „Auf die Minute festlegen will sich aber niemand."

„Verständlich."

„Da waren einmal zwei Schülerinnen, die sind hier entlang die Kornbergstraße hinuntergegangen. Beide hatten ein Handy am Ohr. Dann gab es einen jungen Mann mit einer Wollmütze, der gegenüber an der Ecke gestanden hat. Eine Frau in einem dunklen Mantel hat direkt auf dem Parkplatz telefoniert und ist in einen ebenfalls dunklen Wagen gestiegen. Außerdem ein Jugendlicher mit gefärbten Haaren und Nietengürtel da oben vor der Post."

„Die Adressen der Zeugen haben Sie?"

„Was denken Sie denn?" Der ältere Mann hatte zu Ende gekaut. „Wir sind vielleicht nicht so toll, wie ihr bei der Kripo, aber deshalb noch lange nicht ..."

„Weiß ich doch", warf Emmerich hastig ein. „Schönen Dank auch."

„Nichts zu danken, ist schließlich unser Job", sagte der Ältere und öffnete die Wagentür. „Wir verschwinden dann mal wieder. Mahlzeit."

„Mahlzeit."

Emmerich hob grüßend die Hand und spähte zur Tür des Drogeriemarktes, den Gitti Kerner gerade mit einer kleinen Tüte in der Hand verließ. Er nahm Tüte und Restgeld entgegen. Während der wenigen Schritte zu ihrem eigentlichen Ziel berichtete er Gitti, was der jüngere Polizist gesagt hatte.

In Sonja Sorrentins Praxis war es dunkel und kalt, die Rollläden waren geschlossen. Lediglich am Arbeitsplatz der Sprechstundenhilfe brannte eine Schreibtischlampe und beleuchtete Karteikästen nebst den dazugehörigen Karten. Die junge Frau selbst trug nicht den üblichen, weißen Kittel, sondern Jeans und einen warmen Pullover.

„Wie ich schon sagte, eigentlich ist heute geschlossen", empfing sie die Kommissare.

„Wir bleiben nicht lange. Meine Kollegin hat nur noch eine Frage an Sie."

Emmerich nickte Gitti zu.

„Sie haben ausgesagt, dass Ihre Chefin die Praxis am vergangenen Donnerstagnachmittag nicht verlassen hat. Bleiben Sie bei dieser Aussage?"

„Ja." Die Sprechstundenhilfe wirkte verunsichert.

„Wir haben eine Zeugin, die etwas anderes behauptet."

„Das ... äh ... wäre möglich."

Emmerich hörte, wie Gitti tief Luft holte.

„Was denn nun?", fragte sie scharf. „War sie hier oder war sie weg?"

„Sie war weg. Aber nur ganz kurz. Auf der Post."

„Warum haben Sie das nicht gleich gesagt?"

„Ich ... weil ... es ..."

„Sie hat's Ihnen verboten, nicht wahr?", mischte sich Emmerich ein.

„Ja."

„Wann ist sie zurückgekommen?"

„Ich weiß nicht mehr. Vielleicht kurz nach vier?"

„Vielleicht oder sicher?"

„Wahrscheinlich."

„Ich würde gerne einen Blick in ihr Zimmer werfen."

„Ich weiß nicht, ob ..."

„Sie nicht, aber wir."

Emmerich öffnete die Tür zu Sprechzimmer, schaltete das Licht an und sah hinein. Im Zimmer stand ein aufgeräumter Schreibtisch mit Monitor und den üblichen Büro-Utensilien. Zwei Stühle davor, einer dahinter und an der Wand ein Regal mit psychologischer Fachliteratur. Gegenüber eine Liege mit Lederbezug. Keine Ordner.

„Wo bewahren Sie denn die Akten auf? Schriftwechsel oder so?"

„Dort." Die Sprechstundenhilfe deutete zaghaft auf die Tür zum dritten Zimmer.

„Ist Ihnen aufgefallen, ob während der letzten Woche irgendwelche Ordner hinzugekommen sind? Welche, die Sie nicht kennen?"

„Nein."

„Dürfen wir uns selbst überzeugen?"

„Für diese Tür habe ich keinen Schlüssel."

„Schade." Emmerich dachte nach.

„Wissen sie etwas über das Verhältnis zwischen Ihrer Chefin und Frau Diebold?"

Das Gesicht der jungen Frau nahm einen schwer zu deutenden Ausdruck an.

„Glauben Sie, meine Chefin hat etwas damit zu tun, dass die Frau ... dass sie tot ist?"

„Wie kommen Sie darauf?", fragte Kerner schnell.

„Nun ja." Die Sprechstundenhilfe wich den Blicken der Kommissare aus. „Frau Diebold war einige Male hier. Nicht zur Behandlung, nur ... so. Hinterher war Frau Dr. Sorrentin jedes Mal stinksauer. Früher dachte ich immer, Psychologen wären Leute, die sich und ihre Emotionen im Griff haben. Das stimmt nicht, falls es Sie interessiert."

„Sie hat ihre schlechte Laune an Ihnen ausgelassen?", vergewisserte sich Emmerich.

„Nicht nur. Ich hab auch gehört, wie sie sich telefonisch bei der Vermieterin über Frau Diebold beschwert hat. Sogar einen Brief hat sie deshalb geschrieben."

„Aber Sie sind sicher, dass sie gegen vier Uhr wieder zurück war?"

„Sie hatte eine Patientin um Viertel nach vier. Hier ist der Eintrag, sehen Sie."

Gitti warf einen flüchtigen Blick in das aufgeschlagene Terminbuch.

„Die Aussage dieser Dame haben wir."

„Ist sie noch mal weggegangen an diesem Nachmittag?", fragte Emmerich. Die Sprechstundenhilfe schüttelte den Kopf.

„Nicht, solange ich hier war. Das war bis gegen sechs."

„Und dieses Mal sagen Sie die Wahrheit?"

„Ja. Es tut mir leid, dass ich ..."

„Geschenkt", sagte Emmerich. Es war nicht schwer, die Gedankengänge der Psychologin nachzuvollziehen. Ohne den Gang zur Post konnte sie ein lückenloses Alibi vorweisen, ihr Verhältnis zu der Ermordeten war kein gutes gewesen. Was also lag näher, als sich durch eine kleine Manipulation der Wahrheit unnötigen Fragen zu entziehen?

„Nächstes Mal sind Sie ehrlich", ermahnte er die Sprechstundenhilfe väterlich. „Nicht dass ich Ihnen wegen Behinderung der Ermittlungen noch was anhängen muss."

„Könnten Sie das wirklich?", fragte Gitti Kerner süffisant, als sie die Praxis verlassen hatten.

„Wahrscheinlich nicht", räumte Emmerich ein. „Wenn ich könnte, stünde der Aufwand in keinem Verhältnis zum Ertrag. Weshalb ich es gar nicht erst versuchen würde."

„Das dachte ich mir."

„Ach?" Emmerich fühlte sich ein wenig aus dem Konzept gebracht. Enthielt die Bemerkung der Kollegin eine versteckte Kritik? Sein Diensteifer mochte im Laufe der Jahre etwas nachgelassen haben, sicher ließ er heute öfter mal fünfe gerade sein, als er dies früher getan hatte. Dafür vertraute er auf seine Fähigkeit, Nützliches von Überflüssigem unterscheiden zu können. Machte er dadurch auf jüngere Leute einen zu laschen Eindruck? Unwillkürlich straffte er seine Körperhaltung.

„Was machen wir jetzt?", fragte Gitti sachlich.

„Schloms", entgegnete Emmerich entschlossen und ging zielstrebig zur gegenüberliegenden Tür. Die Kartenlegerin öffnete nach kurzem Warten und schüttelte den Kopf.

„Sie hat gerade Kundschaft", informierte Emmerich Gitti nach einem knappen Wortwechsel.

„Da würde ich gerne mal Mäuschen spielen", meinte Kerner. „Ob sie wirklich in die Zukunft sehen kann?"

„Sie glauben hoffentlich nicht an solches Zeug?"

„Wer weiß?" Kerner zog die Achseln hoch. „Es soll Menschen geben, die das können. Nostradamus zum Beispiel ..."

„Mittelalterliches Brimborium."

„Einige seiner Voraussagen sind eingetroffen."

„Lohkäs."

„Was?"

„Unsinn. Kommen Sie mir nicht mit so was, sondern halten Sie sich an Tatsachen. Mit Hellseherei ist noch kein Fall gelöst worden."

„Aber in Amerika ..."

„In Amerika haben sie auch andere komische Ideen. Dort soll es Leute geben, die glauben, dass Gott die Welt genauso erschaffen hat, wie es in der Bibel steht."

„Das ist doch ganz was anderes."

„Ist es nicht. Und jetzt Schluss damit, versuchen wir oben unser Glück. Was könnten wir den jungen Munz fragen?"

„Ob er es war, der vor der Post telefoniert hat", schlug Gitti vor.

„Das ist nicht viel, aber ein Anfang." Emmerich stieg die Treppe empor. „Wenn wir in der Wohnung sind, stelle ich die Fragen, und Sie sehen sich unauffällig um. Wir suchen nach Ordnern, die Frau Diebold gehört haben könnten."

„Mir war, als hätten Sie das bereits erwähnt", sagte Gitti spitz und folgte ihm. Niklas Munz allerdings öffnete nicht. Emmerich drückte sein Ohr an die Tür und lauschte, doch in der Wohnung blieb es still.

„Keiner da", sagte er und schürzte die Lippen. „Was nun?"

„Zumbach?"

My friend Sven, summte Emmerich leise vor sich hin während sie wieder hinunterstiegen.

„Was haben Sie gesagt?", fragte Gitti.

„Ich? Nichts."

„Sie sind guter Laune heute, stimmt's?"

„Möglicherweise."

Tatsächlich hellte sich Emmerichs Stimmung angesichts Gabis bevorstehender Heimkunft zusehends auf. Es gab Wichtigeres im Leben, als den Chef und seine Statistik. Nur noch ein Abend mit Eric Clapton und dem Kater, Seppl natürlich nicht zu vergessen.

„Welche Zutaten braucht man denn für ein Raclette?", fragte er, einem spontanen Einfall folgend. Raclette war ein Essen, das alle Mitglieder der Familie Emmerich, deren Geschmäcker sich sonst zum Teil erheblich voneinander unterschieden, gerne mochten.

„Käse und Kartoffeln", sagte Gitti und sah ihn erstaunt an. „Rauchfleisch, Speck, Schinken, Gürkchen, Zwiebeln, je nachdem, was man gerne mag."

„In welchen Mengen?"

„Kommt auf die Esser an."

„Würden Sie mir nachher im Supermarkt beim Einkaufen helfen? Meine Familie kommt morgen aus dem Urlaub zurück."

„Während der Dienstzeit?", fragte Gitti misstrauisch.

Emmerich nahm die letzten Treppenstufen mit einem schwungvollen, kleinen Satz.

„Was halten Sie von einer gleitenden Mittagspause?“
„Ich kann auch noch was fürs Wochenende gebrauchen.“

* * *

„Scheint mir ein merkwürdiger Plan zu sein“, sagte Eleonore Schloms, nachdem sie den ohne Voranmeldung klingelnden Kommissar und seine Kollegin auf später vetröstet hatte und sich wieder auf die Karten konzentrierte.

„Der Page da wird wohl für den jungen Mann stehen, aber der Turm lässt nicht gerade auf einen glücklichen Ausgang des Vorhabens schließen. Die Königin der Stäbe könntest du sein, aber ihre Energie wird unterdrückt, wie die Zehn hier zeigt. Was zum Teufel hast du vor?“

„Kein glücklicher Ausgang, meinst du?“ Madeleine beugte sich ebenfalls über die Karten, ihre Haare fielen dabei über ihr Gesicht und verdeckten es fast vollständig.

„Vielleicht ist meine Idee doch nicht so gut?“

„Ich kann dir keinen Rat erteilen, wenn du mir nicht sagst, worum es geht.“

„Dieser Junge“, sagte Madeleine durch ihren tizianroten Schleier hindurch und nahm den Pagen der Münzen in die Hand, „ist ein Niemand, aber er hat eine wohlhabende Verwandte. Ich kenne sie nicht persönlich, weiß aber, dass es sie gibt.“

„Was für eine Verwandte?“

„Eine Tante. Etwas in dieser Art. Auf jeden Fall eine Dame der besseren Gesellschaft.“

„Woher weißt du von ihr?“

Madeleine schob die Haare zurück und klemmte eine Strähne hinter das rechte Ohr.

„Eines meiner Mädchen hatte mal was mit dem Burschen. Ist schon ein paar Jahre her, sie glaubt nicht, dass er sie wiedererkannt hat. Diese reiche Verwandte ist jedenfalls immer eingesprungen, wenn ihr Bubi in finanziellen Schwierigkeiten steckte. Und das tat er häufig, wie mir das Mädel versichert.“

„Womöglich ist sie die Königin.“ Eleonore hielt die Karte hoch. „Wieso denkst du, sie würde für die Schulden eines Leopold Fritz einstehen?“

„Ich kenne diese reichen, alten Schnepfen, die sich für was Besseres halten. Glaubst du nicht, es wäre ihr unangenehm, wenn die Welt erführe, was ihr Jüngelchen in seiner Freizeit so treibt? Ohne zu bezahlen?"

„Du willst sie erpressen?"

Madeleine schürzte die Lippen, schlug die Augen mit den künstlichen Wimpern nieder und sagte nichts.

„Jetzt ist mir klar, warum der Turm in dieser Befragung auftaucht." Eleonore legte die Königin zurück und sah ihr Gegenüber empört an. „So etwas macht man nicht. Lass die Finger davon."

„Hast du eine bessere Idee, wie ich an mein Geld kommen soll?"

„Mal sehen."

Mit flinken Fingern fischte Eleonore vier weitere Karten aus dem Tarotdeck und legte sie über die gezogenen. Sie starrte schweigend darauf, bis Madeleine begann, mit den Füßen zu scharren.

„Was glotzt du denn da so ewig? Ich hab nicht mehr viel Zeit und ..."

„Ich sehe nur eine Möglichkeit."

„Und die wäre?"

„Such das Gespräch mit der Dame, Vielleicht kommst du über sie an diesen Fritz heran."

„Ha", sagte Madeleine verächtlich. „Sicher wird sie mich begeistert empfangen."

„Ein bisschen Druck musst du natürlich ausüben. Sage ihr, du machst dir Sorgen um den Knaben, er könnte in schlechte Gesellschaft geraten. Und dann klage ihr dein Leid, versuche es mit der Tränendrüse. Sie wird empfänglich dafür sein."

Eleonore deutete auf die Königin der Kelche, die über ihrer Stabkollegin lag. Madeleine legte den Kopf zur Seite.

„Und das wäre dann keine Erpressung, was?"

„Sagen wir, es ist eine Frage der Gesprächsgestaltung."

„Gesprächsgestaltung? Meine Fresse, wie du dich ausdrücken kannst. Aber du hast natürlich recht. Am besten, ich rufe sie gleich an."

Madeleine griff in ihre Handtasche und holte ein Handy heraus.

„Nicht von hier." Eleonore machte eine abwehrende Handbewegung und schob ihre Karten zusammen. „Die Polizei kann jeden Moment zurück sein. Bei uns im Haus wurde letzte Woche eine alte Frau ermordet."

„Nein.“ Madeleine riss die Augen auf. „Gertrud D.? Ich hab davon gelesen. Das war hier im Haus? Weiß man schon ...?“

Eleonore, die den Artikel im Boulevardblatt – eine andere Lektüre traute sie Madeleine bei aller Sympathie nicht zu – ebenfalls gesehen hatte, überlegte, ob ihre Klientin bereits den Zusammenhang zwischen dem kurzen Bericht und dem darin erwähnten Gemeinderat herstellte. Für einen Moment erwog sie, ihr zuvorzukommen, dann entschied sie sich dagegen. Im Haus war schon mehr als genug Unruhe für ihren Geschmack, und Madeleines Temperament durfte keinesfalls unterschätzt werden.

„Ich weiß gar nichts“, sagte sie daher entschlossen. „Es ist besser, du gehst jetzt. Du willst den Kommissaren doch sicherlich nicht begegnen.“

19

Emmerich drückte auf die Klingel, erinnerte sich seiner ersten Begegnung mit Sven Zumbach und klopfte zusätzlich an die Tür.

„Wer ist da?", rief es aus der Wohnung.

„Kripo Stuttgart."

„Nicht schon wieder."

Die Tür wurde einen Spalt breit geöffnet, ein blonder Schopf spähte heraus.

„Haben Sie nichts Wichtigeres zu tun?"

Emmerich blieb freundlich, das gehörte zu seinem Beruf.

„Wir möchten uns gerne mit Ihnen unterhalten. Dürfen wir hereinkommen?"

Zumbach öffnete die Tür vollständig. Er trug Socken, eine dunkelgraue Anzughose und ein roséfarbenes Hemd mit offenem Kragen. Die dazu passende Krawatte hielt er in der Hand.

„Dauert es lange?"

„Das liegt ganz bei Ihnen."

„Na, dann meinetwegen. Wenn es Sie nicht stört, dass ich mich nebenher anziehe ..."

Emmerich ging dorthin, wo er das Wohnzimmer vermutete, doch hier wurde der dafür vorgesehene Raum als Büro genutzt. Vor einer offenen Schrankwand aus dunklem, massivem Holz stand ein ebensolcher Schreibtisch seitlich zum Fenster, gegenüber eine kleine Sitzgruppe aus dunkelbraunem Leder und Chrom. In der Schrankwand waren Bücher, Aktenordner und Ziergegenstände verteilt. Emmerich entdeckte mehrere, nach Sportvereinen aussehende Wimpel, eine bronzene Statue des Stuttgarter Rössles, gerahmte Fotos, die Zumbach in Gesellschaft irgendwelcher, vermutlich wichtiger Menschen zeigten, ein Buddelschiff und eine Holzfigur, die entfernt an einen Nussknacker erinnerte. Auf dem Schreibtisch stand ein aufgeklappter Laptop neben mehreren Stapeln Papier und einer silbernen Thermoskanne.

„Bitte nehmen Sie Platz", sagte Zumbach. „Es müsste noch Tee da sein, wenn Sie welchen möchten."

„Nein, danke."

Emmerich rückte Gitti höflich einen schmalen Sessel zurecht und setzte sich in den zweiten.

„Ich hol nur schnell meine Schuhe."

Zumbach kehrte mit einem Paar blankpolierter Treter zurück, setzte sich ebenfalls und nahm einen Schuhlöffel aus der Hosentasche.

„Fangen Sie ruhig an, ich höre zu", sagte er mit vornüber gebeugtem Oberkörper.

„Wo geht's denn hin?", fragte Emmerich interessiert.

„Killesberg", erklärte Zumbach knapp und ohne aufzusehen. „Ortsbegehung mit dem Investor, den Banken und einigen Herrschaften von der Europäischen Union."

„Wegen der Zuschüsse?"

Zumbach unterbrach das Einfädeln eines hauchdünnen Schnürsenkels, sah Emmerich an und ignorierte Gitti.

„Die Finanzierung des Silver-Ager-Parks, richtig. Sie waren doch am Mittwoch auch da. Das ist ein sehr wichtiger Termin, ich habe nur noch zehn Minuten für Sie. Wollen Sie dort Wohneigentum erwerben?"

„Wer weiß", entgegnete Emmerich locker und lächelte vielsagend. „Eigentlich sind wir hier, um die Angaben der Hausbewohner im Fall Diebold nochmals zu überprüfen. Sie waren letzten Donnerstag geschäftlich unterwegs?"

„Hab ich das gesagt? Dann wird's wohl stimmen. Ich kann Ihnen ein Exposé mitgeben. Seniorengerechte Drei-Zimmerwohnung in der Außenanlage mit Lift und Hausmeisterservice. Bei einer Anzahlung von fünfundzwanzig Prozent und Finanzierung auf dreißig Jahre auch für Normalverdiener schon erschwinglich."

Zumbachs Schuhe saßen nun fest an seinen Füßen, federnd dynamisch erhob er sich vom Sofa, setzte sich hinter den Schreibtisch und begann, am Laptop herumzuhantieren.

„Muss nur noch kurz meine Mails abrufen."

Emmerich wechselte einen Blick mit Gitti und nickte.

„Herr Zumbach, mit wem haben Sie sich denn alles so getroffen am letzten Donnerstag?"

„Frau Kommissarin." Zumbach blickte flüchtig auf und lächelte jungenhaft. „Sie haben ja eine richtig schöne Stimme. Ich weiß es nicht mehr genau. Mein Terminkalender ist immer voll."

„Dann zeigen Sie uns doch einfach diesen Kalender."

„Den habe ich leider gerade nicht hier. Wollen Sie schauen, ich bekomme gerade eine Mail vom Regierungspräsidium, sie geben ..."

„Wie lange waren Sie unterwegs?"

„Sie können richtig hartnäckig sein, was?" Zumbach sah Gitti beeindruckt an. „Das ist toll, ich mag starke Frauen. Haben Sie sich schon einmal überlegt, in die Politik zu gehen?"

„Nein", knurrte Emmerich, dem das Freundlichbleiben trotz entsprechender Ausbildung und Routine zunehmend schwerfiel. „Kriminalhauptkommissarin Kerner fühlt sich bei der Polizei durchaus wohl und sie hat zweifellos eine glänzende Karriere vor sich. Wo befindet sich Ihr Kalender?"

„Ich habe noch ein Büro in der Stadt. Bei meiner Fraktion. Wenn ich mich nicht irre, hatte ich letzten Donnerstagnachmittag zwei Termine, danach bin ich zu meiner Großmutter gefahren. Dort war ich von sieben bis ungefähr zehn Uhr. Sie können sie gerne fragen."

„Für halb acht Uhr abends haben Sie also ein Alibi?"

„So ist es."

Zumbach grinste zufrieden, hackte abschließend auf die Tastatur und klappte den Laptop zu.

„Sonst noch was?"

„Uns interessiert mehr die Zeit zwischen vier und sechs."

„Zwischen vier und sechs?"

„Sie haben richtig gehört. Wo waren Sie da?"

„Tja." Der junge Gemeinderat nahm eine Mappe von einem der Papierstapel, blätterte darin, nahm einige Seiten heraus und legte ein paar andere hinein. „Hier ist übrigens Ihr Exposé. Wir haben Wohnungen mit Balkon oder Terrasse im Angebot. Zurzeit haben Sie noch Auswahl. Wenn Sie mich fragen, ich würde mich für die entscheiden, die ich Ihnen angekreuzt habe. Es gibt noch einen sehr geräumigen Abstellraum dazu, über die Ausstattung der Sanitärräume können Sie frei ..."

„Wo waren Sie am vergangenen Donnerstag zwischen vier und sechs?"

Emmerichs Stimme hatte nun jede Verbindlichkeit verloren und klang scharf. Die Hand mit der Mappe darin sank herab.

„Frau Kommissarin, bitte helfen Sie mir." Zumbach zwinkerte Gitti verschwörerisch zu. „Ich bin ein viel beschäftigter Mann. Ihr Kollege wird doch nicht erwarten, dass ich mich an jeden Termin erinnere, der schon mehr als eine Woche zurückliegt."

„Doch", sagte Gitti trocken. „Das tut er. Es geht auch nicht um irgendeinen Termin, sondern um Ihr Alibi im Fall Diebold."

„Aber ich sagte bereits, dass ich diese Dame nicht gekannt habe."

„Dann dürfte es Ihnen ja auch nicht schwerfallen, uns zu sagen, wo Sie letzten Donnerstag zur fraglichen Zeit waren. Wir behandeln diese Information vertraulich, falls es das ist, was Ihnen Sorgen macht."

„Schön, wenn Sie darauf bestehen." Zumbach nahm ein Handy aus der Tasche und tippte darauf herum. „Ich vermute, dass ich einen Termin mit Senator Fritz hatte, aber ganz sicher bin ich mir nicht. Dazu bräuchte ich meinen Kalender. Und jetzt muss ich los, wenn Sie nichts dagegen haben."

„Nur zu." Emmerich stand auf. „Wo erreichen wir Herrn Fritz? Haben Sie eine Telefonnummer?"

„Ich bin nicht befugt, diese Nummer an Dritte weiterzugeben."

„Wir bekommen sie auch ohne Ihre Hilfe raus."

„Das müssen Sie dann wohl. Wenn ich bitten darf ..."

Zumbach hielt demonstrativ die Tür zwischen Büro und Flur auf.

„Sehr hilfsbereit sind Sie nicht gerade", stellte Emmerich im Hinausgehen fest.

„Mir liegt nichts daran, dass auch noch Senator Fritz durch Ihre Nachforschungen belästigt wird."

Zumbach öffnete die Wohnungstür, wartete, bis die Kommissare im Treppenhaus standen und schloss von außen ab.

„Kommen Sie nicht mit hinunter?"

„Hui", sagte Gitti Kerner ein paar Sekunden später. „Der ist eine harte Nuss. Wozu brauchen wir sein Alibi so dringend, wenn er Frau Diebold gar nicht gekannt hat?"

„Erstens haben wir dafür nur seine Aussage, zweitens mag ich keine Leute, die ablenken."

Emmerich starrte wütend die abgeschlossene Wohnungstür an.

„Seniorengerechte Dreizimmerwohnung in der Außenanlage. Wenn ich das schon höre. Was soll denn das sein, eine Außenanlage?"

„Normalerweise ist das der Garten. Oder so ähnlich."

„Für mich klingt es wie die Innenkabine auf der Kreuzfahrt. Das mieseste Angebot, das sie haben."

„Könnten Sie sich denn mehr leisten?"

„Ich *will* mir in diesem bescheuerten Park gar nichts leisten. Genauso wenig, wie ich ein Silver-Ager oder etwas in dieser Art zu werden beabsichtige. Wenn ich in Rente gehe, bin ich Rentner. Punkt."

„Regen Sie sich ab." Gitti grinste spitzbübisch. „Sie ärgern sich doch bloß, weil er Ihnen die billigste Wohnung verkaufen wollte."

Emmerich holte tief Luft und grinste zurück.

„Stimmt", sagte er versöhnlich. „Haben Sie etwas entdeckt, was nach Frau Diebolds fehlendem Archiv aussah?"

Gitti schüttelte den Kopf. Ihre Finger bewegten sich, als würde sie etwas daran abzählen.

„Ist noch was?", fragte Emmerich.

„Ich weiß nicht. Es war nur ein flüchtiger Eindruck ... ich komme nicht mehr darauf."

„Wenn's wichtig war, fällt's Ihnen sicher wieder ein."

* * *

Nachdem Madeleine sie verlassen hatte, blieb Eleonore Schloms noch etwas Zeit zum Ordnen ihrer Gedanken. Sie empfand dies als dringend erforderlich, denn je länger sie über die Ereignisse der vergangenen Tage nachdachte, umso verwirrender erschienen sie ihr. Zuerst war da nur ein unbestimmtes Gefühl gewesen, etwas, das man in höchst unzureichender Weise als „Intuition" beschreiben konnte. Dieses Gefühl sagte ihr, dass Dinge nicht einfach zufällig so geschahen, es gab Zusammenhänge zwischen den verschiedenen Ereignissen, auch wenn diese nicht auf den ersten Blick ersichtlich waren.

Es ist ein Jammer, dachte sie resigniert, *dass der Mensch in seinem Alltagstrott nicht mehr auf die Details achtet.* Warum beispielsweise hatte sie nicht richtig zugehört, als Gertrud Diebold bei ihrem letzten Treffen von einem „unglaublichen Vorgang“ gesprochen hatte? Eleonore wollte nicht so weit gehen, ihre Beziehung zu der alten Journalistin als Freundschaft zu bezeichnen, doch sie hatte sie immerhin gut genug gekannt, um zu wissen, dass sie selten etwas von sich gab, was nicht Hand und Fuß gehabt hätte. Dennoch war sie über diese Bemerkung hinweggegangen wie über so viele weitere vorher auch und hatte Gertrud lediglich den Rat erteilt, ihr Wissen über andere für sich zu behalten. Als hätte Gertrud dies nicht selbst zu beurteilen gewusst.

In mancher Hinsicht war sie ein ungewöhnlicher Mensch gewesen. Im Gegensatz zu anderen alten Leuten, die Eleonore kannte, war Gertrud Neuem gegenüber aufgeschlossen gewesen und hatte weder kulturell noch moralisch bedingte Vorurteile gepflegt. Sie hatte das Tun und Lassen ihrer Mitmenschen zwar mit größter Neugier, jedoch meist leidenschaftslos und ohne es zu bewerten verfolgt, vergleichbar einem Wissenschaftler, der das Verhalten verschiedener Individuen innerhalb einer bestimmten Population beobachtete. Konnte man einem Löwen böse sein, wenn er ein Zebra riss? Heuschrecken dafür verantwortlich machen, wenn sie eine Ernte zerstörten? Nein, das konnte man nicht, es war ihre Art, so etwas zu tun und Eleonore hatte stets den Eindruck gehabt, dass Gertrud ihre Umwelt als eine Art Zoo betrachtete, deren Insassen man studieren konnte wie etwa ein Rudel Affen. Ihre Beobachtungen veranlassten sie nicht zu ordinärem Klatsch, sondern lediglich zu neutralen Bemerkungen und Feststellungen, unangenehm geworden war sie lediglich, wenn einer der Affen aus der Reihe scherte und etwas unternahm, was sich nach Gertruds Auffassung schädlich auf das ganze Rudel auswirken konnte. Etwa so, wie ein Bauer Schädlinge bekämpfte, bevor sie über sein Feld herfielen.

Gertrud hatte beispielsweise darauf geachtet, dass jeder Hausbewohner seiner Kehrwochenpflicht nachkam. Nicht, weil sie gerne Leute schikanierte, sondern weil sie der festen Überzeugung war, dass jeder in einem sauberen Haus leben wollte und daher seinen Beitrag zu leisten hatte. Gertrud konnte junge Männer, die ausländerfeindliche Wahlwerbung in die Briefkästen stecken wollten, lautstark des Hauses verweisen, nur um sie gleich anschließend als bedauernswerte Individuen zu bezeichnen und das, obwohl ihr Verhältnis zu den Griechen im vierten Stock kein besonders gutes gewesen war. Gertrud hatte Leserbriefe zu zahlreichen Themen geschrieben, die Verantwortlichen für irgendwelche Missstände aber niemals beschimpft oder gebrandmarkt, sondern ihr Handeln stets vor dem Hintergrund ihrer Beweggründe erklärt.

Nachdem Eleonore Sonja Sorrentins Dossier gelesen hatte, war ihr klar gewesen, warum die Psychologin auf Kriegsfuß mit Gertrud Diebold gestanden hatte. Mit an Sicherheit grenzender Wahrscheinlichkeit hatte Gertrud die Frau Doktor darauf hingewiesen, dass sie von deren nicht ganz korrektem Verhalten wusste und gebeten, dieses Verhalten einzustellen, ähnlich, wie sie einen säumigen Kehrwöchner an seine Pflichten erinnert hätte. Sie bezweifelte, dass Gertrud so weit gegangen wäre, die Ärztin anzuzeigen; dass sie aber hier und da die eine oder andere Bemerkung fallen ließ, traute sie ihr durchaus zu. Gertrud hatte um die Wirkung von Klatsch und Tratsch gewusst.

„Setzen Sie eine Information an geeigneter Stelle in die Welt, und sie wird ihren Weg machen, denn diese Welt ist klein", hatte sie einmal gesagt. „Der Wahrheitsgehalt dieser Information spielt dabei leider nur eine untergeordnete Rolle und irgendwas bleibt immer hängen. Deshalb haben wir Journalisten so eine große Verantwortung."

Dass es viele ihrer Kollegen damit heute nicht mehr so genau nahmen, es ob des Geldes willen gar nicht mehr genau nehmen durften, war eines der wenigen Dinge gewesen, die Eleonores Nachbarin manchmal bedrückt hatten.

Gertrud also hatte wenige Tage vor ihrem Tod von einem unglaublichen Vorgang gesprochen und noch einige Bemerkungen über betrügerische Unternehmer angefügt. Weshalb also tauchte in Gestalt von Leopold Fritz nur wenig später ein solcher in Eleonores Leben auf? Warum stand nicht nur ihre Vermieterin in einer, wenn auch zweifelhaften, Beziehung zu diesem Mann, sondern auch zwei ihrer Klientinnen und ein weiterer Nachbar? So viele Hinweise aus völlig verschiedenen Richtungen auf ein und dieselbe Person? Eleonore, die das Wort „Schicksal" dem Begriff „Zufall" jederzeit vorzuziehen bereit war, konnte nicht umhin, hier eine Verbindung zu sehen. Eine Verbindung, die sich ausgerechnet ihre Person ausgesucht hatte, um zu Tage zu treten – nur wusste Eleonore noch nicht, wie dies geschehen sollte. Eine wichtige Rolle dabei, so schien es ihr, spielte der Inhalt von Gertruds Archiv, oder besser gesagt, die Dinge, die dieses Archiv *nicht* enthielt. Lediglich deshalb hatte sie sich schließlich die Entscheidung abgerungen, die Polizei zu verständigen. Als die Türklingel nach einer Viertelstunde erneut ertönte, öffnete sie deshalb in einer weitaus freundlicheren Art, als sie sie bis dahin dem Kommissar gegenüber an den Tag gelegt hatte.

* * *

Emmerich und Gitti ließen sich durch die Wohnung, deren Grundriss sie nun schon zur Genüge kannten, geleiten. Im Wohnzimmer hing der Duft eines schweren Parfüms, das Emmerich beinahe den Atem nahm, doch zu seiner Beruhigung brannten keine Räucherstäbchen. Aus den Augenwinkeln beobachtete er amüsiert Gittis verstohlene Blicke, die den spirituellen Komponenten der Raumausstattung galten und wandte sich an die Gastgeberin.

„Sie haben uns angerufen, Frau ... äh ... Schloms."

„Ja", seufzte Eleonore, ihren letzten Widerstand endgültig überwindend. „Ich habe etwas gefunden, von dem ich denke, dass es Sie interessiert."

Sie wies auf die Plastiktüten, die sie der Einfachheit halber bereits auf dem gläsernen Couchtisch bereitgelegt hatte.

„Es hat wohl Gertrud Diebold gehört."

„Was ist das?" Emmerich griff in eine der Tüten, nahm einen Stapel Papier heraus und blätterte. „Beerbaum, Cordula, Engel und Jäger, Henkel, Otto, Kienle, Margot ..."

„Das verschwundene Archiv", sagte Gitti. „Woher wissen Sie, dass diese Sachen Frau Diebold gehörten?"

„Es ist ihre Handschrift."

„Ach was." Emmerich hielt inne. „Sagten Sie nicht, Sie kannten Sie kaum?"

„Doch", entgegnete Eleonore ungerührt. „Das war eben nicht ganz richtig. Sie sollten vorsichtig mit den Sachen sein, vielleicht sind wichtige Fingerabdrücke darauf. Abgesehen von meinen."

„Fingerabdrücke, was Sie nicht sagen." Emmerich legte den Stapel zurück auf den Tisch. „Frau Schloms, Sie überraschen mich. Wo haben Sie das her?"

„Aus der Mülltonne."

„Tatsächlich? Mir scheint, wir fangen am besten nochmals von vorne an. Wie gut kannten Sie Frau Diebold denn nun wirklich?"

Eleonore erzählte, was es zu erzählen gab. Sie spürte wohl die unausgesprochene Vermutung des Kommissars, dass sie es gewesen sein könnte, die diese Papiere aus Gertruds Wohnung entfernt hatte, und war daher auf die nun unvermeidliche Frage gefasst.

„Wo waren Sie letzten Donnerstagnachmittag zwischen vier und sechs?"

„Beim Zahnarzt. Dr. Riesling kann Ihnen das bestätigen."

„Welch ein Glück für Sie", sagte Emmerich sarkastisch. „Haben Sie vorausgesehen, dass um diese Zeit im Haus etwas passieren wird?"

„Ich bin keine Wahrsagerin, falls es das ist, was Sie damit andeuten wollen", gab Eleonore verärgert zurück. „Im Übrigen hätte ich dieses Zeug hier auch einfach in der Mülltonne liegen lassen können. Dann wäre es jetzt in einem großen, orangenen Auto auf dem Weg zur Verbrennungsanlage."

„Ich hab's nicht so gemeint", lenkte Emmerich ein. „Vielen Dank, dass Sie uns angerufen haben."

„Ich bin noch nicht zu Ende. Bei der Durchsicht der Papiere ist mir etwas aufgefallen, was mir merkwürdig vorkommt. Sonst hätte ich Sie nämlich nicht angerufen."

„Was denn?"

„Hier drin", sagte Eleonore und deutete auf eine der von Emmerich noch unberührten Tüten, „sind Frau Diebolds Anmerkungen zu den Bewohnern dieses Hauses. Ich denke, sie hat für jeden von uns eine Akte angelegt, auch über mich."

„Die werden Sie dann ja sicherlich bereits ... bereinigt haben."

Gitti Kerner räusperte sich vernehmlich und Emmerich wusste, dass er schon wieder den falschen Ton angeschlagen hatte. *Es liegt an mir,* dachte er selbstkritisch. *Mit Frauen wie dieser Schloms komme ich einfach nicht zurecht.* Eleonore sah ihn feindselig an und schwieg.

„Bitte entschuldigen Sie", sagte Emmerich zerknirscht. „Fahren Sie fort."

„Meine Akte liegt in dieser Tüte wie alle anderen auch. Ich gehe davon aus, dass diese Papiere vertraulich behandelt werden."

„Selbstverständlich, Frau Schloms."

„Außerdem denke ich nicht, dass der Inhalt meiner Akte für diesen Fall von Bedeutung ist."

„Wahrscheinlich nicht."

Eleonores strenge Miene wurde ein wenig milder.

„Gut. Wenn es wirklich für jeden Hausbewohner eine Akte gab, dann fehlen zwei. Alle anderen sind da."

Emmerich zog die Brauen hoch. Frau Sonderbars Instinkt hatte nicht getrogen.

„Welche wären das?"

„Herr Zumbach und Herr Munz. Über beide hat Gertrud bei mir im Internet recherchiert."

„Hm", machte Gitti Kerner. Emmerich warf ihr einen Seitenblick zu, doch es blieb dabei.

„Ja, dann, Frau Schloms", sagte er schwerfällig. „Vielen Dank erst mal. Oder haben Sie noch weitere Mitteilungen zu machen?"

„Nein." Eleonore ging durch den kleinen Flur und öffnete die Wohnungstür. „Jetzt gehen Sie mit Gott, aber gehen Sie."

Gitti ließ Emmerich den Vortritt und wandte sich nochmals um.

„Eine Frage hätte ich noch."

„Ja, bitte?"

„Wie funktioniert denn das mit Ihren Karten?"

„Frau Kerner!", bellte Emmerich erbost und eilte die Treppe hinab.

20

Sie trugen die Tüten über die Straße zu Emmerichs A-Klasse und legten sie, da der Rücksitz besetzt war, in den Fußraum hinter den Sitzen. Seppl hockte in seinem Käfig und sah unglücklich drein. Im Wagen roch es ungewohnt animalisch. Emmerich hoffte, dass dies keine Auswirkungen auf die Lebensmittel hatte, die er nun anzuschaffen gedachte.

„Mittagspause", sagte er und dehnte die Arme. „Wollen wir einkaufen gehen?"

„Aber anschließend brauche ich etwas zu essen", entgegnete Gitti und rieb sich den Bauch. „Einer der zehn besten Brezelbäcker der Stadt soll ein Stückchen weiter vorne in der Schwabstraße sein."

„Versprochen."

Gemeinsam betraten sie den kleinen Supermarkt und benötigten ein paar Minuten, bis sie die etwas versteckt liegende Theke fanden, an der Wurstwaren und Käse verkauft wurden. Eine Urkunde an der Wand informierte sie, dass es sich dabei um die Siegerin des hausinternen Käsethekenwettbewerbs der Supermarktkette handelte.

„Was es alles gibt", staunte Gitti und bestellte geräucherten Schinken, Speck und Raclette-Käse. Emmerich erinnerte sich an Jules Wünsche und ließ außerdem Schinkenwurst und Fleischsalat einpacken. Nachdem sie ein Netz Zwiebeln und Kartoffeln in den Einkaufswagen gelegt hatte, ließ Gitti Emmerich stehen, um ihre eigenen Besorgungen zu erledigen. Er wartete in der Nähe der Kasse und studierte gerade den Inhalt des Süßwarenregals, als er neben sich Sophia Georgiadis entdeckte. Sie grüßte freundlich und nahm eine Flasche aus dem gegenüberliegenden Regal.

„Nix mehr Ouzo", sagte sie lächelnd und wiegte das weißhaarige Haupt.

„Muss es deshalb gleich Eierlikör sein?", fragte Emmerich, der für das klebrige, gelbe Zeug nichts übrig hatte, zweifelnd.

„Junge Mann von oben mir ... wie sagt man ... empf... empf..."

„Empfohlen", ergänzte Emmerich zerstreut, während er den Kauf eines umfangreichen Keks- und Waffelsortiments in Erwägung zog. Gitti tauchte, die Arme voller Waren, zwischen den Regalen auf und sah ihn erwartungsvoll an.

„So wollte ich sagen", äußerte Sophia Georgiadis. „Was gut für Frau Diebold, auch gut für Panagiotis. Schöne Tag noch."

„Was?"

Emmerich fuhr herum, rempelte Gitti an und sah betreten zu, wie Reis, Tütensuppen, Tomatenmarktuben und ein Kopfsalat zu Boden glitten.

„Tut mir leid", sagte er hastig, half beim Aufheben und sah sich nach der alten Griechin um, die auf der anderen Seite der Kasse gerade durch die Tür des Supermarktes verschwand. Resigniert stellte er sich neben Gitti ans Ende der Warteschlange. Sein Handy klingelte. Er nahm ab, meldete sich mit seinem Namen und hielt die Luft an. Eine tiefe Stimme sagte:

„Öch förchte, öch habö oinen schröcklichen Föhler gemacht."

„Schnell."

Emmerich schlängelte sich an der Kasse vor, was ihm eine Reihe ätzender Kommentare einbrachte und zog Gitti am Ärmel mit. Er beglich die gesamte Rechnung mit einem Fünfziger, eilte zu seinem Auto und warf die Einkäufe in den Kofferraum.

„Wir müssen sofort zu Frau Mayer."

Gitti rannte mehr schlecht als recht mit vollen Armen hinterher.

„Wer ... ist ... Frau Mayer?", prustete sie empört. „Und was ist mit meinen Brezeln?"

„Ihre Brezeln liegen auf dem Weg. Beeilung."

Emmerich sprang in den Wagen, ließ Gitti gerade genug Zeit zum Schließen der Beifahrertür, schoss aus der Parklücke und brauste die Schwabstraße entlang.

„Da vorne links", rief Gitti. „Der Bäcker."

„Sie sind ja nicht ganz bei Trost. Da ist ne Schlange davor wie früher in der DDR."

„Mir völlig wurscht. Ich habe Hunger."

„Meinetwegen."

Emmerich fuhr rechts ran.

„Bringen Sie mir auch eine mit. Und eine Schneckennudel. Und Schwarzbrot."

„Ich versuch's mit aktiv anstehen", versprach Gitti, stieg aus und sauste an der Schlange vorbei in den Laden. Zwei Minuten später kam sie mit Tüten in der Hand wieder heraus.

„Aktiv anstehen, so, so", sagte Emmerich und fuhr los. „In meiner Jugend nannte man das drängeln."

„Ich hab meinen Dienstausweis gezeigt. Hier ist Ihre Brezel."

Emmerich biss hinein.

„Hat sich gelohnt."

„Finde ich auch. Wo müssen wir hin?"

„Alexanderstraße. Frau Mayer gehört zu Gertrud Diebolds Damenkränzchen. Merkwürdigerweise saß sie aber auch auf dem Podium von Senator Fritzens Verkaufsveranstaltung."

„Die Konsulin?"

„Eben die. Im Moment ist sie ziemlich erregt. Sagte, sie hätte einen schrecklichen Fehler gemacht. Haben Sie gehört, was die alte Griechin gesagt hat?"

„Nein. Zufälligerweise war ich gerade damit beschäftigt, meine Einkäufe vom Boden aufzusammeln."

„Das war vorher. Irgendwas über Eierlikör, Frau Diebold und einen jungen Mann von oben."

„Welchen jungen Mann?"

„Es gibt nur zwei."

„Munz oder Zumbach?"

„Richtig." Emmerich tastete sich in die Kreuzung von Schwab- und Bebelstraße hinein und bog vorschriftswidrig nach links ab.

„Munz sagte, er war Donnerstag an der Uni", meinte Gitti mit vollem Mund.

„Das kann jeder sagen." Emmerich beschleunigte. „So überfüllt, wie die Vorlesungen da sind, fällt ein Einzelner doch gar nicht mehr auf."

„Einer, der so rumläuft wie Munz aber vielleicht schon. Überprüft haben wir sein Alibi allerdings noch nicht."

„Ebenso wenig wie das von Zumbach."

Ein Lieferwagen veranlasste Emmerich zum Bremsen. Zwischen parkenden Fahrzeugen und den Gleisen der Stadtbahn gab es keine Möglichkeit zum Überholen.

„Kreuzdonnerwetter noch mal, warum fährt der nicht schneller?" Emmerichs Finger trommelten ein rhythmisches Stakkato auf dem Lenkrad.

„Warum haben wir es denn so eilig?", wollte Gitti wissen.

„Instinkt", sagte Emmerich und hob forsch das Kinn. „Irgendetwas sagt mir, dass wir kurz vor der Lösung des Falles stehen."

„Missachten wir deshalb die Verkehrsregeln?"

„Das lassen Sie mal meine Sorge sein. Kommen Sie an Frau Diebolds Tüten ran?"

Gitti tastete unbeholfen hinter ihren Sitz. Der Lieferwagen bog nach rechts ab, Emmerich drückte auf's Gaspedal.

„Nicht, wenn Sie so fahren", japste Gitti ungehalten. „Wozu eigentlich?"

„Ich will wissen, ob es eine Akte über Frau Mayer in diesen Papieren gibt."

„Sie werden sich gedulden müssen."

Gitti überprüfte den Sitz ihres Sicherheitsgurtes und sah angespannt geradeaus.

„Da vorne ist Rot."

„Aber nicht mehr lange."

Zügig passierten sie den Berliner Platz, tauchten durch den Tunnel unter dem Kunstmuseum hindurch und erreichten wenig später die Alexanderstraße.

„Hier muss es sein", sagte Emmerich und zeigte auf die Fassade eines herrschaftlichen Jugendstilhauses. „Schon wieder kein Parkplatz."

„Im Halteverbot ist was frei."

„Sagten Sie nicht gerade etwas über Verkehrsregeln?"

Er steuerte den Wagen neben das rot-blaue Schild, stellte den Motor ab und griff nach einer Tüte.

„Mal sehen. Hier ist Frau Kienles Akte. Wie hießen noch gleich die anderen Damen?"

„Ich weiß nicht. Mirko war im Café dabei."

Emmerich brummte etwas Unverständliches, langte nach seinem Handy und wählte.

„Frau Sonderbar, ich brauche die Namen vom Kaffeekränzchen ...

nein, nicht vom Café, von den Frauen ... wie? Küster und Lehmann? Danke!" Er blätterte.

„Kienle, Kümmel, Küster, da hätten wir zwei. Lang, Lampard, Legler ... die Nächste und dann ... fehlt. Keine Akte Mayer. Das ist seltsam. Warum ist ausgerechnet unsere Frau Konsul hier nicht vertreten?"

„Keine Ahnung." Gitti zuckte die Achseln. „Ist das wichtig?"

„Ich weiß nicht. Nehmen wir mal an, einer der jungen Männer von oben war mit einer Flasche Eierlikör unterwegs zu einem Besuch bei Frau Diebold. Im Treppenhaus läuft er Sophia Georgiadis über den Weg, die dieser Begegnung aber keinerlei Bedeutung zumisst, sonst hätte sie sie mir gegenüber erwähnt. Frau Diebold und der junge Mann trinken ein oder zwei Gläschen miteinander, sie zeigt ihm ihr Archiv und die beiden geraten in Streit. Er erschlägt die alte Dame, beseitigt seine Fingerabdrücke und nimmt die Ordner mit. Anschließend entfernt er alles, was auf ihn hinweisen könnte, aus dem Archiv und wirft den Rest in die Mülltonne. Sehr unvorsichtig, aber ohne Frau Schlomsens Eingreifen wären die Papiere heute mit der Müllabfuhr auf Nimmerwiedersehen verschwunden. Gestern war Feiertag, er musste nicht damit rechnen, dass sich da irgendwer für den Inhalt einer Mülltonne interessiert.

„So könnte es gewesen sein." Gitti rieb sich nachdenklich hinter dem Ohr. „Aber warum sollte Munz Zumbachs Akte entfernt haben? Oder umgekehrt? Und warum die von Frau Mayer?"

„Weil es einen Zusammenhang geben muss."

„Der einzige Zusammenhang, der mir einfällt, ist der Killesberg. In dieser Angelegenheit standen sich die beiden Jungs ja wohl unversöhnlich gegenüber."

„Eben", sagte Emmerich zufrieden. „Und genau an dieser Stelle passt auch unsere Frau Konsul in das Puzzle. Wir müssen sozusagen nur noch herausfinden, wie herum wir das Teilchen legen müssen."

„Dann bin ich aber mal gespannt, was die uns jetzt zu sagen hat."

Emmerich und Gitti stiegen aus und standen vor einer imposanten, mit Schnitzereien verzierten alten Holztür. Die Lage der eleganten Klingel aus poliertem Messing ließ darauf schließen, dass die Konsulin im ersten Stock rechts zu Hause war. Emmerich wartete, bis der Summton ertönte, drückte gegen die Tür und sagte:

„Sie ist ein ziemlicher Drachen. Am besten überlassen Sie ..."

„Das Fragen Ihnen, ich weiß schon", unterbrach ihn Gitti bissig. „Ich sehe mich dafür unauffällig um, stimmt's?"

„Aus uns könnte noch ein richtig gutes Team werden", entgegnete Emmerich charmant und stieg die wenigen Stufen hinauf.

„Herr Kommissar." Eine derangiert wirkende Konsulin öffnete die Tür und musterte Gitti Kerner erstaunt von Kopf bis Fuß. Eva Mayer trug kein Kostüm und keinen Hut, auch von der sorgfältig ondulierten Frisur, die Emmerich kannte, war nichts zu erahnen. Ihr Haar thronte, einem vom Wind zerzausten Vogelnest nicht unähnlich, in einem wirren Knäuel auf ihrem Kopf, der hochgewachsene, hagere Körper stak in einem zu kurz geratenen Morgenmantel aus lachsfarbenem Frottee, in dessen Ausschnitt ein mit Steinen besetztes Collier glänzte. An den Füßen trug die Konsulin fleischfarbene Stützstrümpfe und dunkelgrüne Hüttenschuhe mit Norwegermuster.

„Wör öst das?"

„Meine Kollegin, Hauptkommissarin Brigitte Kerner", stellte Emmerich vor. „Dürfen wir hereinkommen?"

„Bötte. Früher hätte oine Dame so ötwas nöcht gemacht. Bei der Polizei gearbeitet."

Die Konsulin rümpfte die Nase und ging voran in ein, nach Emmerichs Schätzung, mindestens drei Meter hohes Wohnzimmer mit Stuckverzierungen an der Decke und einem abgewetzten Parkett, das bei jedem Schritt knarrte.

„Früher ist schon ein Weilchen vorbei", sagte er liebenswürdig und setzte sich in einen massiven, mit Rosenmuster gepolsterten Ohrensessel.

„Loider", entgegnete Frau Mayer, bedeutete Gitti, auf dem Sofa Platz zu nehmen und schwang eine kleine, silberne Glocke. Eine rundliche Frau erschien in der Wohnzimmertür und erhielt die Anweisung, eine dritte Tasse zu bringen und den Kaffee zu servieren. Beim Anblick von Gittis ungläubigem Gesichtsausdruck verkniff sich Emmerich nur mit Mühe das Grinsen.

„Worum geht es, Frau Mayer-Baum?", fragte er sachlich. „Sie sagten etwas von einem schrecklichen Fehler."

Die Konsulin setzte sich neben Gitti auf den äußersten Rand des Sofas und schwieg. Das Dienstmädchen, das seine Mädchenjahre wohl annähernd ein halbes Jahrhundert hinter sich hatte, aber Emmerich fiel keine bessere Bezeichnung ein, schenkte Kaffee aus einer weißen Porzellankanne mit Goldrand in ebensolche Tassen, stellte einen Teller Gebäck bereit und verschwand wieder.

„Wo soll öch anfangen?", fragte Frau Mayer und goss Sahne aus einem winzigen, gläsernen Milchkännchen in ihren Kaffee.

„Das müssen Sie wissen", entgegnete Emmerich höflich. „Geht es um Ihren Streit mit Frau Diebold?"

„Görtrud. Ja, sö wollte mör dö Augen öffnen. Öch habe öhr nöcht geglaubt."

Die altersfleckige Hand der Konsulin griff nach einem zierlichen Löffelchen und begann zu zittern.

„War das Ihr Fehler?"

„Ach, du liebe Zeit." Der hagere Körper sackte zusammen, rutschte tiefer in das Sofa und wurde von einem trockenen Schluchzen geschüttelt.

„Frau Mayer", sagte Gitti, Emmerichs Direktiven missachtend, behutsam. „Erzählen Sie uns doch einfach von Anfang an, was Sie so bedrückt."

„Kindchen, Kindchen."

Das Löffelchen fiel mit einem leisen Klirren zu Boden, Gitti förderte ein Papiertaschentuch zutage und reichte es der nunmehr keineswegs mehr konsulhaft-imposant wirkenden alten Dame.

„Das öst ... ist ... nöchts ... nichts ... für zarte Ohren."

Nun war es an Gitti, sich das Grinsen zu verkneifen. Emmerich, der außerhalb der optischen Schusslinie der Konsulin saß, versuchte es gar nicht erst, was ihm einen missbilligenden Blick der Kollegin eintrug.

„Glauben Sie mir, meine Ohren sind einiges gewöhnt", versicherte Gitti beruhigend und hob das Löffelchen auf. „Worüber haben Sie mit Frau Diebold gestritten?"

„Öch wollte nur helfen", heulte Frau Mayer. „Alles war so vornehm, so überaus distinguiert. Wie hätte ich ahnen sollen ... ach Gott ... es öst zu schröcklich."

„Soll ich Ihre Angestellte rufen? Ein leichtes Beruhigungsmittel vielleicht?"

„Nein." Frau Mayer schreckte hoch und richtete sich in ihrem lachsfarbenen Morgenmantel stocksteif auf. „Sie darf nichts davon erfahren."

„Dann schließe ich jetzt zuerst einmal die Tür zu diesem Zimmer", sagte Emmerich männlich-praktisch und ließ den Worten Taten folgen. „Und nun beginnen wir von vorne. Es hat mit dem Killesberg zu tun, richtig?"

„Ja." Die Konsulin schniefte. „Da gibt es dieses Bauvorhaben ..."

„Das Seniorenzentrum von Leopold Fritz?"

„Sagen Sie bloß diesen Namen nicht. Mir wird ganz schlecht, wenn ich daran denke, was ich alles ..."

„Frau Mayer." Emmerich setzte sich erneut in den Ohrensessel und beugte sich vor.

„Sie müssen uns Ihre Geschichte vollständig und zusammenhängend erzählen, sonst können wir uns kein korrektes Bild machen. Halten Sie sich einfach an die Fakten. Welche Rolle spielen Sie in den Plänen von Leopold Fritz? Sie haben am Mittwoch auf seiner Veranstaltung gesprochen."

„Hätte ich es bloß nicht getan. Aber da wusste ich noch nicht, was ich heute weiß."

„Und was wissen Sie heute?"

„Senator Fritz. Er ... er geht ... zu ... also zu ..."

Die Konsulin japste nach Luft und lief rot an.

„Ja, bitte", soufflierte Emmerich geduldig. „Er geht zu ...?"

„Freudenmädchen", schnappte Frau Mayer, klappte den Mund zu und presste die Lippen zu einem dünnen Strich.

„Das ist kein Verbrechen." Emmerich lehnte sich wieder zurück.

„Außerdem kann es kaum der Anlass für Ihren Streit mit Frau Diebold gewesen sein", ergänzte Gitti. „Wenn Sie jetzt erst davon erfahren haben."

„Eben", sagte die alte Dame bitter. „Hätte ich es gewusst, hätte ich Gertrud wahrscheinlich geglaubt."

„Was geglaubt?"

„Dass er ein Betrüger ist. Ein ganz widerlicher Verbrecher, der es darauf abgesehen hat, alte Menschen um ihr Geld zu bringen. Zum Beispiel Gertruds Vermieterin. Sie hat sie ebenfalls gewarnt."

„Erfolgreich?"

„Das weiß ich nicht." Frau Mayer führte mit fahrigen Bewegungen die Kaffeetasse zum Mund und verschüttete ein wenig auf den lachsfarbenen Frotteemantel. Sie nippte, stellte die Tasse zurück und hinterließ beim Abtupfen ihrer Lippen eine blutrote Spur auf Gittis Papiertaschentuch.

„Was genau hat Frau Diebold gesagt?", fragte Emmerich, der das Manöver mit Argwohn beobachtet und bereits präventiv seine Beine aus der Gefahrenzone gebracht hatte.

„Senator Fritz soll so eine Art Hochstapler sein. Er gibt vor, etwas bauen zu wollen, und nimmt Anzahlungen und Zuschüsse dafür. Mit diesem Geld macht er sich dann aus dem Staub und es gibt keine Möglichkeit, das Geld zurückzubekommen. Ich verstehe nichts von solchen Dingen, aber Gertrud sagte, er hätte das schon oft so gemacht. Sie kannte Leute, die früher für ihn gearbeitet haben und es bezeugen können. Gertrud war nicht dumm, sie hat immerhin einmal bei einer Zeitung gearbeitet. Aber Senator Fritz ist doch so ein seriöser Herr, ich konnte mir das gar nicht vorstellen."

„Seriös wirkende Herren machen noch ganz andere Sachen heutzutage", meinte Emmerich bedauernd.

„Aber worauf kann man sich denn dann noch verlassen?", klagte Frau Mayer. „Wo er doch ein Senator ist. Bekannt mit Bürgermeistern und Ministern. Der Emir von Saudi-Arabien ist ein Freund von ihm, er verkehrt mit Adelshäusern auf höchstem Niveau. Ich habe ein Foto gesehen, das ihn mit Prinzessin Diana bei einer Schiffstaufe zeigt."

„Solche Bilder können Sie heute an jedem x-beliebigen Computer basteln", klärte Gitti die alte Dame auf. „Außerdem ist Saudi-Arabien ein Königreich, die haben keinen Emir."

„Kein Emir?" Die Konsulin legte, einem Vogel ähnlich, den Kopf zur Seite und sah Gitti ungläubig an. „Und Prinzessin Diana ist gefälscht?"

„Ich fürchte, ja."

„Dann hat er mich angelogen." Frau Mayer tastete nach dem mit Lippenstift beschmierten Taschentuch und wischte sich die Augen. Das Ergebnis konnte man verheerend nennen, doch weder Emmerich noch Gitti erlaubten sich einen Kommentar.

„Angelogen", wiederholte die Konsulin schluchzend. „Und jetzt auch noch das."

„Sie meinen die ... äh ... Freudenmädchen?“

Frau Mayer gab unverständliche, aber zustimmende Geräusche von sich.

„Woher wissen Sie eigentlich davon?“

„Ich ... ich erhielt einen Anruf. Vorhin. Von einer ... von so einer.“

Über den gesenkten Kopf der Konsulin hinweg wechselte Emmerich einen Blick mit Gitti und erhielt ein Achselzucken als Reaktion.

„Verstehe ich das jetzt richtig? *Sie* erhielten einen Anruf von einer Dame des horizontalen Gewerbes wegen Senator ... wegen Leopold Fritz? Warum das denn?“

Um die Konsulin schien es nun endgültig geschehen zu sein. Von konvulsischem Zucken geschüttelt krümmte sie sich in das geblümte Polster hinein und krampfte die knochigen Hände zusammen. Emmerich betrachtete sie ratlos und zischte:

„Was sollen wir tun?“

„Abwarten“, zischte Gitti zurück und legte vorsichtig einen Arm um die Schultern der alten Frau. „Bitte beruhigen Sie sich. Alles wird gut.“

„Nein“, jaulte die Konsulin gequält wie ein waidwundes Tier. „Gertrud ist tot und ich bin schuld.“

„Na, na.“ Selbst Emmerich rückte nun widerstrebend näher, bemächtigte sich einer der verkrampften Hände und tätschelte sie. „So schlimm wird's ja wohl auch nicht sein.“

„Doch.“ Frau Mayer hob den Kopf und sah mit tränennassen, in allen Farben des Regenbogens verschmierten Augen erst ihn und dann Gitti an. „Gertrud sagte, ich dürfe dieses ... dürfe das nicht unterstützen, was auf dem Killesberg geplant wird. Sie würde nicht zulassen, dass er ... der Senator ... noch einmal ... sie wollte es an die Öffentlichkeit bringen. Den Leuten davon erzählen.“

„Aber Sie haben sie doch deshalb nicht umgebracht.“

„Ich nicht.“ Frau Mayer putzte sich die Nase und sah zu Boden. „Aber ich habe diesen schrecklichen Fehler gemacht.“

Emmerich sah das lachsfarbene Häufchen Elend, das einmal eine eindrucksvolle Konsulin gewesen war, nachdenklich an und erinnerte sich eines Anrufs. Eines Anrufs, den er achtlos behandelt hatte, weil er ihm ohne Bedeutung erschienen war. Beinahe zärtlich strich er über die knochige, alte Hand und sagte mitleidig:

„Sie haben es Ihrem Enkel erzählt, nicht wahr? Sven Zumbach."

„Er sollte Geschäftsführer dort werden", weinte Frau Mayer nun hemmungslos. „Endlich einmal eine Chance für den armen Jungen. Immer hat er es schwer gehabt. Ich wollte ihn nur warnen. Und dann plötzlich war Gertrud tot und ich soll bestätigen, dass er letzten Donnerstag den ganzen Nachmittag bei mir war. Und das ist noch nicht einmal das Schlimmste."

„Nicht?", fragte Emmerich verwirrt. Was konnte schlimmer sein, als ein Enkel, der zum Mörder geworden war?

„Das Schlömmste", erklärte Frau Mayer mit Nachdruck und setzte sich kerzengerade hin, „ist, dass Sven, mein Enkel Sven auch dort war. In diesem Froidenhaus. Ond ör hat nöcht einmal daför bezahlt."

„Sehr merkwürdige Moralvorstellungen hat diese Frau", wunderte sich Gitti Kerner, nachdem sie die geknickte Konsulin der Obhut ihrer Hausangestellten überantwortet hatten und das Haus verließen. „Den Mord an ihrer Freundin hätte sie gedeckt, aber ein Besuch ihres sauberen Enkelsohns im Puff geht dann doch zu weit. Oder wie darf man das verstehen?"

„Wo er doch nicht einmal dafür bezahlt hat", erinnerte Emmerich sarkastisch. „Das ist eine andere Generation und eine andere Gesellschaftsschicht, die ticken nach ihren eigenen Regeln. Wer weiß, vielleicht investiert sie ihr Vermögen in Zukunft in die Rehabilitation gefallener Mädchen, statt in ihren missratenen Nachfahren."

„Was halten Sie von ihrer Geschichte?" Gitti wartete vor der Beifahrertür, bis der Wagen ein leises „Plopp" von sich gab, und stieg ein.

„Schwer zu sagen." Emmerich schob sich hinter das Steuer und steckte den Zündschlüssel ins Schloss. „Wir haben keinen handfesten Beweis gegen Zumbach. Nur Indizien. Aber passen würde es schon."

„Motiv: Geldgier", folgerte Gitti nachdenklich. „Angst, dass er den Job als Geschäftsführer nicht bekommt, wenn Senator Fritzens ... äh ... Geschäftsmodell an die Öffentlichkeit kommt."

„Wer weiß, wie tief er mit da drinsteckt? Vielleicht geht's noch um viel mehr als einen Job. Geld, persönliche Reputation, der Mann steht schließlich in der Öffentlichkeit."

Emmerich startete den Motor, wendete den Wagen und fuhr zurück in Richtung Charlottenplatz.

„Wenn Sie nichts dagegen haben, versuchen wir jetzt noch diesen Fritz aufzutreiben, um Zumbachs Alibi zu überprüfen. Die ganze Bande ist ja wohl gerade oben auf dem Killesberg."

„Hm", brummelte Gitti schweigsam.

„Hat es Ihnen die Sprache verschlagen?"

„Es kotzt mich an. Geht es in dieser Gesellschaft auch noch mal um irgendetwas anderes als Geld, Geld, Geld? Die einen können nicht genug kriegen und gehen dabei im wahrsten Sinne des Wortes über Leichen, die anderen haben nicht mal mehr die Butter auf dem Brot. Wo soll das hinführen?"

„Fragen Sie Frau Schloms. Ich bin kein Hellseher."

„Aber macht Ihnen diese Entwicklung keine Sorgen?"

„Doch. Ich habe immerhin eine Tochter, die hoffentlich noch ein ganzes Leben vor sich hat. Manchmal überlege ich mir, ob ich sie nicht völlig falsch erzogen habe. Mit Ehrlichkeit oder Bescheidenheit bringt man es heute ja offensichtlich zu gar nichts mehr."

„Im Gegenteil. Beides ist eher von Nachteil."

„Ich kann's nicht ändern. Wir sind nur diejenigen, die sich mit den Folgen dieser Entwicklung herumplagen dürfen."

„Wenn alle es wollten, müsste man etwas ändern können."

„Für diese Form von Idealismus bin ich zu alt. Fordern Sie mal sicherheitshalber noch zwei Streifenwagen auf den Killesberg an. Ich hab so ein Gefühl, als könnten wir Verstärkung gebrauchen."

21

Vor dem Congresszentrum B standen einige schwere, dunkle Limousinen und ein roter, italienischer Sportwagen. Emmerichs A-Klasse nahm sich daneben aus wie eine Hauskatze, die sich in einem Rudel Löwen verirrt hatte. Der erste Streifenwagen traf gemeinsam mit ihnen ein, der zweite folgte ein paar Minuten später. Emmerich bat die Beamten, sich vorerst im Hintergrund zu halten, und ging mit Gitti die breite Freitreppe hinunter, die in den Park führte. Am Fuß der Treppe stand eine fröstelnde, mit Plänen und Papieren ausgestattete, ungefähr zehnköpfige Herrentruppe in langen Mänteln und lauschte einem heftig gestikulierenden Redner.

„Senator Fritz", sagte Gitti und wies mit dem Kinn auf den Redner. „Zumbach steht gleich daneben."

„Dann wollen wir mal." Emmerich nahm Haltung an und lenkte seine Schritte in Richtung der Männer, als zwei Dinge gleichzeitig geschahen. Zumbach sah auf, bemerkte die Annäherung der Kommissare, löste sich aus der Gruppe und ging schnellen Schrittes weiter in den Park hinein. Der Redner dagegen unterbrach seinen Vortrag und riss mit einigen ruckartigen Bewegungen den verdutzt blickenden Herren die Papiere aus der Hand. Emmerich winkte den Streifenbeamten. Zumbach verfiel in einen leichten Trab.

„Hinterher." Emmerich zeigte mit ausgestrecktem Arm auf den davonstrebenden Gemeinderat, und die Beamten setzten sich ebenfalls in Bewegung. Zumbach beschleunigte und verschwand zwischen ein paar mächtigen, alten Bäumen.

„Scheiße", sagte Gitti mit einem leichten Anflug von Panik. „Was jetzt?"

„Wir brauchen beide. Sie helfen den Kollegen. Ich kümmere mich um den Senator."

Emmerich winkte dem vierten Beamten, der, wohl aufgrund seines nicht unbeachtlichen Leibesumfangs, die Verfolgung gar nicht erst aufgenommen hatte. Gitti spurtete los.

„Der Mann da mit den Papieren in der Hand", sagte Emmerich. „Mit dem würde ich mich gerne unterhalten."

„Wohl, wohl", entgegnete der Dicke gemütlich. „Worum geht's denn?"

„Um den Mord am Hölderlinplatz."

„Verstehe."

Leopold Fritz hatte sich soeben vom letzten der Manteltträger mit einem hastigen Händedruck verabschiedet und schickte sich an, schnellen Schrittes die Treppe hinaufzusteigen. Der Beamte trat ihm in den Weg.

„Einen Moment, bitte."

„Was wollen Sie? Sehen Sie nicht, dass ich in Eile bin?"

„Polizeikontrolle. Ihren Ausweis, bitte."

„Was fällt Ihnen ein? Sie haben wohl einen Vogel."

„Beamtenbeleidigung", sagte der Dicke stoisch und sah zu Emmerich hinüber. „Sie haben es auch gehört?"

Emmerich nickte. Von Zumbach, Gitti und den anderen Beamten war nichts mehr zu sehen. Leopold Fritz versuchte vergeblich, an dem Streifenbeamten vorbeizukommen.

„Mein Ausweis liegt in meinem Wagen. Lassen Sie mich gefälligst durch." Fritz hob den Arm, als wolle er den Polizisten beiseiteschieben.

„Widerstand gegen die Staatsgewalt." Der Dicke nahm ein Paar Handschellen vom Gürtel und legte sie mit einer geschickten Bewegung um den erhobenen Arm. „Sie haben es auch gesehen?"

Emmerich grinste und nickte wieder. Für's Erste war es um des Senators Eile geschehen.

„Ich bin gleich zurück."

„Wir warten im Wagen, der Herr und ich. Lassen Sie sich Zeit."

Emmerich ignorierte die nun in ungläubigem Staunen verharrende Herrengruppe und eilte in den Park. Im Laufen zog er sein Handy heraus und wählte Gittis Nummer.

„Wo seid ihr?"

„Wissen ... Sie ... wo ... die ... Freilichtbühne ist?", keuchte es schwer verständlich am anderen Ende der Leitung.

„So ungefähr."

Emmerich trabte los und erreichte nach wenigen Minuten den Zugang zu der idyllischen, kleinen Arena, die bei gutem Wetter Stuttgarts schönste Kulisse für Konzerte bot. Emmerich zumindest war dieser Ansicht und teilte sie mit vielen Menschen, doch leider nicht mit den Anwohnern des Parks. Die nämlich fühlten sich durch die Musik belästigt und hatten schon vor Jahren erreicht, dass die Anzahl der Veranstaltungen auf dieser Bühne auf einige wenige reduziert wurde. Nicht jede davon entsprach Emmerichs Geschmack, und so kam er zu seinem größten Bedauern nur noch selten her. Das Tor, mit dem der Weg hinunter abgeriegelt werden konnte, stand offen, Emmerich legte die letzten Meter zurück und entdeckte Zumbach in der Mitte des in der Novemberkälte ausgestorben wirkenden Areals, ungefähr dort, wo beim Konzert das Mischpult aufgebaut wurde. Die Streifenbeamten standen mit gezogenen Waffen auf den Zuschauertribünen verteilt, Gitti, immer noch außer Atem, wartete an einer der schmalen Treppen, die durch die Sitzreihen aus verwittertem alten Holz nach unten führten.

„Lassen Sie mich das machen."

Emmerich ging die Treppe hinunter und auf Sven Zumbach zu.

„Geben Sie's auf. Wir haben eine Zeugin, die Sie mit der Eierlikörflasche gesehen hat. Wir haben Frau Diebolds Archiv. Und Ihr Alibi wird sich höchstwahrscheinlich in Luft auflösen."

„Sie haben gar nichts", entgegnete Zumbach kalt. „Absolut gar nichts."

„Warum hatten Sie's denn plötzlich so eilig?"

„Man wird ja noch ein bisschen joggen dürfen, wenn man gerade Lust dazu hat. Ich werde mich über Sie beschweren. An höchster Stelle, damit Sie Bescheid wissen."

„Wir kommen gerade von Frau Mayer-Baum."

„Die alte Schachtel." Zumbach verzog geringschätzig den Mund. „Was weiß die schon."

„Das müssen wir nicht hier besprechen. Ich verhafte Sie wegen Mordes an Gertrud Diebold. Kommen Sie jetzt bitte mit."

„Sie werden schon sehen, was Ihnen das einbringt."

„Ein freies Wochenende", sagte Emmerich und ließ die Handschellen einschnappen.

„Warum ist er weggerannt?", fragte Gitti Kerner, als sie hinter den Streifenbeamten und Sven Zumbach her zurück zum Ausgang des Parks gingen. „Wo er doch so sicher ist, dass wir nichts gegen ihn in der Hand haben."

„Ich schätze mal, dass er noch keine Zeit gefunden hat, sich mit dem Herrn Senator abzustimmen. Wegen seines Alibis."

„Dafür bleibt ihm jetzt auch keine Möglichkeit mehr."

„Vielleicht ist ihm zwischenzeitlich was Besseres eingefallen."

„Oder er war's nicht."

Emmerich kickte mit Schwung einen einsam auf dem makellos sauberen Weg liegenden Getränkekarton zur Seite.

„Der war's. Darauf verwette ich meine Großmutter."

„Haben Sie denn noch eine?"

„Nö."

Zwei Männer in Anzügen und dunklen Mänteln kamen ihnen entgegen. Sie starrten Emmerich und Gitti an, als trügen diese die äußerlich sichtbaren Merkmale einer höchst ansteckenden Krankheit im Gesicht und wichen ihnen aus, soweit der Weg es zuließ. Emmerich grüßte höflich, doch sein Gruß blieb unerwidert, die Herren strebten eilig davon.

„Ob das die von der Europäischen Union waren?", mutmaßte Gitti und sah hinterher.

Emmerich schlug den Kragen hoch. Im Park war es nicht nur kalt, durch das schnelle Gehen war er ins Schwitzen geraten, auf seiner Haut hatte sich ein feiner, feuchter Film gebildet, der ihn frieren ließ.

„Die sitzen in den dicken Autos vor dem Eingang. Das hier waren die kleinen Fische."

Sie stiegen die Freitreppe nach oben und sahen zu, wie Sven Zumbach in einen Streifenwagen gesetzt wurde. Auf dem Rücksitz des anderen wartete Leopold Fritz. Emmerich ging hin und öffnete die Tür.

„Personalien festgestellt?", erkundigte er sich beiläufig bei dem dicken Polizisten, der neben dem Wagen stand und an einem Wurstbrötchen kaute,

„Alles erledigt."

„Vielleicht erklären Sie mir mal, wie Sie dies hier rechtfertigen wollen?", fragte aus dem Wageninneren säuerlich der Senator. „Wer sind Sie überhaupt?"

„Emmerich, Kripo Stuttgart. Wir haben eine Frage an Sie."

„Wegen einer Frage lassen Sie mich hier sitzen wie einen Verbrecher? Sie kommen einfach daher, stören eine wichtige geschäftliche Besprechung und ..."

„Machen Sie halblang, Herr Fritz. Ich hab mir sagen lassen, dass es sehr schwer ist, Sie zu erreichen, deshalb erschien mir diese Lösung praktisch. Meinetwegen können Sie aussteigen. Wo waren Sie am Donnerstag vergangener Woche?"

„In Davos."

Fritz entstieg dem Streifenwagen und klopfte sich die Ärmel ab, als seien sie mit etwas Unsichtbarem, Ekligem in Berührung gekommen. „Ich habe dort eine Wohnung."

„Sind Sie sicher?"

„Natürlich bin ich sicher. Halten Sie mich für senil?"

„Wie gut kennen Sie den jungen Mann, der im zweiten Streifenwagen sitzt?"

„Herrn Zumbach?" Fritz warf einen flüchtigen Blick in die Richtung des Genannten. „Ich habe geschäftlich mit ihm zu tun. Hat er was ausgefressen?"

„Möglich. Wo erreiche ich Sie, wenn ich weitere Fragen habe?"

„Hier ist meine Karte."

Emmerich nahm ein Stückchen Karton entgegen und las *Bertram Fritz, Senior Consultant.*

„Ich dachte, Sie heißen Leopold."

„Mein zweiter Vorname. Kann ich jetzt gehen?"

„Bitte."

Fritz nahm eine lederne Aktenmappe vom Rücksitz des Streifenwagens, holte einen Schlüsselbund aus der Hosentasche und ging ohne ein weiteres Wort zu dem roten, italienischen Sportwagen.

„Warum lassen Sie ihn gehen?", zischte Gitti wütend. „Der hat mehr Dreck am Stecken, als ..."

„Liebe Frau Kollegin." Emmerich warf die Tür des Streifenwagens zu und deutete eine Verbeugung an. „Mit welcher Begründung sollte ich ihn aufhalten? Wir ermitteln im Fall Diebold, wenn ich Sie erinnern darf."

„Die Kleinen hängt man, die Großen lässt man laufen", sagte der dicke Polizist emotionslos. „So ist's doch immer."

„Nicht meine Abteilung", entgegnete Emmerich ebenso ungerührt. „Schönen Dank für den Einsatz."

Er winkte Gitti und sah zu, wie der Sportwagen sich mit heulendem Motor in Bewegung setzte.

„Abgesehen von seinem geplatzten Alibi haben wir gegen Zumbach wirklich nicht viel in der Hand", sagte er bedauernd. „Womöglich war's gar nicht am Donnerstag, als Sophia Georgiadis ihn mit der Eierlikörflasche gesehen hat."

„Fahren wir zurück in seine Wohnung", schlug Gitti vor. „Vielleicht finden wir die Wollmütze, mit der er beim Telefonieren gesehen wurde."

„Wollmütze", sagte Emmerich von oben herab und sperrte die A-Klasse auf. „Was Besseres fällt Ihnen nicht ein?"

„Ich wette, er hatte eine Mütze oder etwas Ähnliches auf, als er in Frau Diebolds Wohnung war. Wie sonst ist es zu erklären, dass wir nicht einmal ein Haar von ihm dort gefunden haben? Was macht ihn so sicher, dass wir ihm nichts können? Er muss verdammt vorsichtig gewesen sein."

„Das wissen wir doch. Denken Sie an die abgewischten Fingerabdrücke."

„Nur bei der Fernbedienung ist ihm ein Fehler unterlaufen. Auf Frau Diebolds Papieren werden wir auch nichts finden."

Emmerich stieg ins Auto, vergewisserte sich, dass Seppl noch unter den Lebenden weilte und wartete, bis Gitti an seiner Seite saß.

„Nachdem unser guter Dr. Zweigle dafür gesorgt hat, dass der Abdruck auf der Fernbedienung unbrauchbar geworden ist, wüsste ich nicht, was der Fund einer Wollmütze an dieser großartigen Beweislage verbessern sollte", sagte er ätzend. „Sie scheinen ja plötzlich mächtig überzeugt davon zu sein, dass wir den Richtigen haben."

„Sie doch auch. Haben Sie zumindest vorhin behauptet."

„Ich bin's immer noch. Nur reicht eine verdammte Wollmütze nicht aus, um ..."

„Vergessen Sie die Wollmütze. Ich hab eigentlich eine ganz andere Idee."

„Ach was."

Gitti lehnte sich zurück und verschränkte die Arme hinter dem Kopf.

„Der rote Wagen vom Senator", sagte sie langsam „das war ein Ferrari."

„Wirklich?" Emmerich heuchelte Erstaunen. „Wäre mir jetzt gar nicht aufgefallen, wenn Sie's nicht gesagt hätten."

„Wissen Sie, wie Ferrari zu seinem Wappentier gekommen ist?", sprach Gitti weiter, ohne auf Emmerichs Bemerkung einzugehen. „Der alte Enzo soll während des Zweiten Weltkrieges in irgendeinem Wald einem deutschen Soldaten begegnet sein. Der Soldat kam aus Stuttgart und trug das Hoheitszeichen der Stadt an seiner Uniform. Enzo Ferrari hat es so gut gefallen, dass er es einfach für seine Autos übernommen hat. Und jetzt denken Sie an Maria."

„Maria?"

„Frau Diebolds Putzfrau."

„Was hat Maria mit Enzo Ferrari zu tun?"

„Gar nichts." Gitti musste lachen. „Der ist doch schon lange tot. Aber sie sagte, dass außer den Ordnern noch etwas anderes in der Wohnung fehlt. Sie sagte ‚Das Pferd vom Auto'. In Sven Zumbachs Schrankwand steht ein bronzenes Stuttgarter Rössle."

Gitti räkelte sich behaglich auf dem Beifahrersitz und genoss Emmerichs erstarrten Blick.

„Was sagen Sie nun?"

„Wenn das die Tatwaffe ist, dann sind Sie ein echter Gewinn für unser Dezernat", erklärte Emmerich respektvoll.

„Wenn das die Tatwaffe ist, dann kitzeln Sie heute noch ein Geständnis aus Zumbach heraus."

„Irrtum." Emmerich startete den Motor. „Diese Ehre gebührt Ihnen. Ich habe noch eine Ratte zu versorgen."

22

Am nächsten Morgen saß Emmerich beim Frühstück und war zufrieden. Dies lag einerseits daran, dass er seinen Fall als gelöst betrachten durfte. Die hübsche, kleine, bronzene Statue des Stuttgarter Wappentiers war früh genug sichergestellt worden, um untersucht zu werden, bevor sich die Kollegen von der KTU ins Wochenende verabschiedeten. Obwohl es einen notdürftigen Versuch gegeben hatte, den ursprünglich an ihrem Sockel angebrachten Belag aus grünem Filz zu entfernen, waren genug Fasern übrig geblieben, die einen Vergleich mit denen, die Dr. Zweigle zwischen Gertrud Diebolds spärlichem, grauem Haar gefunden hatte, erlaubten. Das Ergebnis dieses Vergleichs war eindeutig ausgefallen. Zumbach selbst verweigerte zwar noch die Aussage, doch dies war in Emmerichs Augen lediglich eine Frage der Zeit, zumal Sophia Georgiadis bereit war, zu schwören, dass es der Donnerstag gewesen war, an dem sie Zumbach mit der Eierlikörflasche vor der Diebold´schen Wohnung angetroffen hatte. Der Chef konnte ein Häkchen an die entsprechende Stelle in seiner Statistik machen, an den Schreibkram, der ihm in der folgenden Woche bevorstand, musste Emmerich jetzt noch nicht denken.

Was ihn nämlich um ein Vielfaches mehr zufriedenstellte, als des Chefs beeindruckende Statistik, war das wunderbare Gefühl, dass er Gabi und Jule einen perfekten Empfang bereiten würde. Seppl wartete in einem geputzten, mit frischer Streu ausgelegtem Zuhause auf die Rückkehr seines Frauchens, den Inhalt des Katzenklos hatte er erneuert, im Kühlschrank harrte, appetitlich auf Holzbrettchen angerichtet, das Raclette, der Tisch war gedeckt, die Betten gemacht. Auch Blumen hatte Emmerich besorgt, Rosen für Gabi und ein kleines, gebundenes Sträußchen für Jule, obwohl man sich schon wundern musste, was das bisschen Grünzeug heutzutage kostete. Sorgfältig wischte er die letzten Krümel vom Tischtuch, spülte die Kaffeetasse aus, vergewisserte sich ein letztes Mal, dass auch wirklich alles seine Ordnung hatte und machte sich auf den Weg zum Flughafen. Glücklich vor sich hinsummend, malte er sich aus, wie er erst Gabi und dann Jule in die Arme schließen würde. Vielleicht konnte er etwas Bedeutsames dazu sagen, so wie es Schauspieler in Filmen sagten. Etwas wie *Willkommen in der Heimat* oder *Jetzt geht die Sonne auf.* Vielleicht waren solche Worte aber auch zu platt und eine stumme Umarmung drückte mehr aus. Emmerich verschob die Entscheidung auf später, kein Stau behinderte seine Fahrt, sämtliche Ampeln waren ihm freundlich gesonnen und so traf er viel zu früh am Terminal ein. Aus alter Gewohnheit berechnete er als Erstes die durch diesen Umstand unnötig anfallenden Mehrkosten an Parkgebühren, widerstand aber dem sich unweigerlich einstellenden Impuls, sich darüber zu ärgern. Emmerich war so fest entschlossen, sich diesen Tag durch nichts verderben zu lassen, dass er sogar vor dem Kauf eines Milchkaffees zu Flughafenpreisen nicht zurückschreckte. Um sich die Wartezeit zu verkürzen, holte er sich eine Tageszeitung dazu, beobachtete eine Weile müßig das Treiben im Terminal und schlug schließlich den Lokalteil auf. Der Chef hatte offensichtlich noch keine Erfolgsmeldung in Sachen Hölderlinplatz an die Presse gegeben. *Verständlich,* dachte Emmerich, ein verhafteter Gemeinderat war schließlich keine ganz alltägliche Angelegenheit, da musste man sich seiner Sache schon sicher sein. Die Unterschriftensammlung gegen das Stuttgart-21-Projekt war in vollem Gange, die Initiatoren gaben sich noch zugeknöpft, ließen aber bereits durchblicken, dass das Ganze ein Erfolg werden würde. Recht klein und unscheinbar kam dagegen eine Meldung daher, die Emmerich mit größtem Interesse zur Kenntnis nahm.

„Rückzug am Killesberg", lautete die Überschrift.

Bei der Bebauung des frei werdenden, ehemaligen Messegeländes am Killesberg hat es einen überraschenden Rückzug gegeben. Wie das Büro des international renommierten Bauingenieurs, Senator Leopold Fritz, gestern Nachmittag bekannt gab, wird der geplante Silver-Ager-Park (wir berichteten) nicht realisiert. Der Verkauf der ungefähr einhundert Wohneinheiten laufe nicht erwartungsgemäß, ein Großauftrag aus Asien binde zudem Kapazitäten, die nicht zeitgerecht aufgestockt werden könnten. Die Stadtverwaltung wird nun voraussichtlich einen Architektenwettbewerb ausschreiben, dessen Ergebnisse bis Ende Februar vorliegen sollen.

Ein Gauner weniger. Emmerich trank den Milchkaffee aus. Das Klackern der Anzeigetafel, die die eintreffenden Flüge avisierte, erinnerte ihn an seine eigentliche Mission, als er hinter sich eine energische Stimme vernahm.

„Mensch, Papa, wir warten seit zwanzig Minuten auf dich. Mama wollte schon ein Taxi nehmen. Gott sei Dank hab ich gesehen, dass unser Auto auf dem Parkplatz steht."

Emmerich fuhr erschrocken auf und sah Jule, bewaffnet mit einem Rucksack und einer griechisch bedruckten Plastiktüte hinter sich stehen.

„Ich ... äh ... hab wohl nicht so genau aufgepasst."

„Das ist sooo typisch für dich." Jule stand auf die Zehenspitzen und drückte ihm einen flüchtigen Kuss auf die Wange. „Wir sind aber trotzdem froh, dass du gekommen bist."

„Fein. Wo ist Mama?"

„Draußen. Sie will jetzt rauchen."

Emmerich nahm seiner Tochter den Rucksack ab und legte einen Arm um ihre Schultern. Sein Empfang verlief vielleicht nicht ganz so perfekt, wie er ihn sich vorgestellt hatte, aber er war unendlich froh, wieder in seinen alltäglichen Verhältnissen leben zu dürfen.

Ich möchte mich bedanken

– bei Ursula Wider und Renate „Mica“ Groth für das begleitende Lektorat und die moralische Unterstützung während der Arbeit am Manuskript,

– bei Sylvija Hinzmann, die nicht nur den entscheidenden Anstoß für die Entstehung des Buches gab, sondern auch darüber hinaus in besonderer Weise hilfreich war.

Mord im Chinagarten

Ein neuer Fall für Emmerich! Er feiert gerade seine Überstunden ab, als ihn ein Anruf aus der Pathologie erreicht: Ein unbekannter Toter gibt Rätsel auf. Verbindungen zur RAF, ein fehlender Ring und ein Gemüsestand in der Hand eifriger Christen – bei den Ermittlungen stoßen unser schwäbischer Kommissar und sein Team auf allerhand mysteriöse Hinweise.

Von S. Wider-Groth. 248 S.
ISBN 978-3-8062-2322-4

Schlossgartensterben

Emmerichs dritter Fall! Dem abgebrühten Schmarotzer Tom sind der Bahnhof und die Protestbewegung gegen Stuttgart 21 genauso schnuppe wie die Gefühle der reichen Frauen, die er ausnimmt. Er kennt nur ein Ziel: ein bequemes Leben im Luxus. Als er erschossen im Stuttgarter Schlossgarten gefunden wird, erfährt nicht nur Kommissar Emmerich einige äußerst unschöne Dinge.

Von S. Wider-Groth. 224 S.
ISBN 978-3-8062-2422-1

www.theiss.de • www.emmerich-ermittelt.de

THEISS